U0895435

双语译林
壹力文库
170

〔美国〕欧内斯特·海明威 著
方华文 译

没有女人的男人们
——海明威短篇小说选

译林出版社

一个真正的男子汉可以被击倒，但永远也不会被击败。

——海明威

译 序

美国前总统约翰·肯尼迪曾经说过:“几乎没有哪个美国人比欧内斯特·海明威对美国人民的感情和态度产生的影响更大。”1961年7月2日，海明威由于肝硬化和高血压等多种疾病，给他身心造成极大的痛苦，没能再创作出很有影响力的作品。这使他精神抑郁，形成了消极悲观的情绪，于是饮弹自尽，结束了自己恢宏壮丽的一生。整个世界都为此震惊，人们纷纷为这位巨人叹息。美国人民更是悲悼这颗美国文坛巨星的陨落。他虽然走了，但给世界文坛留下了数百万字的优秀文学作品，每一部作品都字字珠玑，蕴含着深刻的思想，给人以激励和启迪。其中最广为人知的有《老人与海》《太阳照常升起》《永别了，武器》《乞力马扎罗的雪》和《没有女人的男人们》等。《老人与海》1952年出版，翌年海明威便因此书荣获普利策奖，1954年获得了诺贝尔文学奖。《没有女人的男人们》也是一部具有强大影响力、令读者痴迷的作品。日本当红作家村上春树是海明威的崇拜者，他创作了一部同名作品(《没有女人的男人们》)，可能是为了表达自己对这部作品的喜爱吧。

海明威的这部短篇小说集共包含十四篇故事。第一篇《勇者不败》讲述的是斗牛士曼纽尔·加西亚的悲惨人生。他生活拮据，经常是吃了上顿没下顿，但他胸怀远大的人生理想，立志要当一名优秀的斗牛士，面对伤痛和窘迫的生活状况始终没有低头。本篇故事用很大的篇幅和细腻的笔法描述了斗牛场上惨烈的情景，其中有这样一个主人公与公牛殊死搏斗的场景："一个撞震，他觉得自己被抛到了空中。趁着腾空而起的工夫，他把剑刺出去，那把剑从手里飞了出去。他重重地落在了地上，公牛就在他的上方。他躺在地上，用穿着便鞋的脚狠踹公牛的鼻子，踹了一脚又一脚。公牛用犄角顶他，但由于太兴奋，老是顶不着，于是就用头撞他，两只犄角插在沙子里。"海明威认为，对于斗牛士而言，斗牛纵使危险之极，但他们不能因为危险而退缩，这是他们世袭的职业，更是世袭的光荣，就像骑士为了荣誉而战而死一样；每一次危险而优雅的转身，每一次利剑直插牛心的快感，每一次惊险过后观众雷鸣般的掌声，或许这些就是斗牛士以生命追求的。第二篇《异国见闻》叙述的是海明威在意大利米兰疗伤时的见闻，详细描述了医院里的设备、医疗水平以及病人的情绪等，既有士兵对"勇敢"的看法，又有军官对"爱情"的迷惘。第三篇《似白象一般的山峦》其实是借题发挥，有点"王顾左右而言他"，完全谈论的是堕胎方面的话题，反映的是男女主人公对此事不同的心态。第四篇《杀手》反映的是社会上一些人对生命的淡漠，"杀手"谈笑风生，视杀人为游戏，而"被杀者"则对自己即将面临的厄运不动声色。第五篇《意大利拾趣》通过"我"在意大利的游历，讲述了法西斯统治下的人民生活如何困苦，年轻女孩不惜卖身以求生存，而法西斯军人囊中羞涩，有的出门要“搭便车”，有的则敲诈旅人挣零花钱。第六篇《五万元》描述的是拳击场上的诡谲风云，既有你死我活的搏斗，又有幕后的交易——“打黑拳”的现象屡见不鲜。第七篇《一次简单的调查》写的是一个军官对一个年轻士兵的询问，从中可以看出上级对部下颐指气使，随意拆看他们的信件，任意“践踏”他们的隐私的情况在军队里广泛存在。第八篇《十个印第安人》讲述的是一个白人男孩对一个印第安女孩的迷恋。男孩后来发现对方另有心上人，于是顿感心灰意冷。第九篇《金丝雀的故事》讲述的是“我”和妻子在前往巴黎办理分居手续的途中遇到的人和事——火车上的一个美国太太买了一只金丝雀准备送给她的爱女表示安慰（她的爱女不顾她的反对爱上了一个瑞士人，而她硬将他们拆散）。第十篇《阿尔卑斯田园曲》里，两个滑雪客来到一条山谷，听到了一些奇闻……一个农民在妻子死后，把她的尸体冻成“冰棍”放在柴火间里，夜里他到柴火间劈柴，竟将提灯挂在妻子的尸体上……第十一篇《自行车比赛》里的“比赛”只是个噱头，其实描述的是一个赛手迷惘和绝望的心理状态。第十二篇《今天是星期五》以耶稣被钉上十字架为故事背景，通过几个罗马士兵的谈论表达对此事的看法。第十三篇《平庸的故事》表达的是作者对人类生存的空间、英雄人物等问题的看法。第十四篇《睡不着的时候》讲述的是“我”睡不着觉时的遐想，有对往事的回忆，也有对现实的思索……

海明威的作品风格洗练、简洁、硬朗，独树一帜，在世界文坛引起了轰动，为广大文学家所推崇。正如英国作家赫·欧·贝茨所说，他那简约、有力的语言引起了一场文学革命，在许多欧美作家的身上留下了痕迹。海明威所信奉的是美国建筑师罗德维希的名言“越少，就越多”，使作品趋于精练，缩短了作品与读者之间的距离，他提出了“冰山原则”，只表现事物的八分之一，使作品充实、含蓄、耐人寻味。

海明威已逝世五十多年，而他的作品仍焕发着强大的生命力——海明威不死！如何翻译他的作品是摆在我们面前的一个重大课题。我们坚决反对“对号入座”式的字对字翻译，因为这样的译文完全是西语结构，甚至会出现文理不通的现象——每个字读者都是认识的，但就是不知道这些字连在一起表达的是什么意思，瞿秋白称其为“非驴非马的骡子文”。这样的译文恐怕连小学生的作文也不如，只能算作“信手涂鸦”，乍眼一看倒是做到了“移形”，却忽略了“传神”，看鼻子、眼和装束与原作并无差异，只是少了原作的精气神，像是原作的“木乃伊”，失去了原作的活力。我们建议重视和采用钱锺书的“化境”理论。所谓“化境”，不仅要求译者“移形”，还要“移意”和“移味”，也就是说应该做到“形神兼备”，让原作“投胎转世”，从“译出语”彻底融入“译入语”。其中最难的恐怕要算“移味”，也就是用译文反映作者的审美情趣、艺术风格以及人生观等重大却又微妙的因素。还有一种倾向也应该警惕，那就是“借景生情”“借题发挥”，只是一味展现自己的文采，全然不顾原作的内容，翻译出的作品只有“张三李四”的味，却缺少了海明威的味。鲁迅曾戏称这样的译文为“无源之水，无本之木”。瞿秋白当年批评这种不负责任的译者：“……是和城隍庙里演说西洋故事的，一鼻孔出气。这是自己懂得了外国文，看了些书报，就随便拿起笔来乱写几句所谓通顺的中国文。这明明是欺侮读者，信口开河地乱讲海外奇谈。”

翻译本身就很难，翻译海明威的作品更难。翻译得不好，作品中的艺术形象就没有了“英雄味”，而会变成一个个没精打采、胡言乱语的“小瘪三”——这样的情景是谁也不愿看到的。

我就是怀着这颗忐忑、警惕之心着手翻译这本《没有女人的男人们——海明威短篇小说集》的……

方华文作于苏州大学

2017.12.1

目 录

第一篇　勇者不败

曼纽尔·加西亚爬上楼梯，向唐·米格尔·雷塔纳的办公室走去。到了跟前，他放下手提箱，敲了敲门。里面没人应答。他站在过道里，觉得屋里是有人的。他是隔着门板感觉到的。

“雷塔纳！”他叫了一声，侧耳倾听屋里的动静。

仍无人应答。

他在里面，没错，曼纽尔想。

“雷塔纳！”他砰砰地敲了敲门，又叫了一声。

“谁呀？”屋里有人问道。

“是我！曼诺罗[①]！”曼纽尔回答道。

“有何贵干？”那个声音问。

“我想找活儿干。”曼纽尔说。

办公室的门咯吱咯吱响了几下子，然后猛地打开了。曼纽尔提着箱子走了进去。

只见一个小个子男人坐在办公室另一头的一张桌子旁，头顶上方挂着一颗公牛头，此为马德里一位动物标本制作师的杰作。

① 曼纽尔的小名。——译者注，全书同。

墙上有几幅带镜框的照片和几张斗牛的海报。

小个子坐在那里望着曼纽尔。

“我还以为它们送了你的命呢。”他说。

曼纽尔用指关节敲了敲他的办公桌。小个子雷塔纳隔着桌子望着他。

“今年你斗了几场？”雷塔纳问。

“一场。”他回答。

“仅仅那一场吗？”小个子问。

“就那么一场。”

“那一场的情况我在报上看了。”雷塔纳把身子朝椅背上靠了靠，眼睛盯着曼纽尔说。

曼纽尔抬头看了看那个公牛头标本。他以前常常看到它。他对它有着一种他们家特有的兴趣，因为正是这头公牛在大约九年前戳死了他的哥哥——一个前途灿烂的斗牛士。对于那一天他记忆犹新。牛头标本的盾形橡木座上镶着一块铜牌，曼纽尔不认得上面的字，但他认为那是纪念他哥哥的。唉，他真是一个好小子！

铜牌上有这么几行字：“贝拉瓜公爵的公牛‘旋风’，九次被七匹马上的矛刺刺中，于 1909 年 4 月 27 日戳死了见习斗牛士安东尼奥·加西亚。”

雷塔纳见他在看公牛头。

“贝拉瓜公爵又送来几头牛，星期天上场，一定会闹出笑话来的，”他说道，“因为每一头牛的腿都有毛病。咖啡馆里的人是怎么说的？”

“我哪里知道，”曼纽尔说，“我这是刚来此地。”

“不错，”雷塔纳说，“你手里还提着箱子呢。”

他打量着曼纽尔，在那张大办公桌后面往后仰着。

“坐下来说，”他说，“把帽子摘掉！”

曼纽尔坐了下来，他摘掉了帽子，整个脸都变了样。他看起来很苍白，辫子[①]盘在头上，戴上帽子是看不见的，而摘掉帽子就显得怪模怪样的了。

“你看上去气色很不好。”雷塔纳说。

“我刚从医院里出来。”曼纽尔说。

“听说他们把你的腿锯掉了。”雷塔纳说。

“没那回事，”曼纽尔说，“我的腿好好的。”

雷塔纳在桌子那边俯身向前，把一个木质烟盒朝曼纽尔跟前推了推。

“抽支烟吧！”他说。

“谢谢。”

曼纽尔为自己点了一支烟。

“你也来一支？”他把火柴递给雷塔纳，说。

雷塔纳摆摆手，说：“不了，我从不抽烟。”

他看着曼纽尔抽烟。

“你为何不去找份工作干干？”他问。

“我不想干别的，”曼纽尔说，“我的职业就是斗牛。”

“再没有谁把斗牛当职业了。”

“我是个斗牛士。”曼纽尔说。

“那你得能上场，才有牛斗呀。”雷塔纳说。

---

① 辫子是斗牛士的职业标志。

曼纽尔哈哈笑了。

雷塔纳什么也没说，只是坐在那儿望着曼纽尔。

“如果你愿意，我可以给你安排一个晚场。”雷塔纳建议。

“什么时候？”曼纽尔问。

“明天晚上。”

“我可不想给别人当替身。”曼纽尔用指关节敲了敲桌子说。他们都是那样给挑死的。萨尔瓦多就是那样死的。

“目前只能安排这一场。”雷塔纳说。

“难道就不能把我安排在下个星期吗？”曼纽尔提议。

“你卖不了座，”雷塔纳说，“观众要看的是李特立、卢比托和拉·托利。那几个才是走红的人。”

“他们一定会愿意来看我表演的。”曼纽尔满怀着希望说。

“不会的，因为他们已经不知道你是何人了。”

“我有很多绝技，可以表演给他们看。”曼纽尔说。

“我可以安排你明天晚上上场，”雷塔纳说，“跟年轻的埃尔南德斯搭档。喜剧表演[①]之后，杀两头新来的牛。”

“新牛是谁送来的？”曼纽尔问。

“不知道。不管是谁的牛，反正在牛栏里关着呢。兽医在白天检查不会通过的那些。”

“我不喜欢当别人的替身。”曼纽尔说。

“你干就干，不干就算了。”雷塔纳说完，便倾身向前，开始看文件。他已经没兴趣了。曼纽尔刚才请求他帮忙，使他一时间想起了旧日的交情，现在那种恋旧感顿然消失了。他愿意雇用曼

① 卓别林式的喜剧，一般在斗牛开始前表演。

纽尔替代拉利塔上场，只是因为这样比较省钱。雇别的人当替身，也照样花钱不多。按说，他还是想帮曼纽尔一把的，所以把机会给了他，干不干就取决于曼纽尔了。

“能给我多少钱？”曼纽尔问。他心里还想拒绝当替身，但又知道自己是拒绝不了的。

“两百五十比塞塔[1]。”雷塔纳说。他原想给五百比塞塔，可一开口却成了两百五十比塞塔。

“你给维拉尔塔的可是七千比塞塔呀。”曼纽尔说。

“你又不是维拉尔塔。”雷塔纳说。

“这我知道。”曼纽尔说。

“他是很叫座的，曼诺罗。”雷塔纳解释道。

“那当然。”曼纽尔一边说，一边站了起来，“给我三百比塞塔吧，雷塔纳。”

“那好吧。”雷塔纳同意了，接着把手伸进抽屉里取出一张纸来。

“我能预支五十吗？”曼纽尔问。

“当然可以。”雷塔纳说完，从钱夹里取出一张五十比塞塔的钞票，展开放在了桌子上。

曼纽尔拿起钱，塞进了衣袋里。

“我的助手怎么安排？”他问。

“晚间总是有男孩为我工作，”雷塔纳说，“他们都很好。”

“长矛手[2]呢？”曼纽尔问。

---

① 西班牙基本货币。

② 开场时骑在马上用长矛刺牛的斗牛士，以此消耗牛的体力。

“这样的人手倒是不多。”雷塔纳坦率地说。

“我上场得有一个优秀的长矛手。”曼纽尔说。

“那你自己去找吧，”雷塔纳说，“自己去找好了。”

“费用不该从这笔钱里出，”曼纽尔说，“我只有六十杜罗[①]的报酬，总不能再从里面拿钱去请长矛手吧。”

雷塔纳没言语，只是隔着那张硕大的办公桌望着他。

“你也知道，我上场非得有个优秀的长矛手配合不可。”曼纽尔说。

雷塔纳仍没作声，只是远远地望着他。

“叫我去请长矛手情理不通。”曼纽尔又说道。

雷塔纳仍在盯着他看，靠在椅背上，远远地打量着他。

“常规的长矛手是有的。”他说。

“这我清楚，”曼纽尔说，“我清楚你那些常规的长矛手。”

雷塔纳的脸上没一点儿笑容。曼纽尔知道事情只能这样了。

“我只求势均力敌而已，”曼纽尔解释说，“出场时能够刺中公牛。仅仅需要有一个优秀的长矛手就行了。”

雷塔纳把他的话全当成了耳旁风，连听也不听。

“如果你想额外请什么人，”雷塔纳说，“那你就自己去找吧。普通的助手到时候会出场的。长矛手你愿请多少就请多少吧。喜剧表演是在晚间十点半结束。”

“好吧，”曼纽尔说，“如果你觉得这样可以的话。”

“就这样吧。”雷塔纳说。

“明天晚上见。”曼纽尔说。

---

① 西班牙货币，一杜罗等于五个比塞塔。

"我会到场的。"雷塔纳说。

曼纽尔拎起手提箱，举步向外走。

"请把门关上。"雷塔纳喊了一声。

曼纽尔回头一看，见雷塔纳正在低头阅读文件，便走出了办公室，咔嗒一声带上了门。

他下了楼，出了大门，走到了热烘烘、明晃晃的大街上。街上格外热，阳光洒在白颜色的楼房上，亮得刺眼。他沿着陡峭的街道阴凉的那侧朝太阳门广场[①]那儿走去。树荫如盖，凉爽似淙淙流淌的山泉。来到十字街口过马路，一出阴凉地，热浪便扑面而来。路上不断有行人擦肩而过，但没看到一个他认识的人。

快到太阳门广场跟前时，他拐进了一家咖啡馆。

咖啡馆里静悄悄的。靠墙的桌子那儿坐着几位顾客。其中的一张桌子旁，有四个人在打牌。大多数顾客都靠着墙抽烟，他们面前的桌子上放着一些空咖啡杯和空酒杯。曼纽尔穿过这个长长的房间，向后边的一个小房间走去。小房间的角落里有个人正趴在桌子上呼呼大睡。曼纽尔拣了张桌子坐了下来。

一个侍者走过来，站在了他的桌子跟前。

"你看见舒里托了吗？"曼纽尔问他。

"他午饭前来过，"侍者回答，"下午五点钟之前不会再来了。"

"给我来点儿牛奶和咖啡，再来杯普通的酒。"曼纽尔说。

侍者回到这间屋子时端了个托盘，上面放着一个大大的咖啡杯和一个玻璃酒杯，左手拎了瓶白兰地。他将拿来的东西一股脑儿全放在了桌子上，而跟他一道进来的一个男孩通过两个亮光闪

① 太阳门广场位于马德里市中心，呈半圆形，有十条街道呈放射状向外延伸。

闪的长把尖嘴壶把咖啡和牛奶倒在杯子里。

曼纽尔摘下帽子，侍者注意到他头上盘着条辫子，便一边往咖啡杯跟前的那个小酒杯里斟酒，一边冲送咖啡来的男孩挤了挤眼。后者好奇地看了看曼纽尔苍白的脸。

“你是来这儿斗牛的吗？”侍者边问边盖上了酒瓶的瓶塞。

“是的，”曼纽尔说，“明天上场。”

侍者站着不动，把酒瓶靠在腰眼上。

“您在查理·卓别林那场吗？”他问。

送咖啡的男孩局促不安地把眼睛转到了一边。

“不是。在普通场。”

“我原以为上场的是查韦斯和埃尔南德斯呢。”侍者说。

“不是。是我和另外一个人上场。”

“那人是谁？是查韦斯还是埃尔南德斯？”

“大概是埃尔南德斯吧。”

“查韦斯怎么不上场？”

“他受伤了。”

“你听谁说的？”

“雷塔纳。”

“喂，路易埃，”侍者冲着隔壁那个房间喊道，“查韦斯受伤了。”

曼纽尔将方糖外边的包装纸撕掉，把糖丢进了咖啡里，搅动了一下，然后把咖啡喝了。他觉得甜甜的、热热的，连空着的胃也暖和了起来。接着，他又喝干了酒杯中的白兰地。

“再给我来杯酒！”他对侍者说。

侍者打开瓶塞斟了一满杯，溢到杯托里的酒都够一杯了。这时，另有一个侍者走到了桌前，而送咖啡的男孩抽身离去了。

“查韦斯伤得厉害吗？”第二个侍者问曼纽尔。

“不知道，”曼纽尔回答，“雷塔纳没说他伤得怎么样。”

“他管得也太宽了。”一位高个子侍者说。曼纽尔从没见过他，他一定是刚进来的。

“在这座城市里，你要是搭上雷塔纳，那你可就得势了。”高个子侍者说，“假如你不尿他，那你就是自寻死路，还不如开枪把你自己崩了算啦。”

“没错，”之后又进来的一位侍者说，“你说的一点儿都没错。”

“对，我说的没错。”高个子侍者说，“提到那鸟人，我这话可不是胡诌的。”

“瞧他对维拉尔塔干的事。”最先进来的那位侍者说。

“他的恶行罄竹难书。”高个子侍者说，“他对待马西亚尔·拉兰达心狠手辣，也没让纳西奥纳尔有好果子吃。”

“此话一点儿不错，伙计。”矮个子侍者表示赞同。

曼纽尔看着他们站在自己的桌子跟前高谈阔论，把第二杯白兰地灌下了肚。他们全然忘记了他的存在，因为他们对他根本不感兴趣。

“瞧瞧那群笨蛋。”高个子侍者仍在滔滔不绝地大发议论，“你们见过纳西奥纳尔二号[①]吗？”

“上星期天我不是见过他吗？”第一个侍者说。

“他像头长颈鹿。”矮个子侍者说。

“我不是说了吗？”高个子侍者说，“他们全都是雷塔纳的鹰犬。”

---

① 纳西奥纳尔的胞弟。

“喂，再给我来一杯！”曼纽尔说。就在几位侍者大发议论时，他把溢在杯托里的酒倒进了杯子，灌进了肚子里。

最初的那个侍者又机械地给他倒了一满杯，然后那三个人就一边说着话，一边走了出去。

远处墙角的那个人仍在呼呼大睡，吸气的时候还打着细鼾，脑袋靠在墙上。

曼纽尔喝了杯子里的酒，自己也觉得瞌睡了。现在出去吧，外边天气太热。再说，他也没什么事干。他想见见舒里托，觉得最好还是在这儿睡上一觉等他。他用脚踢了踢桌子下的手提箱以确保它仍在那儿，可又觉得还是将它放在椅子底下墙根那儿比较保险，于是便弯腰把它推到了椅子下，然后趴在桌子上睡着了。

一觉醒来，他见桌子对面坐着个人——一个大块头，有一张深棕色的脸，看上去像个印第安人。那人坐在那里已经有一会儿工夫了。他挥手让侍者走开，然后就坐在那儿看报，时不时看一眼趴在桌子上睡觉的曼纽尔。他看报看得很费劲，嚅动着嘴唇逐词逐句地默念。看累了，他就看看曼纽尔。他重重地坐在椅子上，科尔多瓦[①]帽子的帽檐遮在前额上。

曼纽尔坐直身子，看了看他。

“你好，舒里托！”他说。

“你好，伙计！”大块头说。

“我睡着了。”曼纽尔用拳背揉了揉额头说。

“我想也是的。”

“混得还好吗？”

---

① 西班牙南部城市。

“很好。你怎么样？”

“不尽如人意。”

说到这里，两个人都不作声了。长矛手舒里托打量着曼纽尔那面无血色的脸，曼纽尔低头看着长矛手的那双大手将报纸折起来放进衣兜里。

“我想让你帮个忙，神手。”曼纽尔说。

“神手”是舒里托的绰号。每次听见有人喊他这个绰号，他就会联想到自己的大手，此时听了，便难为情地把两只手放在了桌子上。

“咱们喝一杯吧。”他说。

“这是自然的。”曼纽尔说。

侍者来了又去，去了又来。他走出房间时回头望了一眼这两个坐在桌旁的汉子。

“有什么事吗，曼纽尔？”舒里托放下酒杯问。

“明天晚上你能为我刺两头牛吗？”曼纽尔望着桌子对面的舒里托说。

“对不起，”舒里托说，“我现在不干这一行了。”

曼纽尔低头看了看自己的酒杯。其实，他已经预料到会听见这样的回答，现在果真如此，完全不出他所料。

“很抱歉，曼诺罗，但是我已经不当长矛手了。”舒里托看着自己的两只手说。

“没关系。”曼纽尔说。

“我年纪太大了。”舒里托说。

“我只是随便问问。”曼纽尔说。

“是明天的夜场吗？”

“是的。我觉得只要有一个优秀的长矛手，就一定能够大获全胜。”

“你能拿多少钱？”

“三百比塞塔。”

“我当长矛手也比这拿得多。”

“这我知道。”曼纽尔说，“我没资格请你上场。”

“你为什么非得干这一行呢？”舒里托问，“为什么不把辫子剪掉呢，曼诺罗？”

“这我也说不清。”曼纽尔说。

“你几乎和我一样老了。”舒里托说。

“我不知道，”曼纽尔回话说，“反正我得奋力一搏。只要我安排妥当，就能得到一个条件均等的机会。这就是我所需要的一切。我必须一干到底，神手。”

“你没必要一干到底。”

“话虽如此，但我必须这么做。我也试过金盆洗手。”

“我理解你的感受，可又觉得你这是钻牛角尖。何不摆脱紧箍咒，跳出这个圈子！”

“这些我是做不到的。再说，近来我还是有些起色的。”

舒里托看了看他的气色。

“你不是都住院了吗。”

“是的。可是在受伤前干得还是很好的。”

舒里托没说什么，将溢在杯托里的酒倒进了自己的杯子里。

“报上说我那两下子是无与伦比的绝活儿。”曼纽尔说。

舒里托望着他。

“要知道，如果叫我上场，我就会有不凡的表现。”曼纽尔说。

“你年纪太大了。”长矛手说。

“哪里的话，”曼纽尔说，“你比我要大十岁呢。”

“咱俩的情况是不一样的。”

“反正我的年龄还不算太大。”曼纽尔说。

接下来，二人默默无语地坐着。曼纽尔观察着长矛手脸上的表情。

“受伤之前，我一直都表现不俗。”曼纽尔说。

“你真应该来看我露几招，神手。”曼纽尔又带着几分责备说。

“我才不想去看呢，”舒里托说，“因为看了叫人神经紧张。”

“我最近斗牛，你可是没有去看过呀。”

“我看你斗牛看得已经够多了。”

舒里托望着曼纽尔，却躲开了对方射来的目光。

“你应该金盆洗手了，曼诺罗。”

“这可不行，”曼纽尔说，“这次我会干得不错，我告诉你。”

舒里托把身子朝前欠了欠，两只手放在桌子上。

“听着。为了你，我明天就再当一次长矛手吧。假如你明天晚上出师不利，那你就退出斗牛圈。好不好？你能做到吗？”

“一言为定。”

舒里托把身子朝后一靠，长出了一口气。

“到时候你一定得退出。不要耍花招。你得把辫子剪掉。”

“如果我赢了，就不会退出了。”曼纽尔说，“你来看看我吧。我身体还不错。”

舒里托站了起来，由于跟对方争论，都感到有点儿累了。

“你必须放弃，”他说，“我要亲手为你剪辫子。”

“不会的，你想都别想，”曼纽尔说，“你不会有这个机会的。”

舒里托喊侍者过来。

“走吧，”舒里托说，“到旅馆里去吧。”

曼纽尔伸手从椅子底下取出了箱子，心里感到很高兴，他知道舒里托一定会为他出场的。舒里托可是当今最优秀的长矛手啊！现在，事情一下子变得简单了。

“走，咱们到旅馆吃点儿东西去。”舒里托说。

****

曼纽尔站在斗牛场的马厩院落里，等待着查理·卓别林式的喜剧表演结束。舒里托和他站在一起，二人都在暗影里。通往斗牛场的高门是关着的，他们听到头顶传来一阵大叫，接着又传来一阵大笑。随后就寂静无声了。曼纽尔喜欢闻院子里马厩的气味，在黑影里觉得那气味很好闻。突然，斗牛场内又响起了叫喊声，随之而来的是一片喝彩声，持续了很长时间，经久不息。

“你见过那几个家伙吗？”舒里托问。他身材高大，和曼纽尔站在暗影里，看起来影影绰绰。

“没见过。”曼纽尔说。

“他们的表演滑稽极了。”舒里托说。说完，黑影里的他还暗自一笑。

通往斗牛场的那道高大的紧关着的双扇门被打开了，曼纽尔看见场内被弧光灯照得一片雪亮，而周围那高高的观众席却黑黢黢的。有两个穿着像流浪汉一样的男子绕着场地边跑边不时地冲观众鞠躬，身后跟着个穿旅馆杂役制服的人弯腰捡起观众扔在沙地上的帽子和手杖，把它们又扔回黑黢黢的观众席。

马厩院子里的电灯亮了。

“我去找一匹小马骑，你把助手们召集在一起。”舒里托说。

他们身后传来了骡铃声，几头骡子被牵到斗牛场内，要将死了的公牛拖出场。

那些助手刚才在围栏和观众席之间的过道里看喜剧表演，这时回到了院子里，聚在灯光下说着话。一个身穿银色和橘红色套装的英俊青年走过来，冲曼纽尔笑了笑。

“我是埃尔南德斯。”他伸出手说。

曼纽尔跟他握了手。

“今晚和我们交手的完全是大象啊。”青年乐呵呵地说。

“都是长着犄角的大家伙。”曼纽尔表示同意。

“你抽的可是下下签。”青年说。

“没关系，”曼纽尔说，“牛的个头越大，穷人能吃到的肉就越多。”

“那个伙计是从哪儿请来的？”埃尔南德斯咧嘴一笑，问道。

“那是位老朋友。”曼纽尔说，“你把大家召集在一起，让我看看都有哪些人。”

“你的这班人马都是好样的。”埃尔南德斯说。他的心情很好，因为在这之前他已经出过两次夜场了，在马德里已经有了一些追随者。这一场斗牛几分钟后就要开始，这使得他喜悦盈怀。

“长矛手哪里去了？”曼纽尔问。

“在后面牲口栏里争着骑好看的马呢。”埃尔南德斯笑了笑说。

那几头骡子冲进了大门，只听见噼啪的皮鞭声，以及叮当的骡铃声。那头战死的小公牛被拖了出来，沙地上犁出了一道深沟。

死牛被拖走后，全班人马便立即集中在了一起准备入场。

曼纽尔和埃尔南德斯站在队列的前边。几个年轻的助手紧随其后，将沉甸甸的披风折在一起搭在胳膊上。再下来就是四位长矛手，他们骑在马上，在半明半暗的牲口栏里举着钢尖长矛。

“雷塔纳真怪，也不让这里的灯亮一些，好叫咱们挑选马时能看得清。”一位长矛手说。

“他知道这儿全都是些皮包骨头的瘦马，咱们看不清心里就不会难过了。”另一位长矛手回答。

“我骑的这东西只能勉强让我离开地面。”最先说话的那位长矛手说。

“再怎么也是马呀。”

“是呀，这也算是马吧。”

他们骑在瘦马的背上，在暗影里发着牢骚。

舒里托一声不吭。在所有的马里，只有他选的这匹比较强壮。他试着骑过，拉马嚼子、踢马刺它都有反应。他把这匹马右眼上蒙的绷带取掉，割断了它耳根处紧紧捆住耳朵的线绳。它是匹结实的好马，四条腿站得稳稳当当的，而这正是他所需要的。他打算整场都骑它。此时，他骑在鼓鼓囊囊硕大的鞍座上，在半明半暗的阴影里等着入场，脑海里想的全是挥动长矛刺牛的场景。另外的几个长矛手在他的两旁你一言我一语地说着话，他则连听也没听。

两位斗牛士并排站在他们的三个助手前面，他们的披风折起来，以同一种方式搭在左胳膊上。曼纽尔琢磨着身后的三个小伙子。他们跟埃尔南德斯一样，都是马德里人，十八九岁的年纪。其中的一个是吉卜赛人，表情严肃、沉着，脸膛黝黑。曼纽尔喜欢他的面相，于是他转过身。

"你叫什么名字，小伙子？"他问那个吉卜赛人。

"富恩特斯。"吉卜赛人回答。

"这个名字好。"曼纽尔说。

吉卜赛人笑了笑，露出了牙齿。

"牛进场时，你就引着它在场子里跑一跑。"曼纽尔说。

"好的。"吉卜赛人表情严肃地答应了一声，心里开始筹划该怎样做了。

"入场式开始了。"曼纽尔对埃尔南德斯说。

"好，咱们走。"

他们昂首挺胸走了出去，和着音乐的节奏迈着步子，摆动着右臂，穿过弧光灯照射的沙地斗牛场。助手们紧随其后，然后是骑着马的长矛手，接下来就是场地杂役和身挂铃铛的骡子。入场的过程中，观众向埃尔南德斯欢呼致意。而这支斗牛队龙骧虎步、目不斜视，继续向前挺进。

他们走到主席台前，向主席鞠躬致敬，然后就散开来，各就各位。斗牛士走到围栏那儿，脱下沉甸甸的斗篷，换上斗牛用的轻飘飘的披风。骡子被牵了出去。长矛手骑着马一纵一跳地跑了一圈。随后，其中的两个长矛手从进场的那扇门出去了。杂役们用扫帚把沙地扫平。

雷塔纳的一个代理人为曼纽尔倒了杯水，曼纽尔喝了。那个代理人充当他的经理，并且负责为他拿剑。埃尔南德斯跟自己的经理说过话之后走了过来。

“你很走红呀，小伙子。”曼纽尔称赞了他一句。

“他们很喜欢我。”埃尔南德斯兴高采烈地说。

“入场式怎么样？”曼纽尔问雷塔纳的代理人。

“就像一场婚礼。”代理人说，“棒极了。你出场的派头跟何塞里托和贝尔蒙特①别无两样。”

舒里托骑着马从他们身边走了过去，活像一尊巨大的骑士雕像。他转过马头，让它面对场地远处的牛栏。入场的公牛将从那儿出来。身处弧光灯下，他总觉得怪怪的。他过去习惯的是在午后的艳阳下斗牛，挣的是大钱，现在却要在弧光灯下斗牛，这叫他很不喜欢。他倒希望早点儿开始。

曼纽尔走了过来。

“你可要狠狠地刺，神手。”他说，“替我好好修理它。”

“我会狠狠刺的。”舒里托朝沙地上啐了一口唾沫，说，“我要刺得它恨不得跳出场子去。”

“你可要紧追不舍，神手。”曼纽尔说。

“我会紧紧追着它的。”舒里托说，“怎么还不见它出来？”

“现在它出来了。”曼纽尔说。

舒里托骑在马背上，脚踩盒式马镫，两条粗腿套着鹿皮护甲，紧紧夹住马肚，左手拽住缰绳，右手紧握长矛，宽边帽檐盖在眼

① 何塞里托和贝尔蒙特均为西班牙著名斗牛士。

睛上方遮挡灯光，注视着远处牛栏的门。马紧张得抖了抖耳朵，他用左手拍了拍它。

牛栏的那扇红门朝里打开了，舒里托的目光越过斗牛场，紧紧盯着空荡荡的过道，盯了有那么一会儿。突然，公牛冲了出来，猛地来到了灯光下，四条腿不由一打滑，接着就旋风般狂奔过来，步子轻、速度快，冲锋时无声无息，只有它那宽宽的鼻孔在呼哧呼哧喘粗气。从黑暗的牛栏里冲向自由，这叫它感到兴奋。

《先驱报》的那个报道斗牛赛的替补评论员坐在第一排，此时已经等得有点儿心烦了，只见他伏在膝前的水泥矮墙上，以潦草的字体在本子上写道："参赛牛坎帕尼亚罗，黑种，四十二号，以每小时九十英里的速度冲出来，喘着粗气……"

曼纽尔背靠栅栏，望着那头公牛，把手一挥，那个吉卜赛人便拖着披风跑了出来。公牛一转身就朝着披风猛冲过来，脑袋低垂，尾巴翘得高高的。吉卜赛人拿着披风左躲右闪地跑着，经过公牛身边时，公牛一眼瞥见了他，就不再理睬披风，而是直直朝他冲过来。吉卜赛人全速奔跑，当公牛的犄角触到围栏的红板壁时，他一个鹞子翻身便翻过了板壁。公牛用犄角顶板壁，盲目地连顶了两次。

《先驱报》的评论员点了根烟，把火柴朝着公牛的身上一扔，然后在本子上写道："坎帕尼亚罗个头大、犄角粗，完全可以博得花了钱的观众们的眼球。它流露出想扎进斗牛士群的意图。"

就在公牛猛烈撞击板壁时，曼纽尔出场，来到了硬硬的沙地上。用眼角的余光，他瞥见舒里托骑着白马立于栅栏不远处，在场地左侧约四分之一周长的地方。曼纽尔紧贴胸口举着披风，两只手各抓着一个褶角，冲着公牛大叫："喂！喂！"公牛一转身就冲了过来，似乎身子还把板壁撞了一下。它一头撞在披风上，而曼纽尔一侧身，借着它的冲劲脚后跟一转，呼的一声把披风在牛角前抖了抖。抖过之后，他又一次面对公牛，还以刚才那种姿势将披风挡在身前。公牛冲过来时，他再次来一个大回旋。他每抖动一次披风，观众便喝彩连声。

他四次抖披风戏弄公牛，把披风舞得似波翻浪涌，每一次都会叫公牛再次向他发起冲锋。在第五次抖动完披风之后，他将披风贴附臀部，来了个大回旋，于是披风像芭蕾舞演员的裙子一样展开，引得公牛像腰带般围着他打转。之后，他闪开一步，让公牛面对骑在白马上的舒里托。公牛奔过去，稳稳地站定。白马站在它面前，两只耳朵前伸，嘴唇颤抖个不停。舒里托的帽檐遮在眼睛上方，他弯腰向前，将长矛夹在右腋下，前伸后突，形成一个锐角，而他的手握住长矛的中间部分，三角铁矛尖直指公牛。

《先驱报》的那个替补评论员眼睛盯着公牛，狠吸了一口烟，写道："老将曼诺罗运筹帷幄，设计了一套博人眼球的绝活儿，以贝尔蒙特的那种招式收尾，赢得了众人的喝彩。接下来就看骑马长矛手的表现了。"

舒里托骑在马上，估摸着公牛与矛尖之间的距离。他还在打量，公牛已鼓起全身的劲儿，眼睛盯着白马的胸口冲了过来。它刚低下头准备用犄角刺马时，舒里托已将矛尖扎进了它那肌肉隆起的背上，用尽了全身的力气。他左手则一扯缰绳，使得马腾空跳起，前蹄在空中乱蹬，同时驱马右转，用长矛把公牛向下摁，于是牛角尖安全地从马的肚皮下掠了过去。马前蹄落地后，浑身直打哆嗦。公牛掉头朝埃尔南德斯舞动的披风冲过去，尾巴尖扫在了马的胸口上。

埃尔南德斯转身向一边跑，一路用披风引着公牛。到了另一位长矛手的跟前，他一甩披风，让公牛站住，使得公牛直接面对骑着马的长矛手，自己却退了下去。公牛一见马就冲了过去。长矛手挥动长矛一刺，矛尖顺着牛背滑了过去。马见牛冲过来，吓得跳了起来，长矛手的身子已经半脱离了马鞍，再加上长矛没有刺中公牛，导致他右腿悬空，向着左边一头栽下了马，幸好中间有马挡住了公牛。马被公牛的犄角挑起，受了重伤，扑通一声倒在了地上，长矛手用穿着靴子的脚把它蹬开，躺在那儿等待救援。救援人员过来将他架起，架到安全的地方，然后扶他站好。

曼纽尔见长矛手平安无事，也就不着急了，于是任由公牛用犄角刺已经倒在地上的那匹马。这回，也叫那个差劲的长矛手吸取点儿教训，下次就不会这么快败下场了。这样的长矛手简直是草包！他的目光越过沙地，看了看距离栅栏不远处的舒里托，见他的马一动不动，正严阵以待。

“喂！”他冲着公牛喊道，同时双手举起披风以吸引公牛的目光，“过来呀！”公牛丢下马，朝着披风冲了过来。曼纽尔向侧面跑去，将披风展开，猛地收住脚步，脚后跟一转，引得公牛来了个急转弯，正好面对舒里托。

“埃尔南德斯和曼诺罗指挥若定，公牛坎帕尼亚罗挑死了一匹驽马，自己也身中两矛。”《先驱报》的评论员写道，“它显然对马并无缱绻之情，转身朝着另一位长矛手发起了冲锋。老将舒里托手持长矛，重现当年的雄风，显得英姿勃发……”

“好啊！好啊！”坐在评论员旁边的那个人在大叫，但他的叫声被观众们山呼海啸般的喝彩声淹没了。他拍了拍评论员的后背让他看，评论员抬头发现舒里托就在自己跟前的看台下。舒里托骑在马上，身体外倾，长矛呈锐角夹在腋下，两手几乎都快握到了矛尖那儿。他使出全身的力气扎下去，阻止公牛前进，而公牛一个劲儿朝前冲，一心要挑死马。舒里托俯下身子，身下就是公牛。他用长矛把公牛向外推，最后借着公牛顶过来的力一勒缰绳，让马慢慢转了个身，摆脱了公牛的纠缠。舒里托觉得马已经脱了身，可以让公牛过去了，于是就放松了用以抵住公牛的钢矛。公牛挣脱钢矛的时候，矛尖已在它肌肉隆起的背上划了一道血口。此刻，它发现埃尔南德斯的披风横在自己的眼前，便不顾一切地冲了过去。埃尔南德斯舞动着披风，将它引到了场子的中央。

舒里托拍拍自己的马，骑在马上观看埃尔南德斯和公牛的表演。在明亮的灯光下，埃尔南德斯舞动披风，引得公牛冲来冲去，观众发出排山倒海般的喝彩声。

“看见我那一击了吗？”他问曼纽尔。

“简直是个奇迹。”曼纽尔说。

“我叫它尝到了厉害，”舒里托说，“你看看它现在的样子吧。”

这时，埃尔南德斯一舞披风，引得公牛来了个急转弯。公牛蹄下一滑，跪在了地上。不过，它立刻就又站直了身子。曼纽尔和舒里托远远望见它血流如注，鲜血从它那黑色的背上直朝下淌，还闪着亮光。

“我叫它尝到了厉害。”舒里托说。

“这头牛是好样的。”曼纽尔说。

“要是再叫我刺它一矛，就会把它结果掉的。”舒里托说。

“他们把第三轮交给了咱们。”曼纽尔说。

“你看看它现在的样子吧。”舒里托说。

“我得到那边去了。”曼纽尔说完，就一路小跑去了斗牛场的另一侧。几个长矛手的助手正在那儿把一匹马朝公牛跟前赶，又是拽缰绳又是用棍子敲它的腿，而公牛低着头，用蹄子刨着地，拿不定主意，不知道该不该发起冲锋。

舒里托骑着马走了过去，面无表情，仔细观察着每一个细节。

最后，公牛发起了冲锋，助手们向围栏那儿逃去。长矛手扎了一下，但扎偏了，有点儿太朝后了。公牛冲到马肚下，把它挑起来，抛在了自己的背上。

舒里托观察着。穿红衬衫的助手们跑过来，将长矛手拖离了现场。长矛手站稳后，一边嘴里骂骂咧咧的，一边活动着手臂。曼纽尔和埃尔南德斯手拿披风，准备迎战。身躯庞大的黑公牛背上驮着那匹马，马蹄晃来晃去的，缰绳缠在了牛角上。由于背上压了一匹马，黑牛的短腿走起路来踉踉跄跄的。它弓起脖子，又跳又蹿，要将马甩下来。后来，马总算滑落了下来。接着，公牛向曼纽尔展开的披风冲了过去。

公牛的速度有点儿变慢了，曼纽尔觉得它失血过多，流遍半个身子的鲜血闪闪发亮。

曼纽尔又把披风晃了晃。公牛两眼圆睁，紧盯住披风，龇牙咧嘴地冲了过来。曼纽尔闪开一步，举起双臂，将披风在公牛的面前绷紧，耍了个维罗尼卡[①]。

曼纽尔和公牛面对面了。没错，公牛微微低垂着脑袋，它撑不住了，这是舒里托扎那一矛所产生的结果。

曼纽尔抖了抖披风，公牛冲过来，他闪身躲过，然后又耍了一个维罗尼卡。他想："这家伙现在攻击的准确性加强了，不轻易进攻，而是看准了再冲锋。它在寻找猎物，眼睛盯着我呢。不过，我有披风转移它的视线。"

他冲着公牛抖披风，公牛一冲过来他就闪开，有一次险些被刺中。这次真是近得可怕，他觉得不能再冒这个险了。

跟牛周旋时，披风的边扫在牛背上，沾满了血，已经湿漉漉的了。

好吧，最后决战的时刻到了！

曼纽尔双手舞动披风，面对着公牛，公牛一冲过来，他就引着公牛和他一起原地转一圈。公牛虎视眈眈，牛角尖朝前，不住地打量着他。

"喂，"曼纽尔喊了声，"过来呀！"他身子朝后缩去，把披风向前一舞。公牛冲了过来，他一闪身，将披风甩到了后边，原地打了个转。公牛跟着披风转了个圈，这下子失去了追踪的对象，被披风所操纵，猛地站住了。曼纽尔用一只手挥动披风，在它的鼻子底下晃了晃，向观众显示它已被"定身"，然后扬长而去。

场内没有人喝彩。

曼纽尔穿过沙子场地向围栏那儿走去。这时，舒里托骑着马

---

① Veronica，斗牛士不移动脚步只舞动披风的引牛动作。以传说中用汗巾为耶稣拭面的圣女维罗尼卡命名。

出了场。就在曼纽尔与公牛酣战时，场上吹响了号角，宣布应该短枪手出场了，只是他没注意到罢了。只见几个助手在清理战场，给两匹死马身上盖了帆布，又在周围撒了木屑。

曼纽尔来到围栏跟前要水喝，雷塔纳的代理人递给他满满一陶瓷杯水。

那个名叫富恩特斯的高个子吉卜赛人将两把短枪合在一起拿在手里，站在那儿，望着曼纽尔。那短枪有着细细的红枪杆和钓鱼钩一样的枪头。

“上场吧！”曼纽尔说。

吉卜赛人快步上场。曼纽尔放下水杯一边注视着他，一边用手帕擦了一把脸。

《先驱报》的评论员伸手去取夹在两脚之间的那瓶温温的香槟酒，喝了一口，写完了这一段：

“上了年纪的曼诺罗舞动披风，耍了几个动作，但由于表现平庸，没有赢得喝彩。这时，斗牛比赛进入了第三轮。”

公牛孤零零地站在场地中央，仍然纹丝不动。高个子富恩特斯腰杆挺得直直的，张开双臂，两手各握一根细红杆短枪，用手指攥着，枪尖朝前，一步步向公牛走去。一位助手拿着披风跟在他身后的一侧。公牛望了望他，不再纹丝不动了。

它用眼睛紧盯富恩特斯。富恩特斯收住脚步，身子微微后仰，冲着它喊叫，晃一晃手里的短枪。钢铁枪尖亮光一闪，吸引住了它的目光。

它翘起尾巴，如饿虎扑食般猛冲了过来。

它一边直奔富恩特斯，一边用眼睛盯住他不放。富恩特斯站着不动，朝后微仰，短枪的枪尖向前伸去。就在公牛低头用犄角挑他时，他身子朝后一挺，两条胳膊并在一起，然后举起，双手彼此一碰，把短枪扎了下去。两条短枪犹如两条下落的红线，枪尖扎在了牛背上。他身子前倾把枪杆朝下压，几乎快挨着牛的犄角了，随即以笔直的枪杆为支点，两腿并拢来了个大回旋，身子一歪，让公牛冲了过去。

“好！”观众连声喝彩。

公牛用犄角乱挑一气，像离了水的鳟鱼一样蹦来蹦去，四只蹄子腾空跃起，背上扎着的红杆短枪也跟着晃动不已。

曼纽尔站在围栏那儿观战，注意到牛喜欢朝右看。

“你让他下两枪朝右边那一侧扎！”他对准备跑过去给富恩特斯送替用短枪的助手说。

这时，一只大手搭在了他的肩上。是舒里托。

“你感觉如何，伙计？”他问。

曼纽尔仍注视着公牛。

舒里托把两条胳膊靠在了围栏上，整个身子的重量都压在了胳膊上。曼纽尔转过脸来看他。

“你干得顺风顺水呀。”舒里托说道。

曼纽尔摇了摇头。他现在无事可做，就等着第三轮上场了。吉卜赛人的短枪扎得很到位，公牛第三轮和他交手时状态一定不错。好棒的一头牛啊！目前，一切都还挺容易的，他所担忧的是最后能否叫公牛一剑毙命。要说担忧，他倒不是真的担忧，因为他对最后的结局连想都没想。但是，此刻站在围栏旁边，他的心里还是禁不住产生了深深的忧虑。他望着公牛，脑子里想着自己的战术，想着该怎样用红布巾戏弄公牛，让它听自己的指挥。

吉卜赛人又一次向公牛走去，脚尖一踮一踮，像在舞场上跳舞，根本不把公牛放在眼里，手中还晃着红杆短枪。公牛注视着他，此刻的它并非处于“定身”状态，全然将他视为猎物，只等他走近，到了它有把握的时候，就把犄角扎进他的身体。

就在富恩特斯步步逼近时，公牛冲了过来。富恩特斯绕场跑，跑了有场地周长四分之一那么远，公牛回头追过来。他闪身叫它扑了个空，自己却猛地站住，向前一探身，踮起脚尖，扬起胳膊，把两支短枪扎进了它那肌肉紧绷、宽大的肩胛上。

观众为之疯狂，大声喝彩。

“这小伙子在夜场干不了多久了，很快就会上日场的。”雷塔纳的代理人对舒里托说。

“他的确很优秀。”舒里托回话说。

“好好瞧他的表现吧。”

二人把目光移向了富恩特斯。

富恩特斯背靠围栏站着。他的两个助手拿着披风站在他的身后，时刻准备隔着围栏挥动披风以分散牛的注意力。

公牛伸着舌头，身子一起一伏的，虎视眈眈地望着富恩特斯，心想这下子可把他逼到墙角了，一定能将他钉死在红木板上。只要向前冲短短一点路就可以一了百了！它盯着富恩特斯。

吉卜赛人缩回身子，抽回双臂，用短枪的枪尖指着公牛，喊一声，再跺跺脚。公牛疑虑重重，它渴望戳死那个人，却不愿再挨短枪扎了。

富恩特斯朝着公牛靠近了几步，身子一缩，又大叫了一声。

看台上有人大声喊叫，要他当心。

“他靠得太近了。”舒里托说。

“你注意看就是了。”雷塔纳的代理人说。

富恩特斯身子后仰，挥动短枪挑逗公牛，然后一跃而起，两只脚离开了地面。就在这一瞬间，公牛翘起尾巴冲了过来。富恩特斯脚尖落地，张开双臂，弓身向前，躲过了牛的右角，同时将短枪直直扎了下去。

公牛撞在了围栏上，没有戳着富恩特斯，注意力却被几个舞动着的披风吸引了去。

吉卜赛人沿着围栏向曼纽尔那儿跑去，一路听着观众们的欢呼喝彩声。他的背心刚才碰到了牛角尖上，被划了个口子。他为此很是得意，把那口子指给观众们看，绕场跑了一周。从舒里托跟前经过时，舒里托冲他一笑，指指他的背心，而他也报以微笑。

这时，又有短枪手出场，把最后的两只短枪扎在了牛背上，但没有人注意他。

雷塔纳的代理人把一根指挥棒包进穆莱塔①红色的那一面里，裹好后隔着围栏递给曼纽尔，再从剑堆里抽出一把剑，这些剑的剑鞘都是皮制的，他连同剑鞘一起握着，也隔着围栏递了过去。曼纽尔握住红颜色的剑柄，将剑拔了出来，而皮质剑鞘软绵绵地落到了地上。

他望了望舒里托，额头在冒汗。这被那位大个子瞧在了眼里。

“去吧，把它结果掉，伙计。”舒里托说。

---

① muleta，西班牙斗牛士的主要工具之一，多为一面红色一面黄色（与西班牙国旗颜色一致）的法兰绒，也有两面都为红色的。

曼纽尔点了点头。

“它的状态还是挺好的。”舒里托说。

“这正是你所期待的。”雷塔纳的代理人安慰曼纽尔说。

曼纽尔点了点头。

看台的棚屋下有人吹响了号角，宣布最后的决战开始了。曼纽尔穿过斗牛场的场地，走到了黑魆魆的包厢那儿，主席肯定坐在那儿。

坐在前排的那个《先驱报》斗牛赛替补评论员喝了一大口温温的香槟酒，觉得不值得写比赛随记，打算回办公室后把这篇报道写完了事。这样的斗牛赛有什么可写的呢？只不过是夜场赛罢了！万一有疏漏之处，可以从晨报摘录一些内容作为补充嘛。想到这里，他又喝了一口香槟酒。十二点他在马克西姆饭店还有个饭局呢。这些斗牛士都是些无名之辈，是小屁孩和酒囊饭袋，是一群混饭吃的。他把稿纸放进衣袋，抬头看了一眼曼纽尔。曼纽尔孤零零地站在场上，挥动帽子向一个包厢致敬，那包厢在黑乎乎的看台的高处。公牛静静地站在远处，目光茫然。

“主席先生，我把这头牛献给你以及马德里的观众——天下最明智、最慷慨大度的观众。”曼纽尔在朝着包厢致辞，说的都是老套的话，一词不漏。夜场还说这么多，未免太啰唆了！

接下来，他朝黑魆魆的包厢鞠了一躬，挺直身子，将帽子从肩头向后一抛，左手拿着穆莱塔，右手持剑，雄赳赳地朝着公牛走去。

公牛望着渐渐逼近的他，目光变得警觉起来。曼纽尔注意到几只短枪扎在它的左肩上，从那儿耷拉下来，而舒里托的长矛留下的伤口血流如注。他还留意着牛蹄子发生的变化。他左手拿穆莱塔，右手持剑，迈步向前，眼睛望着牛蹄子，情知公牛不把蹄子收拢是不会发起攻击的。现在它四蹄分开，呆立着不动。

就这样，曼纽尔一边看着它的蹄子，一边一步步靠近它。他觉得没什么大不了的，自己完全可以搞定它。他要做的是让公牛把脑袋低下，这样便可以让剑锋掠过牛角，让公牛一剑毙命。不过，此刻既不能考虑如何用剑，也不能考虑什么一剑毙命。一次只能考虑一件事！当务之急是走好眼前的这一步。他边走边观察牛蹄子的变化，还看一看牛的眼睛、湿湿的口鼻，以及朝两边分开、伸向前来的犄角。公牛也在注视着曼纽尔，眼睛周围有几圈淡淡的皱纹。它觉得自己完全可以叫这个小白脸命丧黄泉。

曼纽尔站住了，用剑把穆莱塔挑开，再将剑尖刺进红布，左手把剑和红布举起——红布展开，看上去像船帆一样。曼纽尔观察了一下牛角尖，发现其中的一只刚才因撞围栏已经裂开，另一只却锋利得似豪猪身上的刺。在展开穆莱塔的时候，他留意到牛角那白色的根部已被鲜血染红。他虽然注意到了这些现象，对牛蹄子的观察却一刻也没有放松。公牛也在目不转睛地看着他。

曼纽尔心想：“它已经在提防了，正在积蓄力量准备反扑。我得打乱它的阵脚，让它把脑袋低下来。让它低下脑袋是关键。舒里托曾经叫它低下来过，现在却又抬了起来。如果让它动起来，它一流血，就会低下脑袋的。”

想到这里，他左手持剑，将穆莱塔挑在前面，冲着公牛大声喊了起来。

公牛望着他。

他挑衅般将身子后仰，抖了抖那一大块法兰绒。

公牛看见了穆莱塔，在弧光灯下穆莱塔闪着鲜亮的猩红色的光，不由收拢了蹄子。

它忽地旋风般冲了过来！曼纽尔见它到了跟前，便一转身，让穆莱塔从牛角的上方掠过，顺着宽宽的牛背从头到尾扫过。由于冲得过猛，公牛腾空跳了起来，而曼纽尔在原地没挪窝。

这一轮冲锋过后，公牛回过了身，活像一只猫转过了墙角，把脸朝向曼纽尔。

它现在又处于提防的状态，原来的那种呆滞气已消失得无影无踪。曼纽尔注意到又有鲜血从它那黑色的肩胛上流下来，闪着亮光，顺着它的腿朝下淌。他把剑从穆莱塔中抽出来，用右手握紧，左手压低拿着穆莱塔，身子向左歪，冲着公牛大喊大叫。公牛收拢了蹄子，眼睛死死盯着穆莱塔。曼纽尔心想:它要冲锋了，来吧！

公牛冲过来时，他一闪身，把穆莱塔在公牛的眼前一晃，脚跟站稳，剑锋跟着这个动作划了个弧，在灯光下反射出一道寒光。

这一套那图拉尔[①]的动作完成后，公牛再次向他发起了冲锋。他挥挥穆莱塔来了个擦胸过身[②]，公牛稳健地穿过穆莱塔贴着他的胸口冲了过去。公牛冲过时，曼纽尔把头朝后一仰，躲开扎在牛背上的咔嗒咔嗒乱响的短枪杆。黑黑的牛身子擦过他的胸口，热乎乎的。

略作思忖，曼纽尔觉得自己跟公牛的距离未免有点儿太近了。舒里托趴在围栏上叽里咕噜地跟吉卜赛人说了些什么，接着就见吉卜赛人拿着披风朝着这边跑了过来。舒里托朝下压压帽檐，目

① pasenatural，穆莱塔的主要招式，虽然简单，但做起来危险很大。

② pasedepecho，那图拉尔的收势，一般由左手完成。

光越过斗牛场望着曼纽尔。

曼纽尔又将脸转向了公牛，把穆莱塔拿得低低的，移到左边。公牛望着红布巾，头也跟着低了下来。

“要是贝尔蒙特露这么一手，观众一定会为之发狂的。”雷塔纳的代理人说。

舒里托眼睛盯着场子中央的曼纽尔，什么也没说。

“老板是从哪儿把这家伙挖来的？”雷塔纳的代理人问。

“从医院里。”舒里托说。

“他很快就会回到那里去的。”雷塔纳的代理人说。舒里托转过脸看着他。

“快，用手敲敲这木头！”[①]他指着木头围栏说。

“我只不过说了句玩笑话，伙计。”雷塔纳的代理人分辩说。

“让你敲你就敲！”

雷塔纳的代理人俯下身，在围栏上敲了三下。

“现在注意看比赛吧。”舒里托说。

此时，曼纽尔走到场子的中央，在弧光灯下对着公牛跪在了地上，两手举起穆莱塔。公牛尾巴翘起，向他冲了过来。

曼纽尔闪身躲过，待公牛再次冲来时把穆莱塔绕着自己转了半圈，使得公牛由于冲得过猛也跪了下来。

“哇，真是一个伟大的斗牛士！”雷塔纳的代理人赞叹道。

“不，他不是伟大的斗牛士。”舒里托说。

曼纽尔站起了身，左手拿穆莱塔，右手持剑，接受黑魆魆的看台上传来的阵阵喝彩声。

---

① 西方有一种迷信：说了不吉利的话，敲敲木头便可逢凶化吉。

公牛弓弓身子站了起来，脑袋低垂，等待着机会。

舒里托对另外两位年轻的助手说了句什么，那两人拿着披风跑过来站在曼纽尔的身后。现在，曼纽尔的身后有四个人了。他拿着穆莱塔一出场，埃尔南德斯就跟了上来。富恩特斯也在他身后，手中的披风紧贴着身子，高高的个子，姿势悠闲，用懒洋洋的目光注视着公牛。埃尔南德斯见又来了两个人，便使了个眼色，叫他们分列两侧。曼纽尔在前，独自面对公牛。

他挥手叫拿披风的助手们往后退，自己也小心翼翼地朝后退了退，看得见他脸色惨白如纸，直冒虚汗。

那几个助手真蠢，难道就不知道往后边退一退吗？在他已经准备好要下手的时候，他们难道想用披风把牛的注意力吸引过去吗？他要操心的事情已经够多了，那几个人还如此添堵！

公牛四蹄分开站着，眼睛注视着穆莱塔。曼纽尔左手拿着穆莱塔挥了挥，公牛目不转睛地望着，四条腿支撑着沉重的身躯，脑袋低垂，只是还不够低。

曼纽尔扬起穆莱塔挑逗它，而它纹丝不动，只是用眼睛观望着。

曼纽尔觉得它就像一尊铅铸的雕像，威风凛凛，造型很好。但他会把它搞定的。

他想到了一些斗牛界的术语。有时候他思考问题，想用一个特定的术语，却想不起来，结果那个问题就想不通了。他的本能和知识在机械地发生作用，而他的大脑在慢慢转动着，努力用术语思考着。其实，对于公牛他了如指掌，没必要思虑过多，只要采取行动就是了。他的眼睛会观察，身体会采取必要的措施，连想都不用想！如果还要动脑筋想，他就玩完了！

此刻面对公牛，他一下子想到了许多战术。公牛的两只犄角，一只已经裂开，另一只则光滑、锋利。他必须来个半转身，迅速地直接靠近左边的牛角，虚晃一下穆莱塔吸引住公牛，手中的剑却掠过牛角的上方，扎进公牛的要害处——那是一个五比塞塔硬币那么大的地方，在牛的脖子后边两个隆起的肩胛之间。完成了这个动作之后，他还必须及时脱身，从两只牛角之间缩回去。他知道自己必须做到这一点，心里只有一个念头："稳，准，狠[①]！"

他挥了挥穆莱塔，心里在念叨着："稳，准，狠！"他边念叨边从穆莱塔中抽出利剑，侧身转向公牛左边的那只劈裂的犄角，丢掉红布巾，任其从身上滑落，右手举剑与眼持平，形成一个十字形，踮起脚尖，瞄准公牛两个肩胛之间的那块隆起的地方把剑尖扎了下去。

他"稳，准，狠"地扑在了公牛身上。

一个撞震，他觉得自己被抛到了空中。趁着腾空而起的工夫，他把剑刺出去，那把剑从手里飞了出去。他重重地落在了地上，公牛就在他的上方。他躺在地上，用穿着便鞋的脚狠踹公牛的鼻子，踹了一脚又一脚。公牛用犄角顶他，但由于太兴奋，老是顶不着，于是就用头撞他，两只犄角插在沙子里。曼纽尔的脚乱蹬一气，就像是蹬风火轮一样，让公牛无法戳着他。

他感到有人在冲着公牛抖披风，一阵阵的风吹在了他的脸上。公牛从他身上跃过，追了过去。牛肚子一闪而过，黑乎乎的，幸好牛蹄子没踩在他身上。

他站起身，从地上捡起穆莱塔。富恩特斯把剑递给他。那把

---

① 原文是西班牙语：Corto y derecho。

剑刚才扎在公牛的肩胛骨上，已经被碰弯了。他接过剑，放在膝上扳直，然后向公牛奔了过去。公牛此刻正站在一匹死马的身旁。他的外套被牛角扯了个口子，当他奔跑时，扯破的地方呼呼迎风乱飘。

“把它从那儿引开！”曼纽尔冲吉卜赛人喊道。公牛闻到了死马的血腥味，用犄角挑起了盖在马身上的帆布罩。富恩特斯挥动披风，它冲了过来，帆布罩挂在那只裂开的牛角上，惹得观众哄堂大笑。到了场子上，它摇头晃脑地想将帆布甩掉。富恩特斯从它身后快步上前，拽住帆布罩的一角，麻利地把帆布从牛角上扯了下来。

公牛尾随追来，但中途却又突然站住了，又一次警惕地采取了守势。曼纽尔拿着利剑和穆莱塔步步紧逼，把穆莱塔在它的眼前挥了挥，而它就是不肯冲过来。

曼纽尔侧身面对公牛，目光循着剑锋瞄准。公牛一动不动，看上去像死了一样，再也无法发动攻击了。

曼纽尔踮起脚尖，举剑看准地方，一下子刺了过去。

这一次又受到了撞击，他觉得自己被猛地一撞，重重地摔倒在了沙地上。而这一次，他可没有机会用脚踢牛了，因为公牛罩在了他的头顶。他死了一般躺在那儿，脑袋伏在手臂上。公牛用头撞他，撞他的背，撞他那埋在沙子里的脸。他感觉牛角尖刺进了他两臂之间的沙土里，接着又顶着他的腰。他把脸部深深埋在沙子里。牛角刺穿他的一只袖子，把袖子扯了下来。公牛把他甩到了一边，转身朝着助手们挥动的披风冲了过去。

曼纽尔站起来，捡回剑和穆莱塔，用拇指试了试剑锋，然后跑到围栏那儿换新剑。

雷塔纳的代理人把剑从围栏上递给他。

“把你的脸擦一擦！”他说。

曼纽尔又朝着公牛跑了过去，用手帕擦着脸上的血污。他没看见舒里托。舒里托哪里去了？

助手们见他过来，便拿着披风从公牛身边走开，在一旁待命。公牛像小山一样站着不动，这一场冲锋过后又变得呆钝了。

曼纽尔拿着穆莱塔越走越近，后来收住脚步，把穆莱塔挥动了几下，公牛没有反应。他把穆莱塔在牛鼻子前右一下左一下、左一下右一下地晃动，公牛盯着那穆莱塔，头也跟着转动，但它就是不肯冲锋，而是在耐心等待机会。

曼纽尔有点儿急了。现在别无良策，只好拼死一搏了。一定要稳、准、狠！只见他侧身靠近公牛，将穆莱塔遮在身前，然后猛地扑了过去。就在他举剑刺向公牛时，身体朝左一斜避开牛角。公牛从他身边冲过，剑被撞得凌空飞起，在弧光灯下寒光一闪，落在了沙地上。

曼纽尔跑过去把剑捡起来，发现剑身已弯，便放在膝上扳直。

此时，公牛又一次木雕石塑般不动了。他朝公牛那儿跑，经过了手拿披风站在一旁的富恩特斯身边。

“那家伙浑身都是骨头。”那个吉卜赛小伙子安慰地对他说道。

曼纽尔点点头，用手帕擦了擦脸，然后将沾满了血的手帕塞进了口袋。

公牛就在那儿，离围栏很近。“该死的家伙，也许真的浑身都是骨头，刀枪不入。但我非得叫你瞧瞧我的厉害，让他们见识见识！”

他挥动穆莱塔，要引公牛上钩，可是对方连动也不动。他将穆莱塔在公牛的眼前抖过来抖过去，但一点儿效果也没有。

他收起穆莱塔，拔出剑，侧身刺向公牛。剑刺进公牛的身体，他把全身的力气都压在了剑柄上，觉得剑身都被压弯了。突然，剑飞到了空中，翻转着掉进了观众席。就在剑弹出去的当儿，他闪身躲过了牛角。

黑黢黢的观众席中有人用坐垫砸他，但没有砸中。后来又有人扔了一个过来，砸在了他脸上。他扭过满是血的脸，将目光投向观众。坐垫如雨点般砸来，纷纷落在沙地上。近旁有人把一个空酒瓶子扔了过来，砸在了他的脚上。他站着不动，望着扔来这些东西的黑黢黢的观众席。突然，又有一样东西从空中呼啸而来，落在了他身旁。他看见是自己的那把剑，于是弯腰捡起。接着，他把剑放在膝上扳直，挥剑向观众致意。

“谢谢诸位！”他说，“谢谢诸位！”

噢，这些讨厌的杂种！讨厌的杂种！噢，这些让人恶心的讨厌的杂种！他奔跑时踢到一个坐垫。

他见公牛站在那儿，像什么事也没发生似的。好吧，你这狗杂种，等着瞧！

曼纽尔晃动着穆莱塔从黑黑的牛鼻子前掠过。

没有反应。

你不动！好吧。只见他趋前一步，把穆莱塔的尖角捅进了湿漉漉的牛鼻子里。

他向后退去时公牛扑了过来。他被一个坐垫绊了一下，觉得牛角刺着了他，扎进了他的腰部。他用双手紧抓牛角，如倒骑马般被顶着后退，同时紧紧抓住牛角不放。公牛把他甩到了一边，他脱身了。他躺着一动不动，还好公牛走开了。

他一骨碌爬起来，咳嗽不已，觉得浑身像散了架一样。这些讨厌的杂种！

"把剑给我！"他吼道，"把那家伙给我！"

富恩特斯把剑和穆莱塔拿了过来。

埃尔南德斯用胳膊搂着他。

"到医务所去吧，"他说，"不要再傻干了。"

"快滚开！"他说道，"快给我滚开！"

他一扭身子挣脱了，富恩特斯无奈地耸了耸肩。他朝着公牛跑了过去。

公牛小山一样站在那儿，稳稳当当地严阵以待。

好吧，让你这个狗东西尝尝这个！他噌地从穆莱塔中抽出剑，还以刚才的那种姿势瞄准，忽地扑到了公牛身上。他感到剑尖扑哧一下扎进了牛的身体，一直扎到护圈处。他的拇指和另外的四个指头也捅进了牛的身体里，滚烫的鲜血喷在他的指关节上。他把整个身子都压在了牛的身上。

公牛驮着他，摇了摇身子，似乎要倒下去了。他急忙跳下来站开，看着公牛慢慢向一边倒去，随后突然四蹄朝天翻了过去。

他挥手向观众致意，觉得手上的牛血还热乎乎的。

好吧，你们这些龟儿子都看到了！他想说点儿什么，却咳嗽了起来。天气又闷又热。他低头寻找穆莱塔，觉得自己应该走过去向主席鞠躬致敬。该死的主席！他累得一屁股坐了下来，眼睛望着一样东西发呆。那是公牛！只见公牛四蹄朝天，舌头伸了出来，肚子周围和大腿下有什么东西在爬，在那些牛毛稀疏的地方爬。公牛总算死了。让它到地狱里去吧！让那些家伙全都下地狱吧！他挣扎着想站起来，却又开始咳嗽，只好又坐了下来，一声一声咳嗽着。有人走过来，扶他站直。

他们抬着他穿过场子到医务所去，在沙地上疾步奔跑，到了大门那儿，由于骡子进来拖死牛，一时被堵住了。后来他们绕过骡子，从黑黢黢的通道过去，抬着他上楼梯，呼哧呼哧喘着粗气，最后把他放了下来。

医生和两个穿白大褂的人正等在那里。大家七手八脚把他放在手术台上，将他的衣服剪开。曼纽尔感到很疲倦，胸口发烫，像是要炸开一样。他咳嗽不止，他们把什么东西罩在了他的嘴上。所有的人都忙得团团转。

一道电灯光射进了他的眼里，刺得他闭上了眼睛。

他听见有人迈着沉重的步子在上楼梯，后来那声音就听不到了。突然，远处传来了欢呼声，那是观众在喝彩。原来他计划杀死两头牛，现在另一头只好由别人代劳了。这时，他们把他的衣服全剪开了。医生冲他笑笑，而雷塔纳也站在手术台旁。

“你好，雷塔纳！”曼纽尔说道。可是，他听不见自己说话的声音。雷塔纳冲他笑笑，说了句什么，只是他已经听不清了。

舒里托也在手术台跟前，俯身看医生忙碌，身上还穿着长矛手的衣服，头上没戴帽子。

舒里托对曼纽尔说了几句话，可是他一句也没听清。

舒里托又对雷塔纳说了些什么。一个穿白大褂的人笑了笑，将一把剪刀递给雷塔纳，而雷塔纳把剪刀转递给了舒里托。舒里托对雷塔纳说了些什么，曼纽尔没听清。

让这手术台见鬼吧。他以前没少上过手术台！他绝不会死的。如果快要死了，跟前出现的应该是牧师。

舒里托对他说了句什么，同时举起了剪刀。

啊，原来如此！他们要剪掉他的辫子！他们要剪掉他的辫子！

曼纽尔腾地从手术台上坐了起来。医生朝后一退，很恼火。有人抓住曼纽尔，扶住了他。

“你不能干这缺德的事，神手！”曼纽尔说。

就在这时，他突然恢复了听力。

“好吧，”舒里托说，“我不会那么做的，只不过是开个玩笑。”

“我干得还是挺不错的，”曼纽尔说，“只不过是运气一时不佳罢了。仅此而已。”

他说完又躺了回去。有人在他脸上放了个东西。他对那东西非常眼熟，深深吸了口气。他觉得非常疲倦，非常非常累。他们又把那东西从他脸上拿掉了。

“我干得还是挺不错的，”他虚弱地说，“我还是挺棒的。”

雷塔纳看看舒里托，然后转身向门外走去。

“我留在这里陪他。”舒里托说。

雷塔纳耸了耸肩膀。

曼纽尔睁开眼望着舒里托。

“我表现得还是挺不错的，是不是，神手？”他说，想从对方的嘴里证实这一点。

“当然，你表现得的确不错。”舒里托说。

医生的助手把圆锥形的东西罩在了曼纽尔的脸上。曼纽尔大口大口地吸着氧气。舒里托窘迫地站立一旁看着。

第二篇　异国见闻

秋天，战场上仍硝烟弥漫，但我们不再到那儿去了。米兰的秋天寒意袭人，天色很早就黑了。华灯初上，一边漫步于街头，一边浏览橱窗，很是惬意。野味店把许多野味挂在外面陈列。狐狸的皮毛上落满了雪花，尾巴迎风摇曳；鹿被掏空了内脏，沉甸甸、僵硬地挂在那儿；小鸟在风中一晃一晃的，羽毛被风吹得翻起。这个秋天很冷，寒风是从山里刮来的。

每天下午，我们都要到医院去。傍晚穿城而过，去医院有三条不同的路。其中的两条在运河边，只是太长，要从桥上走，跨过运河进入医院。有三座桥供你选择。其中的一座桥上有个女人在卖炒栗子。站在她的木炭炉火前，你会觉得身上暖洋洋的，炒栗子放进衣袋里热乎乎的。医院非常古老，也非常漂亮。走进一扇大门，穿过一座院落，从院落另一侧的一扇门出去。葬礼仪式通常是从这座院落开始的。这座古老医院的对面有几幢新建的康复病房，是清一色的砖房。我们每天下午在那儿相聚，见面时一团和气，关注彼此的病情，然后就坐在对我们十分要紧的器械上。

医生来到我坐的器械跟前，问我："参战前，你最喜欢干什么？搞过什么体育运动吗？"

我说："搞过。踢过足球。"

"很好，"他说，"你还能踢足球的，而且会踢得比以前更好。"

我的膝关节不能弯曲，由于没有了腿肚子，膝盖到脚腕都是直的。这台器械能叫我的膝关节打弯，让它能像骑自行车那样运动。可是我的膝关节就是无法弯曲，机器一到弯曲部位，就会突然倾斜。医生说："一切都会过去的。你是个幸运的年轻人，将来还能重返足球场，像个冠军一样去踢球的。"

坐在我旁边的器械上的是个少校，一只手特别小，就跟初生婴儿的手那么大。医生过来检查他的手时，少校冲我挤挤眼，两条上下翻动的皮带不断地拍打着他夹在中间僵硬的手指。他问医生："我的上尉医生，那么我也能重新踢球吗？"他曾经是一个优秀的击剑手，在战前的意大利可以说是最伟大的击剑手之一。

医生回到后厢房的办公室里，拿来了一张照片，上面是一只手，那只手治疗前萎缩得几乎跟少校的手一样小，治疗后则大了一些。少校用那只好手接过照片，十分仔细地看了看，然后问道："是枪伤吗？"

"是意外工伤。"医生说。

"有意思，非常有意思。"少校说着，把照片还给了医生。

"你现在该有信心了吧？"

"没有。"少校回答。

还有三个小伙子也是每天来，跟我年龄差不多，都是米兰人，一个想当律师，一个想当画家，另一个立志要做职业军人。做完器械治疗，我们有时会一起走回去，一起到斯卡拉酒店隔壁的科沃咖啡馆去。由于四人结伴，我们敢于抄近路走共产主义者聚居区。那里的人痛恨军官，一次见我们走过，酒馆里有人高呼："打倒军官！[①]"还有一个小伙子有时也和我们结伴，一行就成了五个人。他失去了鼻子，要做整容手术，脸上老蒙着一块黑颜色的丝手帕。他是从军校直接上的前线，刚上前线没出一个小时便挂了彩。他来自一个古老世家，鼻子很特殊，虽做了整容，但永远也无法使他的鼻子恢复原样了。他去过南美洲，在一家银行里干过。但那是很久以前的事了。谁都不知道以后会怎么样。我们仅仅知道战火一直没有熄灭，只是我们再也不用到那儿出生入死了。

除了那个脸上老蒙着一块黑颜色丝手帕的小伙子，我们几个都有军功章。他在前线待的时间太短，没来得及赢得军功章。那个脸色苍白、想当律师的高个子小伙子是"阿迪蒂"部队[②]的上尉，竟然赢得了三枚勋章，而我们每人只有一枚。他久经沙场，曾九死一生，对待人情世故有点儿淡漠。其实我们都有点儿淡漠，除了每天下午相逢于医院，没有什么能让我们相聚。不过，当我们穿过那个难缠的城区去科沃咖啡馆时，在黑暗中行走，酒馆里闪射出灯光，传来阵阵歌声，有时走上街头会碰见一些男女堵在人行道上，我们得推开他们才过得去——此时此刻，我们感到有一种共同的命运将我们紧紧连在了一起，而这是那些厌恶我们的人所无法理解的。

---

① 原文是意大利语：A basso gli ufficiali!。

② "阿迪蒂"部队是一战时意大利的精锐突击队。Arditi，意大利语，意思是大胆之人。

我们几个都很熟悉科沃咖啡馆，这儿富丽堂皇、温暖如春、灯光柔和，有的时候人声鼎沸、烟雾弥漫，桌边总有姑娘们坐着，壁架上老摆着几份带插图的杂志。来科沃咖啡馆的姑娘们都很爱国。我发现意大利最爱国的要数咖啡馆里的姑娘了——我相信，她们现在依然爱国。

起初，那几个小伙子因为我能获得军功章而对我彬彬有礼，问我建立了什么样的军功。我拿出奖状给他们看，上面净是些漂亮话，什么“手足情谊”[①]啦，“自我牺牲精神”[②]啦。将这些形容词去掉，其实只剩下了一句话——我是个美国人，所以获得了军功章。后来，虽然跟外人相比，我仍是他们的朋友，但他们对我的态度却有了变化。看了奖状上的评语，他们固然仍将我视为朋友，却不把我当作他们当中的一员了，因为我跟他们经历不同，跟他们获取军功章的途径截然两样。我负了伤，这是事实，但我们心里都有一本账，我负伤其实是一次事故造成的。不过，我从未因为自己获得勋章而感到惭愧。有时喝过鸡尾酒后还会产生幻想，觉得自己跟他们一样，是有功才受奖的。可是，当夜间回住所，寒风呼啸，街头空无一人，所有的商店都关门闭户，紧靠着有街灯的地方走时，我才明白自己是绝不敢像他们那样出生入死的，因为我非常怕死。夜间躺在床上，一想到死我就怕得要命，真不知叫我回到前线去，我会怎么样呢。

那三个荣获军功章的人就像勇猛的猎鹰。虽然在那些从未打过猎的人看来我也像一只雄鹰，其实并不然。他们三个心中有数，

---

① 原文是意大利语：fratellanza。

② 原文是意大利语：abnegazione。

于是我们就疏远了。不过，那个一上前线就挂了彩的小伙子仍然和我是好友，因为他永远也不知道自己会变成什么样的人，说不定也会遭到排斥呢。我喜欢他，则是因为觉得他也许跟我一样也不是雄鹰。

曾经是叱咤风云的击剑手的少校并不相信勇敢，我们坐在器械上的时候，他抽出大量时间纠正我的语法错误。他夸奖过我的意大利语，说我的意大利语说得很流利，我们在一起聊起天来轻松自如。一天，我说我觉得意大利语简直太简单了，都无法产生浓厚的兴趣了。“哦，是这样的。”少校说，“你愿不愿意研究一下意大利语的语法呢？”于是，我们就一道研究起了意大利语的语法。我很快就觉得意大利语很棘手，每次跟他说话心里得先把语法弄明白，否则就不敢张口。

少校来医院总是很准时。尽管我敢肯定他压根就不相信这些机器的功效，但他照样来，恐怕一天也没耽误过。有一段时间，我们没有一个相信理疗器的疗效。一天，少校还说这种玩意儿都是胡折腾。这些机器当时刚问世，可能是拿我们当试验品了。这种试验很荒唐，他说：“只是个理论，像其他理论一样。”我的意大利语语法没学好，他就骂我是笨蛋，是无可救药的白痴，还说他自己傻，和我一起研究意大利语简直是自找麻烦。他是个小个子，总是在器械上坐得直直的，右手塞进机器，目光直呆呆看着墙壁，手指夹在皮带之间，由着皮带一上一下地揉搓他的手指。

“假如战争结束了，要是真的结束了，你战后打算做什么？”他问我，“说话时注意语法！”

“我打算回美国。”

"结婚了吗？"

"没有。但我希望能结婚。"

"那你就是个傻瓜。"他说道，语气似乎有点儿气冲冲的，"男人是绝对不该结婚的。"

"为什么，少校先生？"

"别叫我少校先生！"

"为什么男人绝对不该结婚？"

"不该就是不该。"他愤怒地说，"即便到了山穷水尽的地步，也不该陷入婚姻的窘境。陷入那种窘境，只会落个空。应该寻找不落空的东西才对。"

他显得极其愤怒和痛苦，说话时直视着前方。

"若说落空，此话怎讲？"

"反正到头来绝对是一场空。"少校望着墙壁，嘴里说道。随后，他低头看看机器，把他的那只小手从皮带间抽出来，用它狠狠拍了拍大腿。"反正到头来绝对是一场空。"他几乎喊了起来，"你别跟我争辩！"接着，他对那个操作机器的护理员吼道："过来，把这臭玩意儿关掉！"

说完，他去另一个房间接受光疗和按摩了。我听见他问医生是否可以用电话，接着就关上了房门。待他返回时，我正坐在另一个机器上。只见他穿着披风，戴着帽子，径直走到了我跟前，把手搭在了我肩上。

"对不起，"他用那只完好的手拍拍我的肩头说，"我不该这么粗鲁。我的妻子刚去世。请你务必原谅我。"

"噢……"我心里为他感到难过，说道，"我很遗憾。"

他站在那儿，咬了咬下嘴唇。“真是太难了。”他说，“我都有点儿接受不了。”

他的目光越过我，飘向了窗外。接着他哭了，抽泣着说：“我接受不了，有点儿过不去这道坎了。”他潸然泪下，抬着头，目光茫然，腰板挺得直直的，不失军人之风，两颊热泪乱滚，紧咬双唇。最后，他从器械旁走过，出了房门。

医生告诉我说，少校的妻子非常年轻。他负伤从战场归来，二人才结的婚，谁知她竟患肺炎死了。她病了没几天，谁也想不到竟会一病而亡。少校连着三天没来医院。第四天，他按时来了，军服的袖子上戴着一圈黑纱。他回到医院，只见墙上挂满了照片，上面照的是各种伤病在理疗前后的对比。在少校坐的器械前挂着三幅照片，上面的手跟他的一样，但已完全康复。真不知这些照片医生是从哪儿搞来的。我一直以为我们是第一批使用这些器械的患者呢。不过，这些照片对少校没有产生多大影响，因为他不看照片，只看窗外。

第三篇　似白象一般的山峦

埃布罗河[1]河谷对面的山脉连绵不断，泛着白色。河谷的这边没有树木，没有阴凉地，火车站夹在两条铁轨之间，暴露在阳光下。紧靠车站的这头，是投下温热阴影的建筑物。那儿的酒吧敞着门，门道挂着一扇门帘挡苍蝇，门帘上的珠子是用竹子制成的。一个美国人和一个女孩坐在外边建筑物阴影里的桌子旁。天气热得要命。从巴塞罗那来的快车四十分钟内到站，在本站停两分钟，然后开往马德里。

“喝点儿什么吧？”女孩问。她已经摘下帽子放在了桌子上。

“这鬼天气可真热呀。”美国男子说。

“那就喝啤酒吧。”

“来两杯啤酒！[2]”男子冲着门帘里面喊道。

“大杯的吗？”一个女人站在门口问。

“是的，两大杯。”

女人送来了两杯啤酒和两个毛毡杯垫，将杯垫和酒放在桌上，

---

① 西班牙境内最长的河流。

② 原文是西班牙语：Dos cervezas。

看了一眼美国男子和女孩。女孩正在眺望远处的山脉。艳阳下，山脉泛着白光，而田野却一片干涸，呈棕褐色。

“那山脉看上去就似一群白象。”女孩说。

“我从没见过白象。”男子喝了口啤酒说。

“是啊，你不会见到的。”

“也许我见过。”男子说，“光凭你一句话，说明不了什么问题。”

女孩望了望珠帘，“帘子上画了什么东西。”她说，“上面写了什么？”

“大茴香酒[1]。是一种饮品。”

“我们能尝一尝吗？”

男子冲着珠帘里面喊：“来人！”女人从酒吧里走出来。

“一共是四个雷阿尔[2]。”

“再来两杯大茴香酒。”

“加水吗？”

“你要加水吗？”

“我也不知道。”女孩说，“加了水好喝吗？”

“还可以吧。”

“两杯都要加水吗？”女人问。

“嗯，加水吧。”

“喝起来有股甘草味。”女孩说着放下酒杯。

“这儿所有的东西都有这种味道。”

“是啊，”女孩说，“样样东西都有甘草味。尤其你日思夜想

---

① 原文是西班牙语：Anis del Toro。

② 昔日西班牙等地的货币。

的东西，比如苦艾酒。”

“罢了，这种话就不要再说了。”

“是你自己开的头，”女孩说，“刚才我还挺开心、挺享受的。”

“好吧，那咱们就试着开开心心享受吧。”

“好的。我正试着呢。我说那些山峦看上去好像白象。难道这样的话题不开心吗？”

“是挺叫人开心的。”

“我还想尝一尝这种新饮料。咱们就做了这些事，不就是——看看周围的东西，尝尝新饮料吗？”

“我想是的。”

女孩又眺望对面的山峦。

“多么美丽的大山啊！”她说，“看上去并不像白象。我刚才只是说透过树木看那些山的颜色是白的。”

“再来一杯怎么样？”

“好的。”

一阵热风把珠帘吹得蹭到了他们的桌子。

“啤酒味道真好，冰凉冰凉的。”男子说。

“是挺不错的。”女孩说。

“这种手术太简单了，吉格，”男人说，“其实算不上什么手术。”

女孩低头看了看桌子腿周围的地面。

“我知道你不会往心里去的，吉格。这只是小事一桩，只需吸点儿氧气就行了。”①

女孩没吱声。

---

① 做人工流产时吸入的氧气里混有麻醉药。

“我会跟你去的，始终守在你身边。他们只是叫你吸点儿氧，这事再自然不过了。”

“那么，以后该怎么办呢？”

“以后一定会把日子过得顺风顺水的，一如以往。”

“你为何如此肯定？”

“因为咱们所苦恼的就这么一件事，正是这一件事弄得你我心情不畅。”

女孩看看珠帘，伸手抓起珠帘上的两串珠子。

“你觉得然后一定能平安无事，大家都开开心心的？”

“我知道一定会这样的，你不必担心。据我所知，许多人都做过这种手术。”

“这我也知道。”女孩说，“手术过后，男人们倒是挺开心的。”

“好吧，”男子说，“你要是不愿意做，就不做了。我绝不会强迫你干自己不愿意的事情。不过，话又说回来，这种手术的确简单极了。”

“这果真是你的意愿？”

“我觉得这是上上策。不过，假如你真的不想做，我也不愿勉强你。”

“如果我做这次手术，你就会高兴，一切都会跟以前一样，你还会爱我，对不对？”

“我现在就爱着你，这你心里清楚。”

“是的，我清楚。但如果我做了手术，一切恢复了正常，我要是说山峦像白象之类的话，你会喜欢吗？”

“会喜欢的，现在就很喜欢。只不过现在不能想那事。你知道我一旦心烦会怎么样。”

“我做手术，你就不心烦了。”

“我不为这个心烦，因为这种手术简单极了。”

“好吧，那我就做吧，因为我对自己是不在乎的。”

“你这是什么意思？”

“我是说我是不在乎自己的。”

“可是我在乎。”

“哦，是的。不过，我是不在乎我自己的。我去做就是了，那时就一好百好了。”

“假如这是你的感受，那我可不愿让你去做。”

女孩站起身，走到了车站的尽头。铁轨的另一侧可以看到埃布罗河的河岸上阡陌纵横、绿树成荫。河对岸的远处则是起伏的群山。云影在田野中穿行。她的目光透过树木瞥见了埃布罗河。

“你我原本是可以纵情享受这一切的，”她说道，“可以拥有一切美好的感受。而现在，这些一天天变得愈加不可能实现了。”

“你说什么来着？”

“我说你我原本是可以拥有一切美好感受的。”

“现在也可以呀。”

“现在不行了，一切都成了镜花水月。”

“你我可以拥有整个世界。”

“现在不行了，一切都成了镜花水月。”

“咱们可以到任何地方去，走遍天涯海角。”

“现在不行了，一切都成了镜花水月。这个世界不再是我们的了。”

“是我们的！”

“已经不是了。一旦失去，就不再拥有。”

“可是，还没有失去呀。”

“那就等着瞧吧。”

“快回来，到阴凉地来！”男子说，“你不该如此多愁善感。”

“我这不是多愁善感，”女孩说，“而是心中有数。”

“我可不想勉强你做自己不愿做的事情……”

“也不想勉强我做对我不利的事情。”女孩说，“这我清楚，再来杯啤酒怎么样？”

“好吧。你应该明白……”

“我明白。”女孩说，“这话能不能不说了？”

他们又在桌子旁坐下。女孩望着河谷对面那干涸土地上的山峦，而男子则看着她和桌面。

“你应该明白，”他说道，“如果你不想做，我是不愿意勉强你的。假如你觉得此事很重要，我十分情愿陪着你，一陪到底。”

“难道这对你不重要吗？我们是可以挺过这一关的。”

“当然重要。我心里没有别人，任何一个别的人都没有，只有你。我很清楚，这样的手术十分简单。”

“是呀，是呀，你很清楚这样的手术十分简单。”

“随你怎么说吧，反正我心里是有数的。”

“就眼下而言，你能不能为我做些事情？”

“我愿为你赴汤蹈火。”

“我一千遍一万遍地求求你不要再说了，好不好？”

他没再说什么，而是看了看靠在车站墙根的行李，上面有各家他们曾在那里度过了许多良宵的旅馆的标签。

“我是不会勉强你的，”他说道，“对此我是无所谓的。”

“我要大声喊叫了。”女孩说。

酒吧女子端着两杯酒从珠帘后走出来，把它们放在湿漉漉的毛毡杯垫上。“火车五分钟内就到。”她说。

“她说什么？”女孩问。

“火车五分钟内就到。”

女孩冲酒吧女子嫣然一笑以示谢意。

“我最好还是过去把行李拿到站台的另一边。”男子说。女孩对他笑了笑。

“好的。搬过行李你再回来，咱们把酒喝完。”

男子拎起两个沉甸甸的行李包，绕过站台，将它们放在了另一侧的铁轨旁。回来时穿过酒吧，见那儿有几位等火车的旅客在喝酒，他自己也在吧台要了杯茴香酒，边喝边打量着那几位旅客。他们都在心平气和地等待着列车的到来。喝完酒，他掀起珠帘走了出来。女孩在桌旁坐着，冲他莞尔一笑。

“现在感觉好些了吧？”他问。

“感觉很好。”女孩说，“我感觉很好，没有什么感觉不好的。”

第四篇　杀手

亨利快餐馆的房门被推开，两个男子走了进来，在柜台前坐下。

“二位吃什么？”乔治问。

“不知道。”其中的一个男子说，“你想吃什么，阿尔？”

“不知道，”阿尔说，“我也不知道自己想吃什么。”

天色渐渐黑了下来。窗外的街灯亮了。两个男子坐在柜台前看菜单。尼克·亚当斯坐在柜台的另一头仔细观察着他们。两个男子进来时，他正和乔治聊天。

“我要一份烤猪里脊，配苹果酱和土豆泥。”第一个男子说。

“这道菜还没做好呢。”

“那你为什么写在菜单上。”

“这是正餐的菜，”乔治解释道，“六点钟可以吃到。”

乔治看看柜台后挂在墙上的钟说。

“现在是五点钟。”

“指针明明指的是五点二十分。”第二个男子说。

“这钟快二十分钟。”

“哼，什么破烂钟。”第一个男子说，“那你这儿有什么可吃的？”

“各种三明治都有。”乔治说，“你可以点火腿鸡蛋、熏肉鸡蛋、猪肝熏肉或牛排。”

“给我来一份炸鸡肉饼，配青豆、奶油沙司和土豆泥。”

“这也是正餐的菜。”

“我们要吃的全都是正餐的菜，是不是？这是搞什么鬼！”

“二位可以点火腿鸡蛋、熏肉鸡蛋、猪肝……”

“我要份火腿鸡蛋。”那个叫阿尔的男子说。此人头戴礼帽，身穿黑大衣，大衣的胸口上缀着几枚扣子，一张脸又小又白，嘴唇紧绷，脖子上系着丝巾，手上戴着手套。

“给我来一份熏肉鸡蛋。”另一个男子说。他和阿尔身段差不多，长相各异，穿戴却一模一样，打扮得像一对双胞胎，大衣都紧紧绷在身上。二人坐在那儿，身体前倾，胳膊肘支在柜台上。

“有什么喝的吗？”阿尔问。

“有白啤酒、佐餐酒和姜汁汽水。”乔治说。

“我是问有什么可以‘喝’[①]的？”

“只有我刚才所说的。”

“这真是一个闹腾的城镇。”另一个男子说，“这儿叫什么来着？”

“萨米特镇[②]。”

“你听说过没有？”阿尔问他的朋友。

“没有。”他的朋友说。

---

① 隐指烈性酒。

② 美国新泽西州东北部一城镇。

“你们这儿晚上都干些什么？”阿尔问。

“吃饭呗，”他的朋友答道，“到这个餐馆来吃一顿大餐呗。”

“是这样的。”乔治说。

“你认为是这样的吗？”阿尔问乔治。

“一点儿不错。”

“你是个机灵鬼吧，对不对？”

“算得上吧。”乔治说。

“喂，你才不是机灵鬼呢。”另一个小个男子说，“他是个机灵鬼吗，阿尔？”

“他是个笨蛋。”阿尔说完，转向尼克问：“你叫什么名字？”

“亚当斯。”

“又是个机灵鬼！”阿尔说，“难道他不是个机灵鬼吗，马克思？”

“这个小镇满世界都是机灵鬼。”马克思说。

乔治端来两盘菜放在柜台上，一盘火腿鸡蛋，一盘熏肉鸡蛋，然后又放下两盘作为配菜的炸土豆，关上了通向厨房的那扇小窗。

“哪一份是你的？”他问阿尔。

“你记不得了吗？”

“是火腿鸡蛋。”

“好一个机灵鬼！”马克思说。他身体前倾去拿火腿鸡蛋。两个男子吃饭时连手套也没有摘。乔治在一旁看着他们吃。

“你看什么呀？”马克思盯着乔治问。

“没看什么。”

“你这该死的。你是在看我。”

“也许这孩子跟你开玩笑呢，马克思。”阿尔说。

乔治哈哈大笑了起来。

“你用不着笑！”马克思对他说，“你根本不用笑，知道了吗？”

“好吧。”乔治说。

“他认为这样很好，”马克思对阿尔说，“他认为这样很好。多么高明的见解！”

“哦，他是个思想家嘛。”阿尔说。二人又吃了起来。

“柜台那头的那个机灵鬼叫什么名字来着？”阿尔问马克思。

“喂，机灵鬼，”马克思冲尼克说，“你和你的男朋友绕到柜台那边去。”

“什么意思？”尼克问。

“没什么意思。”

“你最好还是过去，机灵鬼。”阿尔说。尼克绕过去，走到了柜台后边。

“什么意思？”乔治问。

“你别瞎操心！”阿尔说，“谁在厨房里？”

“那个黑人。”

“你说那个黑人是什么意思？”

“就是掌勺的那个黑人。”

“叫他进来！”

“什么意思？”

“叫他进来。”

“你以为你们这是在什么地方？”

“我们非常清楚这是什么地方。”那个名字叫马克思的男子说。“难道我们看上去很蠢吗？”

“你说的话倒是挺蠢的。”阿尔对他说，“你跟这小子啰唆个啥劲。听着，”他转向乔治说，“快叫那个黑鬼出来，到这里来！”

“你们想把他怎么样？”

“不怎么样。动动你的脑筋，机灵鬼。我们会把一个黑人怎么样呢？”

乔治推开通向厨房的那扇小窗。“萨姆，”他喊道，“请你来一下！”

厨房的门开了，黑人走了过来。“什么事呀？”他问。柜台前的那两个男子打量着他。

“好啦，黑鬼，你站在那儿别动。”阿尔说。

黑人萨姆腰系着围裙站在那里，眼睛望着坐在柜台前的那两个男子。“好的，先生。”他说。阿尔离开了他的座位。

“我带这个黑鬼和这个机灵鬼到后边的厨房里去。”他吆喝道，“黑鬼，你回厨房里去！机灵鬼，你和他一起去！”尼克和厨子萨姆到厨房里去了，小个子阿尔跟在后边。厨房的门砰地关上了。马克思坐在柜台前面对着乔治，眼睛却不看对方，而是在看柜台后边的一面镜子。亨利快餐馆是从一个酒吧改建而来的。

“喂，机灵鬼，”马克思一边照镜子一边说道，“为什么不吭声呀？”

“这是在做什么呀？”

“听见了吧，阿尔，”马克思高声叫道，“机灵鬼想知道这是在做什么。”

“那你为什么不告诉他呀！”阿尔的声音从厨房飘了过来。

“你觉得这是在干什么？”

“不知道。”

“依你看呢？”

马克思说话时一直在照镜子。

“我说不上来。”

“喂，阿尔，机灵鬼声称他说不上来，不知道这是在做什么。”

“我听得见你说话，别喊了。”阿尔从厨房里说。他打开了递送碗碟的那扇窗户，用一个番茄酱瓶子撑着窗板。“你给我听着，机灵鬼！”他从厨房里对乔治说，“站得离柜台远一点儿。马克思，你向左靠一靠。”他俨然就像个摄影师在为顾客拍团体照。

“请你告诉我，机灵鬼，”马克思说，“依你看这儿会发生什么事情？”

乔治没吱声。

“我来告诉你吧，”马克思说，“我们打算干掉一个瑞典人。你认识一个叫奥利·安德森的大个子瑞典人吗？”

“认识。”

“他每天都来这儿吃晚餐，对不对？”

“有时候来。”

“他是六点钟来，对不对？”

“如果来，的确是在六点。”

“这些情况我们了如指掌，机灵鬼。”马克思说，“还是扯点儿别的吧。看过电影吗？”

“偶尔看看。”

“应该多去看看。看电影对你这样的机灵鬼大有好处。”

“你们为什么要杀奥利·安德森？他怎么得罪你们了？”

“我们连见也没见过他，他哪有机会得罪我们。”

“他见也只能见我们这一次。”阿尔在厨房里说。

“那你们为什么要杀他？”乔治问。

“是为一个朋友杀他。为朋友两肋插刀嘛，机灵鬼。”

“别信口开河了！”阿尔从厨房里说，“你他妈说得太多了。”

“哦，我这是让这机灵鬼开心开心。你说是不是，机灵鬼？”

“你他妈说得太多了。”阿尔说，“黑鬼和我的这位机灵鬼会自己寻开心的。我把他俩捆在一起，就像是修道院里的一对女朋友。”

“听这话，你肯定在修道院里待过。”

“无可奉告。”

“你肯定在哪个修道院里待过。一定如此！”

乔治抬头看了看时钟。

“如果有人来吃饭，你就说厨子出去了。假如他们不肯走，你就说你得亲自下厨，看他们走不走。听明白了吗，机灵鬼？”

“听明白了。”乔治说，“事情完了之后，你们把我们怎么办？”

“说不准，”马克思说，“这种事一时间说不好的。”

乔治抬头看了看钟表。六点过一刻。临街的门开了，一个电车司机走了进来。

“你好，乔治，”他说，“可以吃饭了吧？”

“萨姆出去了，”乔治说，“大约半个小时后回来。”

“那我就去街那头吧。”司机说。乔治看了看时钟。六点二十。

“干得好，机灵鬼。”马克思说，“你真是个规矩的小绅士。”

“他是怕我一枪崩掉他的脑袋。”阿尔在厨房里说。

“不，”马克思说，“情况并非如此。机灵鬼很机灵，表现得很不错。我喜欢他。”

到了六点五十五分的时候，乔治说：“他不会来了。”

这期间，有两个顾客来过快餐馆。一个顾客想买一份外卖，于是乔治就下厨给他做火腿鸡蛋三明治让他带走。在厨房里，他瞥见阿尔歪戴着帽子坐在小窗旁的一个凳子上，一支锯短了枪管的猎枪放在那里，枪口架在窗台上。尼克和厨子被背靠背捆在墙角，嘴里各塞了一条毛巾。乔治做好三明治，用油纸包好放入袋子，拿出来交给顾客，顾客付了钱就走了。

“机灵鬼是个百事通，”马克思说，“下厨做饭无所不能。你可以娶一个女孩做太太，训练她当贤妻良母，机灵鬼。”

“是吗？”乔治说，“你的朋友奥利·安德森今天不会来了。”

“再等他十分钟吧。”马克思说。

马克思一边照镜子，一边看大钟。大钟的时针指到了七点钟，接着便是七点五分。

“走吧，阿尔。”马克思说，“咱们还是走吧，那家伙不会来了。”

“最好再等五分钟。”阿尔在厨房里说。

就在这五分钟里又来了一个顾客。乔治说厨子生病了。

“你为什么不再找个厨子？”那人说，“这像开餐馆的吗？”顾客又走了。

“走吧，阿尔！”马克思催促道。

“这两个机灵鬼和黑鬼怎么办？”

“他们是没问题的。”

“你是这么想的？”

“当然喽。咱们到此为止。”

“我不喜欢这样，”阿尔说，“不利索。你话太多了。”

“嗬，得了吧，”马克思说，“大家总得有点儿话说，开开心心的，难道不好吗？”

“你老是说呀说的，废话太多。”阿尔说。他从厨房走了出来，由于大衣绷得太紧，别在腰间的锯短了枪管的猎枪顶得大衣鼓了个小包。他用戴着手套的手扯了扯大衣，把它扯平。

“再见，机灵鬼。”他对乔治说，“今天你运气不错。”

“此话不假，”马克思说，“你应该去赌赌赛马，机灵鬼。”

两人出了大门。乔治从窗口望着他们行走在弧光灯下，目送他们穿过马路。那两人身穿紧身大衣，头戴高帽子，像两个杂耍演员。之后，乔治推门走进厨房，为尼克和厨子松了绑。

“我可不愿让这样的事情再次发生，”厨子萨姆连声说，“我可不愿让这样的事情再次发生！”

尼克站起来。以前从来没有人往他的嘴里塞过毛巾。

“你说，”他说，“这到底是怎么回事呀？”他正在设法把毛巾甩掉。

“他们想干掉奥利·安德森，”乔治说，“打算趁他来吃饭时枪杀他。”

“奥利·安德森？”

“是的。”

厨子用拇指摸了摸嘴角。

“他们都走啦？”他问。

"是的，"乔治说，"都滚蛋了。"

"我不喜欢这样，"厨子说，"打心眼里不喜欢！"

"听着，"乔治对尼克说，"你最好去见见奥利·安德森。"

"好吧。"

"你们可不要掺和进去，"厨子萨姆说，"不要引火烧身。"

"你要是不愿去就别去了。"乔治说。

"掺和进去只会招来灾祸，"厨子说，"最好离得远远的。"

"我愿意去见奥利·安德森，"尼克对乔治说，"他住在哪里？"

厨子转身走了。

"不听老人言，吃亏在眼前。"他说。

"他住在赫希出租屋。"乔治对尼克说。

"我这就去。"

出了门，但见弧光灯的灯光透过光秃秃的树枝洒落在地面上。尼克在与电车轨道并行的那条大街上走，在下一盏弧光灯那儿拐上了一条小街道。小街道旁边的三幢房屋就是赫希出租屋。他走上两级台阶，按响了门铃。一个女人朝门口走来。

"奥利·安德森在这里住吗？"

"你要见他吗？"

"嗯，如果他在屋里的话。"

尼克跟在女人身后上了一段楼梯，朝后走到了甬道的尽头。女人敲了敲门。

"谁呀？"

"有个人想见你，安德森先生。"女人说。

"我叫尼克·亚当斯。"

“进来吧。”

尼克推门走进了房间。奥利·安德森和衣躺在床上。他曾经是重量级拳击手，个子太高，那张床都容不下他。他头枕两个摞在一起的枕头，对尼克看也不看。

“有何贵干？”他问。

“我是亨利快餐馆的。”尼克说，“两个家伙闯进快餐馆，把我和厨子捆起来，说是要杀你。”

他这话像天方夜谭。奥利·安德森听了什么也没说。

“他们把我们关在厨房里，”尼克继续说，“准备等你来吃饭时枪杀你。”

奥利·安德森眼睛望着墙壁，仍一声不吭。

“乔治觉得还是让我来告诉你一声好。”

“我也无可奈何。”奥利·安德森说。

“我可以告诉你他们长什么样子。”

“他们长什么样子我并不想知道。”奥利·安德森说，眼睛仍望着墙壁，“谢谢你过来告诉我。”

“没什么。”

尼克打量着躺在床上的那个大块头。

“要不要我去报警？”

“不用了，”奥利·安德森说，“报了也没用。”

“有没有什么需要我帮忙的？”

“没有。没有什么忙可帮的。”

“也许他们只不过是想吓唬吓唬你。”

“不。这不仅仅是吓唬。”

奥利·安德森转过身去面对着墙。

“只是，”他冲着墙壁说道，“我不知道该不该走出这个房间。我已经在这里躺了一天了。”

“难道你就不能远走高飞？”

“不能。”奥利·安德森说，“我已经受够了东躲西藏。”

他仍望着墙壁。

“现在我已无力回天了。”

“难道你就不能想个办法把问题解决掉？”

“不能。怪都怪我把事情搞砸了。”他仍用那种麻木的声音说道，“现在已无力回天了。过会儿，我要下决心出去走走。”

“我得回去看看乔治了。”尼克说。

“再见，”奥利·安德森说，看也没看尼克，“谢谢你跑来通知我。”

尼克走了，关门时最后看了奥利·安德森一眼，只见他和衣躺在床上，眼睛呆呆地望着墙壁。

“他在屋子里憋了一天了，”楼下的女管家说，“我想可能是不舒服吧。我对他说：‘安德森先生，这样的日子秋高气爽，你应该出去走走。’可是他不愿意出门。”

“他不想出去。”

“他不舒服，让我也觉得难过。”女管家说，“他是个大好人。要知道，他过去是个拳击手呢。”

“这我知道。”

“你不看他的脸，是看不出来的。”[①]女管家说，他们正站在临

① 拳击手的脸一般都挨过击打，留下伤痕。

街的大门内，“他待人一团和气。”

“是呀。再见，赫希太太。”尼克说。

“我不是赫希太太，”女管家说，“她是房主。我只是替她照管。我是贝尔太太。”

“哦，再见，贝尔太太。”尼克说。

“再见。”女管家说。

尼克走上黑暗的街道，到了街拐角的弧光灯下拐弯，沿着电车轨道回亨利快餐馆。乔治正站在餐馆的柜台后。

“见到奥利了吧？”

“见到了。”尼克说，“他待在房间里，不愿出来。”

厨子听见尼克的声音，从厨房里面推开了门。

“这种事我连听都不想听。”他又把门关上了。

“你把情况告诉他了吗？”乔治问。

“当然告诉了。其实，他对所有的情况都很了解。”

“他打算采取什么措施？”

“什么措施也不采取。”

“他们可是要杀他呀。”

“我猜他们会的。”

“他一定是在芝加哥陷进了祸水里。”

“我想是这样的。”尼克说。

“这种事非常棘手。”

“的确非常棘手。”尼克说。

二人一时没再说什么。乔治伸手从柜台下拿出块抹布，用它擦柜台。

“不知道他究竟干了些什么？”尼克说。

“欺骗了什么人，才惹来了杀身之祸。”

“我要走了，远离这座城镇。”尼克说。

“嗯，”乔治说，“这样也好。”

“他明明知道有人要杀他，却还待在房间里等着人家上门。想想真叫人受不了！简直太可怕了！”

“唉，”乔治说，“这件事最好就不要再想了。”

第五篇　意大利拾趣[①]

隘口的路坚硬、平坦，清晨车辆少，尘土尚未扬起。脚下是连绵起伏的丘陵，上面满是橡树和栗树，远方则是大海。另一侧是白雪皑皑的巍峨大山。

我们离开隘口，穿过一片林区下山。路边堆着一袋一袋的木炭，透过树木看得见烧炭人的小屋。这天是星期天。路面起起伏伏，但我们离高处的隘口越来越远，一路向下行驶，穿过一片片的矮树丛和一座座村庄。

每座村庄的外围都有成片的葡萄园，葡萄藤又粗又密，使大地成了棕褐色。村子里，住房是白颜色的，街上有几个男人穿着体面的衣服在玩滚木球。有的人家种着些梨树，枝丫叉开，紧挨着白颜色的墙壁。梨树喷了杀虫剂，把白墙也弄脏了，留下了金属般的青绿色污痕。村子四周被小片小片的田地所环绕，种的有葡萄，也有各种树木。

在距离斯培西亚[②]二十公里的山上有一座村庄。进了村子，

---

① 原文是意大利语：Che Ti Dice La Patria。

② 意大利城市。

广场上聚集着一群人，一个年轻人拎着手提箱走到我们的车前请求搭车，让我们带他到斯培西亚去。

“车上只有两个位子，都有人坐。”我说。我们开的是一辆旧式的福特牌小轿车。

“我站在车门外就是了。”

“那样会很不舒服的。”

“舒服不舒服无所谓。我必须到斯培西亚去。”

“让他搭车吗？”我问盖伊。

“看来他非搭不可了。”盖伊说。年轻人把一个小包塞进了车窗。

“照看下这个。”他说。过来两个男子，把他的手提箱摞在车后我们的行李箱之上，用绳子捆牢。年轻人跟大家一一握手，对众人说他身为法西斯党员，又经常出门，这样乘车并没有什么不舒服的。说完，他踩到汽车左侧的踏板上，把右胳膊伸进开着的车窗，钩牢车身。

“可以开车啦！”他说。那群人向他挥手告别，他也频频挥动那只空着的手。

“他说什么来着？”盖伊问我。

“他说可以开车啦。”

“他站好了吗？”盖伊说。

我们沿着河岸迤逦前行。河对面是巍巍群山。太阳晒干了草叶上的白霜。天气晴朗而寒冷，阵阵寒风从敞开的窗户刮进了车里。

“你觉得他站在车外是什么滋味？”盖伊抬头望着前边的路面。我们的那个乘客挡住了他那一侧窗外的视线。那位年轻人站在车外，歪着身子，活像一尊船头雕像。他竖起衣领，压低帽檐，鼻子在寒风中看上去冻得不行。

“也许他快受不了了。”盖伊说，“他站的那侧的轮胎不好使。”

“哦，汽车一爆胎，他就会走掉的。”我说，“他肯定不愿帮着修车而弄脏他的那身出门的衣服。”

“我倒不介意他搭便车，”盖伊说，“只是怕他在转弯处斜着身子会有危险。”

过了林区，我们离开河岸开始爬坡。汽车的水箱开了锅。年轻人望着水箱里的蒸汽和带着一股锈味的水，神色气恼和疑虑。盖伊两脚发力，把油门踩到底，引擎嘎吱嘎吱直响，汽车往高处爬啊爬，退回来再往前爬，最后终于到了平路上。引擎不再嘎吱嘎吱响了，可是嘎吱声一停，却听见了水箱咕嘟咕嘟的声音，水箱里的水沸腾着，冒着气泡。这时我们正在斯培西亚和大海上方最后那段路的至高处。汽车开始下山，一路都是急转弯。转弯的时候，我们的这位乘客就吊在车上，几次都差点儿没把头重脚轻的汽车弄翻。

“你不好说他，”我对盖伊说，“他这是出于一种自我保护意识。”

“了不起的意大利式的自我保护意识。”

“最了不起的意大利式的自我保护意识。”

我们沿着盘山路蜿蜒下行，车轮碾在厚厚的尘土上，车后扬起的灰尘落在橄榄树上。山脚下就是斯培西亚，沿着海岸而建。到了城外，道路变得平坦了。我们的乘客把头探进车窗。

“我想要下车。”

“停车！”我对盖伊说。

汽车减速，停到了路边。年轻人下了车，走到车后解下自己的手提箱。

“我在这儿下车，是怕你们因为私自搭载乘客而遇到麻烦。”他说，“请把我的包递给我。”

我把包递给了他。他把手伸进衣袋去掏钱。

“需要给你们多少钱？”

“一分钱也不要。”

“为什么不要？”

“我不知道。”我说。

“那就谢谢喽。”年轻人说。他并没有说“谢谢你们”“非常感谢你们”或者“万分感谢你们”。过去在意大利，谁只要递给你一张时刻表，或者为你指指路，你都会这样说，可是这个年轻人仅用了最简单的“谢谢”。盖伊把车开走时，他还用狐疑的目光望着我们的背影。我冲他挥手告别，而他架子大得连理也不理。之后，我们继续驱车向着斯培西亚进发。

“那个年轻人在意大利还要走很长的路。”我对盖伊说。

“哦，”盖伊说，“他搭乘咱们的车，走了有二十公里。”

斯培西亚就餐记

一开进斯培西亚，我们就找地方吃饭。这儿街道宽敞，房屋很高，漆成黄颜色。顺着电车车轨，我们把汽车开到了市中心。屋墙上随处可见墨索里尼鼓着一双金鱼眼的画像，手写的 vivas[①] 中两个 V 的墨汁顺着墙壁直流。那儿有几条偏街通往港口。天气

① 意大利语，意思是“万岁”。

晴朗，由于是星期天，人们纷纷走上了街头。铺石的路面上洒了水，尘土中仍有片片湿痕。我们紧靠街边行车，避开了电车。

“找个餐馆简单吃点儿吧。”盖伊说。

我们把车停在了两家餐馆的招牌对面，隔着街道站了会儿，我掏钱买了份报纸。那两家餐馆挨着。一家餐馆的门口站着个女子直冲着我们笑，于是我们就穿过马路进了那家餐馆。

里面黑黢黢的，房间的深处有三个女孩和一个老太婆守着一张桌子坐着。正对着我们有个水手坐在饭桌前，既没有吃饭也没有喝酒。再往后，有个身穿蓝西装的年轻人正伏在桌子上写字，头发油光锃亮，衣冠楚楚，仪表堂堂。

日光从门道和窗户照进来，窗户那儿有个陈列柜，柜子里陈列有蔬菜、水果、牛排和猪排。一个女孩走上前请我们点菜。另有一个女孩站到了门口，我们留意到她外边穿了件衣服，里面却什么也没有穿。正当我们看菜单的时候，请我们点菜的那个女孩伸出粉臂勾住了盖伊的脖子。一共有三个女孩，她们轮流出去在门口站着。坐在屋子深处的老太婆冲她们说了句什么，她们就都回到老太婆身边坐下了。

大堂里只有通向厨房的一扇门，门上挂着个帘子。那个请我们点菜的女孩从厨房端过来一些通心粉放在桌子上，还拎来了一瓶红酒，然后坐在了桌旁。

“瞧，”我对盖伊说，“你本来是想找地方简单吃点儿的。”

“这顿饭并不简单，而是很复杂。”

“你们在说什么呀？”女孩问，“你们是德国人吧？”

“是南德人。”我说，“南德人温柔体贴，很讨人喜欢哟。”

“我听不懂你说的话。”女孩说。

“这地方怎么回事？”盖伊问，“非得让她用胳膊搂我的脖子吗？”

“当然喽。”我说，“墨索里尼取缔了妓院，并没有取缔这样的餐馆嘛。”

女孩穿着件连衣裙，身体前倾靠在桌上，两手捂住酥胸，笑吟吟的。她笑的时候，一边脸比较好看，另一边不太好看，于是她便把好看的那一边冲着我们。与此同时，不知什么使她的那一侧鼻翼如同温热的蜡被用刀抹平了一样光滑，这使得她这半边脸魅力倍增。不过，她的鼻子看上去毕竟不像是温热的蜡，显得冰冷、坚毅，只是稍微显得光滑一些罢了。“你喜欢我吗？”她问盖伊。

“他喜欢极了。”我说，“遗憾的是他不会说意大利语。”

“那我就说德语喽。”[①]她用手捋着盖伊的头发说。

“你就用你的母语跟这个女孩说吧，盖伊。”我说。

“你是从哪里来的？”女孩问。

“波茨坦[②]。”

“你们打算在这里待一阵子吧？”

“你是指在斯培西亚这块风水宝地？”我问。

“你告诉她，就说咱们必须走，”盖伊对我说，“就说咱们身上有病，口袋里没钱。”

“我的朋友不喜欢女人，”我说，“他是个老派德国人，不喜

① 原文是德语：Ich spreche Deutsch。

② 德国北方城市。

欢女人。”

“你告诉他，就说我爱他。”女孩说。

我把女孩的话翻译给了盖伊听。

“你能不能闭上你的嘴，咱们离开这里？”盖伊说。

女孩的另一条胳膊也搂住了他的脖子。“告诉他，就说他属于我。”只听她说。我把这话翻译了过去。

“你能不能让我们赶快离开这里？”盖伊说。

“你们在拌嘴，”女孩说，“看来你们之间并不友好。”

“我们是德国人，”我不无自豪地说，“我们是老派的南德人。”

“你跟他说，他是个漂亮的男孩子。”女孩说。盖伊都三十八岁了，想不到在这里竟被当成了法国流动推销员那样的潇洒人物受到女性青睐，这叫他不由产生了几分自豪感。“你是个漂亮的男孩子。”我对他说。

“这是谁的话，”盖伊问，“你的还是她的？”

“这是她说的，我只不过充当你们的翻译罢了。这趟旅行，这不就是你想让我担任的角色吗？”

“很高兴这是她的话。”盖伊说，“我可不想在这里跟你各奔东西。”

“我不知道。斯培西亚是块风水宝地呀。”

“斯培西亚？”女孩说，“你在说斯培西亚？”

“风水宝地呀。”我对她说。

“这儿是我的家乡，”她说，“斯培西亚是我的故乡，而意大利是我的祖国。”

“她说意大利是她的祖国。”

“告诉她，意大利一看就像是她的祖国。”盖伊说。

“你们有什么甜点？”我问。

“有水果。”女孩说，“我们这里有香蕉。”

“香蕉很好，”盖伊说，“香蕉有皮。”

“哦，他喜欢吃香蕉！”女孩说着，又搂紧了盖伊。

“她说什么？”盖伊把脸扭开，问道。

“你喜欢吃香蕉，这叫她很高兴。”

“告诉她，我不喜欢吃香蕉。”

“这位先生不喜欢吃香蕉。”

“哦，”女孩顿时像霜打的茄子一样蔫了下来，说道，“原来他不喜欢吃呀。”

“告诉她，我每天早晨洗冷水澡。”盖伊说。

“这位先生每天早晨洗冷水澡。”

“这叫人不可理解。”女孩说。

这期间，我们对面坐的那个水手动也不动，活像个摆设。餐馆里的人谁也没去注意他。

“我们要结账了。”我说道。

“别急，你们还是留下来吧。”

“听我说，”那个伏在桌上写字的仪表堂堂的年轻男子说道，“让他们走吧。不值得在他俩身上花时间。”

女孩拉住我的手。“难道你们就不肯留下？你就不能叫他留下来吗？”

“我们必须走了。”我说，“我们要到比萨[①]去，如果可能的话，

---

① 意大利中西部历史名城，以比萨斜塔闻名于世。

还要连夜赶到佛罗伦萨[1]去。到了晚上，我们要在那些城市里娱乐放松一下。现在是白天，趁着天亮我们还要赶路呢。”

“哪怕再待一会儿也好嘛。”

“趁白天赶路要紧。”

“听我说，”那个仪表堂堂的年轻男子说，“别跟他俩啰唆了。我不是说了不值得在他俩身上花时间吗。我心里是有数的。”

“请把我们的账单拿来吧！”我说。女孩去老太婆那儿拿来了账单，然后又回到桌边坐下。另一个女孩从厨房里出来，穿过大堂，站在了门口。

“别跟他俩费口舌了，”仪表堂堂的年轻男子厌烦地说，“你们来吃饭吧。不值得在他们身上花时间。”

我们付了饭钱，站起了身。那几个女孩和那个老太婆，以及那个仪表堂堂的年轻男子坐下来吃饭。那个摆设一般的水手两手抱头坐着，我们进餐的时候没人跟他说过一句话。老太婆把应该找的零钱交给那个女孩，她把钱送过来后又回到了他们的餐桌旁。我们在桌子上留了些小费，走出了餐馆。当我们上了车准备动身时，那个女孩来到了门口。汽车启动了，我向她挥手告别。她没有挥手，只是呆呆地站在那儿目送我们。

雨后

车开到热那亚[2]的郊区时，天降大雨。尽管我们跟在电车和

① 意大利中部城市，欧洲文艺复兴运动的发祥地。

② 意大利西北部的州及其首府。

卡车后面把车开得很慢，但还是把泥水溅到了人行道上，行人见我们过来就急忙躲进门里去了。热那亚市郊工业区的圣皮埃尔竞技场那儿路宽，是个双车道，我们就驾车在马路中间行驶，避免把泥水溅到下班回家的人身上。马路的左边就是地中海，辽阔的大海波涛汹涌，海风将浪花都吹到了我们的车身上。我们进入意大利时，国境线那儿有条河，河道很宽，河床干涸，满是鹅卵石。那条河到了这里，河水满得都快漫上岸了，很混浊。混浊的河水流进大海，使海水都变了颜色。海水冲上岸，化为碎小的浪花时，才变淡变清。光线透进混浊的水里，一阵风吹来，就会有发黄的海水和细浪冲到马路上。

一辆大型轿车疾驰而过，把许多泥水溅在了我们的挡风玻璃和引擎盖上。自动挡风玻璃刷子来回摆动，把那泥水抹得满玻璃都是。我们停了车在塞斯特里餐馆吃饭。餐馆里没有暖气，我们吃饭时没摘帽子，也没脱外套。透过窗户可以看见外边我们的汽车，见车身上溅满了泥浆，旁边有几艘被拖上岸以避风浪的小船。在餐馆里，你还可以看见你自己呼出的热气。

意大利通心粉味道很好。葡萄酒里有一股白矾味，我们往里掺了些水。吃过面，侍者端来了牛排和炸土豆。远处那头坐着一男一女。男的已入中年，女的年轻，穿一身黑衣。吃饭时，女的老是对着又潮又冷的空气呼热气，男的见了直摇头。二人吃东西时一言不发，男的伸手在桌下拉着女孩的手。她长得很好看，二人满面愁容，旁边放着他们的旅行包。

我们随身带着报纸，于是我就把有关上海战况的报道念给盖伊听。饭后，他留下来向侍者询问一个餐馆里根本没有的地方。

我用一块抹布把挡风玻璃、车灯以及车牌擦干净。盖伊回来后，我们把车倒出车位，起程上路了。刚才侍者领他穿过马路，走进一幢旧房子。那里的人起了疑心，于是侍者就和他一道留下，让那儿的人看看，并没有什么东西被偷。

“我也不知道是怎么回事，也许因为我不是管道工吧，他们就怀疑我偷东西。”盖伊说。

出了城，我们到了一个海岬，那儿的风大，差点儿没把我们的车刮翻。

“幸亏这风是从海上往陆地上吹的。”盖伊说。

“哦，”我说，“雪莱[①]就是在这里附近什么地方遇到大风才船毁人亡的。”

“他出事的地点在维亚雷焦那边。”盖伊说，“你还记得咱们来这个地区的初衷吗？”

“记得，”我说，“可是咱们并没有如愿。”

“今晚就要开出这块地方了。”

“但愿能平平安安开过文蒂米利亚[②]。”

“看情况吧。在海边行车时，我不喜欢走夜路。”这时中午刚过，太阳出来了。下面，海水一片湛蓝，白白的浪潮翻滚着涌向萨沃纳[③]。后面，在岬角那儿，混浊的河水和湛蓝的海水交汇在一起。前面，有一艘远洋货轮正向岸边驶来。

“你还能看见热那亚吗？”盖伊问。

---

① 英国著名作家、浪漫主义诗人。

② 意大利西北部城市，靠近意法边界。

③ 意大利西北部港口。

"还能，还看得见。"

"一过前边的大岬角就看不见了。"

"我们还能看见它好一会儿，现在连它后边的波托菲诺海角都还看得见。"

最后，终于看不见热那亚了。当热那亚从视野中消失时，回首望去，只能看得见茫茫的大海，看得见海湾里和海岸线边停泊的渔船，看得见山腰上的一个小镇以及远处几个傍海矗立的海岬。

"现在看不见了。"我对盖伊说。

"哦，早就看不见了。"

"等我们找到出路离开了才能肯定。"

前边有一个路标，上面有S形弯道的标志以及"弯道危险"[①]的提示。绕过海岬，海风从挡风玻璃的裂口直向车里灌。海岬下面则是一片狭长的平地，紧靠着海边。海风把这儿的泥浆吹干，车轮碾过时扬起一股尘云。在平坦的公路上行驶时我们同一个骑自行车的法西斯分子擦身而过。那家伙身挎一支带枪套的沉甸甸的左轮手枪，骑车时霸住路中央，我们只好走外道躲他。我们从旁边驶过时，他抬头看了我们一眼。前方有个铁路闸口，我们往那儿开时闸口的栏杆却放下了。

我们等着放行，那个法西斯分子骑车赶了过来。火车过去后，盖伊发动了汽车。

"等一等，"那家伙从后边喊了一声，"你们的车牌脏了。"

我拿着抹布下了车。吃午饭时刚擦过车牌。

"可以看得清呀。"我说。

---

① 原文是意大利语：Svolta Pericolosa。

“你这么认为？”

“看啊。”

“车牌是脏的。反正我看不清。”

我用抹布擦了擦。

“现在怎么样？”

“罚款二十五里拉。”

“什么？”我说，“明明可以看得清呀。只是路况不好，才脏了一点儿罢了。”

“你不喜欢意大利的道路？”

“这儿的路的确很脏。”

“那就罚五十里拉。”他朝地上啐了一口说，“你们的车脏，你们的人也脏。”

“好吧。给我张收据，签上你的名字。”

他掏出收据本，一式两份，中间打着眼的那种，一份给被罚款人，一份填写后留作存根。被罚款人的收据上写有什么，存根上却不留底。

“给我五十里拉。”

他用消不掉笔迹的铅笔填写了收据，撕下来交给我。我看了看。

“这是二十五里拉的收据。”

“写错了。”他说完把二十五里拉改写成了五十里拉。

“另一份也应该一样。你留的存根上也应该写五十里拉。”

他堆起一脸意大利式的迷人的微笑，在存根上写了些什么，遮遮掩掩地拿在手里，让我看不清楚。

“快走吧，”他说，“趁你的号牌没有再次弄脏。”

天黑后我们又赶了两个小时的路，当晚在蒙托内[①]住宿。旅馆的环境非常惬意、干净、舒适，叫人心情舒畅。随后，我们去了文蒂米利亚，再从那儿驱车前往比萨和佛罗伦萨，经罗马涅[②]到里米尼[③]，拐回头相继经过弗利[④]、伊莫拉[⑤]、博洛尼亚[⑥]、帕尔马[⑦]、皮亚琴察[⑧]和热那亚，又返回到文蒂米利亚。这趟旅行，全程只用了十天。这么短的时间，我们自然无缘了解各地的风土人情以及百姓的生活状况。

---

① 意大利北部城市。
② 意大利的历史地区。
③ 罗马涅大区的海边城市。
④ 意大利北部城市。
⑤ 罗马涅大区的一个城镇。
⑥ 意大利城市。位于波河平原南缘，亚平宁山脉北麓。
⑦ 意大利北部历史名城。
⑧ 罗马涅大区的一座城市。

第六篇　五万元

“你的情况怎么样，杰克？”我问他。

“你见过这个沃尔科特没有？”他问。

“只是在健身房见过。”

“是吗？”杰克说，“跟这家伙过招，我得碰上好运气才行。”

“他打不过你的，杰克。”士兵说。

“真希望如此。”

“他打的那套鸟拳是无法击倒你的。”

“鸟拳不鸟拳关系倒是不大，”杰克说，“他的拳路我是不会在意的。”

“打败他好像并不难。”我说。

“这一点是肯定的，”杰克说，“他撑不了多久。他不会跟你我一样能坚持太长时间的，杰瑞。不过，就目前而言，他能打的牌还很多。”

“你用左拳都能把他揍个半死。”

“也许吧。”杰克说，“当然，我有机会试试。”

“你可以打他个落花流水，就像你痛打小屁孩刘易斯那样。”

“小屁孩刘易斯，”杰克说，“那个犹太佬算不上什么！”

我们三个，杰克・布伦南、士兵巴特利特和我正在汉德利酒馆喝酒。旁边的桌子旁坐着两个妓女，也在喝酒。

“你说这话是什么意思，犹太佬？”其中一个妓女说，“你说这话是什么意思，犹太佬，你这个大块头爱尔兰佬？”

“没错，”杰克说，“说得对。”

“犹太佬！”那妓女仍在不依不饶地说着，“这几个大个子爱尔兰佬张口闭口就说犹太佬。你说这话是什么意思，犹太佬？”

“走吧，咱们离开这里。”

“犹太佬！”那妓女连珠炮似的说个不停，“谁见过你给别人买过一杯酒？每天上午来，你老婆都把你的钱袋子扎得紧紧的。这些爱尔兰佬动辄便说别人是犹太佬！特德・刘易斯都能把你揍得屁滚尿流！”

“当然，”杰克说，“你是不是把你那东西也白白送给别人了？”

我们走出了酒馆。杰克就是这样的人，口无遮拦，不分场合，想说什么就说什么。

目前，他来到泽西，在丹尼・霍根的健身中心进行训练。这儿的条件很好，但他还是不怎么喜欢。远离老婆孩子，他变得脾气暴躁，动不动就发无名之火。他喜欢我，我们俩相处得很好。他也喜欢霍根。至于士兵巴特利特，没过多久便叫他有点儿受不了了。如果营地里某个喜欢开玩笑的人讲的笑话有点儿惹人厌，他就会变得叫人害怕。士兵老拿杰克开玩笑，时时刻刻拿他开涮。他开的玩笑并不十分幽默，也不讨人喜欢，这就触痛了杰克的神经。反正就是这类玩笑。杰克有时会停止举重和打沙袋，戴上拳击手套。

“想过几招吗？”他会对士兵说。

“没问题。怎么个过法？”士兵会问，“是不是想让我像跟沃尔科特那样对你毫不留情，把你打翻在地？”

“是这样的。”杰克会说，其实心里并不喜欢对方开玩笑的话。

一天上午，我们几个到公路上活动，跑了很远的路，然后往回拐。一路上，我们快跑三分钟，再慢走一分钟，接着又快跑三分钟。杰克可不是那种你可以称之为短跑爱好者的人。在拳击场上，如果有必要，他可以跑得快如闪电，但在公路上跑得就不快了。我们一路走，士兵一路开他的玩笑。我们开始爬通往健身场营房的小山。

“喂，”杰克说，“你最好还是回到城里去吧，士兵。”

“你这是什么意思？”

“你最好回到城里，就待在那儿吧。”

“怎么啦？”

“一听你说话我就心烦。”

“是吗？”士兵说。

“是的。”杰克说。

“等沃尔科特打败你，你会更加心烦的。”

“是的，”杰克说，“也许会是这样的。但我知道叫我心烦的是你！”

于是，当天上午士兵就乘火车回城了。我送他上车时，见他窝了一肚子的火。

“我只不过跟他开了个玩笑，”我们在月台上等车的时候他说，

“他不该翻脸不认人，杰瑞。”

“他精神紧张，脾气有点儿暴躁。”我说，“他是个好人，士兵。”

“狗屁好人！这算什么狗屁好人！”

“嗯，”我说，“再见啦，士兵！”

火车进站了。他拎着包登上了车。

“再见，杰瑞，”他说，“大赛前你回城里吗？”

“恐怕回不去。”

“那到时候再见吧。”

他说完进了车厢。列车员跳上车。火车开走了。我搭乘一辆运货马车回到了健身中心。杰克正在游廊上给妻子写信。送邮件的已经来过，我拿着送来的报纸到游廊的另一头，找地方坐下看了起来。霍根出了房门，走到我跟前。

“杰克是不是和士兵闹翻了？”

“没闹翻，”我说，“他只是叫士兵回城里待着。”

“我早就知道会出现这种情况。”霍根说，“他一直都不太喜欢士兵。”

“是呀。许多人他都不喜欢。”

“他对人十分冷淡。”霍根说。

“这个嘛，他对我一向很好。”

“对我也很好。”霍根说，“我对他没什么成见，只是觉得他待人比较冷淡。”

霍根拉开纱门进屋去了。我坐在游廊上继续看报。此时正值初秋，健身中心位于泽西的山间，风光旖旎。我看完报，就坐在那儿远眺乡间景色，眺望山下树林旁边车来车往的公路，一有车经过，就会扬起一片尘云。天气晴好，景色迷人！霍根又来到了门口，我说：“喂，霍根，这地方有没有什么猎物可打的？”

“没有，”霍根说，“这地方只有麻雀。”

“看报了吗？”我问他。

“有什么新闻？”

“桑德昨天赢了三场。”

“昨晚我从电话里听说了。”

“你在密切地跟踪他们的情况，霍根？”我问。

“哦，我跟他们保持着联系。”霍根说。

“杰克怎么样？”我问，“他还在玩那些东西吗？”

“他？”霍根说，“你能看到他在干这个吗？”

就在这时杰克从拐弯处走了过来，手里拿着写好的信，上穿毛衣，下穿一条旧裤子，足蹬拳击鞋。

“有邮票吗，霍根？”他问道。

“把信给我，”霍根说，“我替你寄。”

“喂，杰克，”我说，“你以前是不是常去赌赛马？”

“当然喽。”

“这我是知道的，我以前常在西普海德赛马场见到你来着。”

“那你为什么不赌了？”霍根问。

“因为老输钱呗。”

杰克来到游廊上，在我身边坐了下来，背靠着柱子，冲着阳光闭上了眼睛。

“需要拿把椅子来吗？”霍根问。

“不了，”杰克说，“这样挺好。”

“天不错，”我说，“乡间景色迷人呀。”

“我倒情愿回城里和妻子待在一起。”

“在这儿只不过再待一个星期嘛。”

“是的，”杰克说，“是这么回事。”

我们俩继续坐在游廊上，而霍根到办公室里去了。

“你觉得我的状态怎么样？”杰克问我。

“现在还难说。”我说，“你还有一个星期可以恢复恢复。”

“说话别拐弯抹角。”

“好吧，”我说，“你状态不佳。”

“我老是睡不着觉。”杰克说。

“过两天就会好的。”

“好不了，”杰克说，“我得了失眠症。”

“你有什么心事？”

“想老婆。”

“把她接来就是了。”

“不行，我年岁大了，应付不来。”

“咱们先徒步走一段长路，然后你再折回来，这样你会感觉不错，又很累。”

“累！”杰克说，“我一直都感到很累。”

他一整个星期都是这种状态，晚上睡不着觉，早晨起来便带着那种感觉，你知道，就是拳头握都握不起来那种感觉。

“他毫无生气，就像救济院里的糕饼，”霍根说，“根本上不了场了。”

“我没见过沃尔科特的拳路。”我说。

“沃尔科特会打死他的，”霍根说，“会把他撕成两半的。”

“但是，”我说，“任何人都会有状态不佳的时候。”

“再不佳也不会像他那样，”霍根说，“让人觉得他从没有经过训练似的，使得健身中心也跟着丢人现眼。”

“你听到过记者是怎么评价他的吗？”

“当然听到过！他们说他状态极差，绝对不该叫他打比赛。”

“哦，”我说道，“他们的话往往是不靠谱的，对不对？”

“那倒也是，”霍根说，“但这次他们说得有理。”

“他们怎么知道一个拳击手的状态好不好？”

“当然，”霍根说，“他们一点儿都不傻。”

“当年在托莱多[①]举行大赛，他们就对威拉德[②]横挑鼻子竖挑眼。那个拉德纳[③]现在可聪明啦，你可以问问他当年在托莱多是怎么挑剔威拉德的。”

“噢，拉德纳没有报道那次比赛，”霍根说，“他只报道大型比赛。”

“我才不管报道人是何人呢。”我说，“他们到底懂什么？也许可以耍耍笔杆子，但恐怕狗屁都不懂！”

“你难道不觉得杰克状态很差吗？”霍根问。

“差是差，正处于低谷。他需要的无非就是让科比特来挑他的刺，让他无路可退赢一回。”

“哦，科比特会刺激他的。”霍根说。

---

① 美国港市。

② 美国重量级拳击手，曾获得全国冠军。

③ 美国体育新闻记者，幽默作家。

“当然，科比特会那么做的。”

那天夜里杰克又失眠了。次日便是大赛前的最后一天了。早饭后，我们又来到了游廊上。

“你睡不着觉的时候，心里都想些什么，杰克？”我问。

“唉，我在担心，”杰克说，“担心我在布朗克斯的产业，也担心佛罗里达的产业。担心完孩子，又担心老婆。有时也想打比赛的事。一想到那个犹太佬特德·刘易斯，就觉得窝火。再者，我有些股票，这也叫我担心。真是愁了这个又愁那个！”

“嗯，”我说，“明天晚上一切都会过去的。”

“那是自然的，”杰克说，“这个总是管用，是不是？事情一过，所有的问题便迎刃而解了。这是肯定的。”

那一整天，他怒气冲冲，什么也没干，只是四处转悠想让自己放松下来。他练了几趟空拳，就连空拳似乎也打不好。后来他跳了一会儿绳，可是汗都没有出。

“他这样子最好什么也别干了。”霍根说。我们站着看他跳绳。“跳绳怎么连汗也跳不出来？”

“他是出不了汗。”

“你看他是不是有症结？在体重方面他从没出过问题，对不对？”

“他没有症结，他就是心里是空的，什么都没有。”

“他应该出点儿汗才对。”

杰克跳着绳到了我们跟前，在我们面前一上一下、一前一后地跳，每跳三下交叉一次胳膊。

“喂，”他说道，“你们俩鬼鬼祟祟在说什么？”

“我看你就不要再练了，”霍根说，“越练越糟。”

“那岂不是完蛋啦？”杰克敷衍了一句便跳着绳躲开了，把绳子甩得噼啪响。

那天下午，约翰·柯林斯来到了健身中心。当时，杰克在楼上他自己的寝室里。约翰是坐汽车从城里赶来的，还带来了两个朋友。车一停，他们就全都下了车。

“杰克呢？”约翰问我。

“在他的房间里躺着呢。”

“躺着？”

“是的。”我说。

“他怎么啦？”

我看了看和他一起来的那两个人。

“他们是杰克的朋友。”约翰说。

“他的状态十分糟糕。”我说。

“怎么回事？”

“他睡不着觉。”

“见鬼，”约翰说，“那个爱尔兰小子一向觉不好。”

“他有点儿不对劲。”我说。

“见鬼，”约翰说，“他从来就没对劲过。我和他交往十年了，他还从没对劲过。”

跟他一起来的那两个人听了哈哈大笑。

“请允许我介绍一下。这两位是摩根先生和斯坦菲尔特先生。”约翰说，“这位是负责训练杰克的道尔先生。”

“很高兴见到二位。”我说道。

“咱们一道去看看那个伙计吧。”那个叫摩根的人说。

“走，去看看他。”斯坦菲尔特说。

我们一起上了楼。

“霍根在哪里？”约翰问。

“他在健身房陪两个顾客。”我说。

“现在来这里的人多不多？”约翰问。

“只有两个。”

“这里倒是挺安静的，是不是？”摩根说。

“是的，是很安静。”我说。

我们来到杰克寝室的门外。约翰敲了敲门，可是无人应答。

“他也许睡着了。”我说。

“大白天睡什么觉呀？”

约翰一扭门柄，我们进了房间。杰克正脸朝下趴在枕头上呼呼大睡，两条胳膊搂着枕头。

“喂，杰克！”约翰冲着他叫了一声。

杰克那趴在枕头上的脑袋动了动。“杰克！”约翰俯下身又叫了一声。杰克把脸在枕头上埋得更深了些。约翰用手碰了碰他的肩膀。杰克坐起来看了看我们。他没刮脸，穿着件旧毛衣。

“上帝呀！为什么你就不能让我睡一会儿呢？”他对约翰说。

“别生气呀，”约翰说，“我又不是有意非得把你叫醒。”

“哦，算啦，”杰克说，“你当然不是有意的。”

“摩根和斯坦菲尔特你是认识的。”约翰说。

“很高兴见到二位。”杰克说。

“你感觉如何，杰克？”摩根问。

“很好。”杰克说，“我能感觉怎样呢？”

“你看上去气色不错。”斯坦菲尔特说。

“是呀，是不错。”杰克说。随后，他冲着约翰说道：“你是我的经理，分成拿的钱不少。记者纠缠不休的时候，你为什么不出来见他们？难道你想让我和杰瑞面对他们吗？”

“当时我陪刘在费城打比赛。”约翰说。

“那关我屁事！”杰克说，“你是我的经理，分钱分得不少，对不对？你到费城该不是为我赚钱吧？我需要你的时候，你为什么不在我的身边？”

“霍根在这儿嘛。”

“霍根？”杰克说，“霍根和我一样是个哑巴。”

“士兵巴特利特是不是在这里陪练过一阵子？”斯坦菲尔特问道，意在转换话题。

“是的，他在这里待过。”杰克说，“他是在这里待过一阵子。”

“喂，杰瑞，”约翰对我说，“你能不能去找一下霍根，就说我们想在大约半个小时后见见他？”

“当然可以。”我说。

“为什么不能叫他待在这里呢？”杰克说，“待在这里，杰瑞。”

摩根和斯坦菲尔特面面相觑。

“安静点儿，杰克。”约翰对他说道。

“我还是去找霍根吧。”我说。

“好吧，你愿去你就去吧，”杰克说，“不过，这里没一个人想打发你走。”

“我愿去找霍根。”我说。

霍根在健身中心的健身房里，正在和两个戴着拳击手套的顾客切磋技艺。那两人都不愿出手打对方，生怕对方反击扑上来打自己。

“好啦，就这样啦。”霍根见我进来，便对那两人说道，“你俩可以停止厮杀了，去冲个澡，让布鲁斯给你们按摩按摩。”

那两人跨出绳圈。霍根走到了我跟前。

“约翰·柯林斯带着两个朋友来看杰克了。”我说。

“他们从汽车里出来时我看见了。”

“跟约翰一起来的那两人是何方神圣？”

“他们就是所谓的聪明人。”霍根说，“你不认识他俩？”

“不认识。”我说。

“他们一个叫哈皮·斯坦菲尔特，一个叫刘·摩根，合开了一个赌场。”

“我很长时间都没到赌场去过了。”

“当然。”霍根说，“那个哈皮·斯坦菲尔特是个大骗子。”

“我有所耳闻。”我说。

“他是个非常圆滑的家伙。”霍根说，“他们俩沆瀣一气，是一对奸商。”

“哦，”我说，“他们想在半小时后跟咱们见面。”

“你是说他们要在半个小时后才愿意见咱们？”

“是的。”

“咱们先到办公室坐坐去。”霍根说，“让那些奸商见鬼去吧。”

大约半个小时后，我和霍根上楼敲响了杰克寝室的门。他们正在里面说话。

“请先等一等！”房间里有个人说。

“搞什么鬼名堂！”霍根说，“啥时候你们要见我，我在办公室恭候！”

我们听见里面有开锁的声音。接着，斯坦菲尔特把房门打开了。

“请进，霍根，”他说，“咱们干上一杯。”

“好，”霍根说，“那就干上一杯吧。”

我们进了屋。杰克坐在床上。约翰和摩根各坐了一把椅子。斯坦菲尔特站着。

“你们几个可真够神秘的。”霍根说。

“你好，戴尼！”约翰说。

“你好，戴尼！”摩根说着和他握了手。

杰克一言不发，默默地坐在床上，似乎很不合群，显得非常孤独。他穿着旧的蓝色运动衣裤和拳击鞋，脸也没有刮。斯坦菲尔特和摩根都衣冠楚楚，约翰也衣帽光鲜。杰克坐在那里就像个粗俗的爱尔兰乡巴佬。

斯坦菲尔特拿出一瓶酒来，摩根取过几个杯子。每人喝了酒。我和杰克只喝了一杯，其他人则各喝了两三杯。

“最好留下一点儿回去的路上喝。”霍根说。

“别担心。酒还多着呢。”摩根说。

杰克喝了一杯就再不喝了。他站起来，眼睛望着那几个人。摩根一屁股坐在了床上，就坐在杰克刚才坐过的地方。

“再来一杯，杰克！”约翰一边说，一边把酒杯和酒瓶递给他。

“不了，”杰克说，“我历来都不喜欢去喝下葬酒[1]。”

大家都笑了。杰克却没有笑。

几位客人离开时都感觉不错。他们上车时，杰克站在游廊那儿目送他们。他们冲他挥了挥手。

“再见！”杰克说。

晚饭时，除了“把这个递给我”或“把那个递给我”之类的话，杰克别的什么也不说。健身中心的那两个顾客也跟我们同桌吃饭。他们俩都是相当不错的人。饭后，我们去了游廊。天色早早就黑了。

“想出去走走吗，杰瑞？”杰克问。

“当然。”我说。

我们穿上外套出了门。到大路上得走很长一段路。到了那儿，我们沿着大路走了大约有一英里半。路上车来车往，我们只好躲到路边让车过去。杰克一句话也不说。后来，一辆大轿车开过来，害得我们踏进矮树丛里躲它。杰克这才说：“这是散的他妈什么步呀！还是回霍根的健身中心去吧！”我们选了条小路，爬过山丘，穿过田野，返回霍根住的地方。可以看见位于小山顶上的那幢房屋的灯光。我们走到房屋前，只见霍根正站在门道口。

“散步散得还开心吧？”霍根问。

“挺好的。”杰克说，“喂，霍根，有酒喝吗？”

“当然有。”霍根说，“怎么啦？”

“麻烦你把酒送到我的寝室来，”杰克说，“今晚我要好好睡

---

① 根据爱尔兰风俗，葬礼前大家在一起聚饮。杰克想起次日的大赛，不由有点儿伤感，便这样说道。

一觉。”

“你倒成了医生啦。”霍根说。

“到我房间坐坐，杰瑞。”杰克对我说。

上了楼，杰克坐到床上，两手抱头。

“这算过的什么日子！”

霍根送来了一夸脱白酒和两个酒杯。

“还想来点儿姜汁饮料吗？”

“你觉得我想要吗？想喝得反胃吗？”

“我只是随便问问。”霍根说。

“来一杯？”杰克说。

“不了，谢谢。”霍根说完就出去了。

“你怎么样，杰瑞？”

“我陪你喝一杯。”我说。

杰克倒了两杯酒。“现在，”他说，“我要慢慢喝，轻轻松松地喝。”

“还是加点儿水吧。”我说。

“好的，”杰克说，“我想加点儿水更好一些。”

我们默默地喝完了这两杯酒，什么也没说。杰克又要给我斟酒。

“不用了，”我说，“我已经喝够了。”

“那好吧。”杰克说。他给自己又倒了一大口，并加了水，情绪也有所好转。

“今天下午这儿来了一伙衣着光鲜的家伙，”他说，“他们一点儿风险都不愿意冒，那两个家伙。”

过了一小会儿他又说：“其实他们是对的。冒风险对他们有什么好处？”

“你真的不想再来一杯吗，杰瑞？”他说，“来吧，就算陪我喝。”

“我不想喝了，杰克。”我说，“我现在感觉不错。”

“只喝一杯。”杰克说。酒劲已经让他变柔和了。

“那我就舍命陪君子喽。”我说。

杰克为我倒了一杯，又为他自己倒了一大杯。

“你知道，”他说，“我嗜酒如命。要不是打拳击，一定会喝很多酒的。”

“当然。”我说。

“你知道，”他说，“为了打拳击，我失去了很多东西。”

“可你赚钱赚得盆满钵满。”

“这当然喽，我图的就是这个。可你知道我也失去了很多东西，杰瑞。”

“此话怎讲？”

“譬如，”他说，“老是离开家门，不能跟老婆在一起，对女儿也没有任何好处。‘你爸爸是谁？’在社交场合不少小伙子会问她们。她们只好说：‘我爸爸是杰克·布伦南。’这对她们没有任何好处。”

“得啦，”我说，“她们手里要是没有钱那可就不同了。”

“这个嘛，”杰克说，“钱我倒是为她们挣了不少。”

他又为自己倒了杯酒。酒瓶已经快空了。

“往酒里加点儿水。”我说。杰克倒了点儿水进去。

“你知道，”他说，“你都想象不出我是多么想我老婆。”

“当然喽。”

“你根本无法想象，想象不出这是一种什么滋味。”

“在乡下应该比在城里舒服些呀。”

“对我而言，”杰克说，“在哪里都无所谓。离开老婆的滋味你是体会不来的。”

“再来一杯吧。”

“我喝醉了吗？是不是说什么糊涂话了？”

“你没喝醉，很正常。”

“你没法想象那是一种什么滋味。没人想象得出那是什么滋味。”

“除了你老婆。”我说。

“不错，”杰克说，“她的确是知道的。她知道，她绝对知道。”

“再加点儿水吧。”我说。

“杰瑞呀，”杰克说，“你无法想象这是一种什么滋味。”

他状态不错，已喝得大醉，痴呆呆地望着我，目光迷离。

“你会睡个好觉的。”我说。

“喂，杰瑞，”杰克说，“你想弄点儿钱花花吗？可以在沃尔科特身上弄点儿钱。”

“是吗？”

“听着，杰瑞，”杰克放下酒杯说，“我没有喝醉，明白吗？知道我在他身上押了多少赌注吗？五万元！”

“这可不是一笔小数目。”

“整整五万元！”杰克说，“二一添作五，我可以拿到手两万五。你也可以在他身上押些赌注，杰瑞。”

“听上去不错嘛。”我说。

“我怎么能叫他输呢？”杰克说，“这算不上玩阴谋诡计。我怎么能叫他输呢？有钱为什么不赚？”

“再加点儿水吧。”我说。

“赛完这一场我就洗手不干了。”杰克说，“这一场之后，我的拳击生涯彻底结束。这次我必须吃败仗。放着钱为什么不搂它一把？”

“当然啦。”

“一星期来，我睡也睡不着，”杰克说，“彻夜躺在那里发愁，不知怎样才能如愿以偿。我睡也睡不着呀，杰瑞。你都想象不来睡不着觉的滋味是多么难受。”

“当然啦。”

“睡不着觉，这就是症结所在！再怎么也睡不着！这些年对自己的身体千注意万注意，睡不着觉岂不是白搭？”

“是挺糟糕的。”

“你都想象不来睡不着觉的滋味是多么难受，杰瑞。”

“再加点儿水吧。”我说。

大约折腾到十一点钟，杰克终于撑不住了。我扶他上床。他老是睡不着觉，最后还是撑不住了。我帮他脱掉衣服，让他躺到被窝里。

“你会睡个好觉的。”我说。

“当然，”杰克说，“我现在可以睡着了。”

“晚安，杰克。”我说。

“晚安，杰瑞，”杰克说，“你是我唯一的朋友。”

“别说啦！”我说。

“你是我唯一的朋友，”杰克说，“是我唯一的朋友。”

“睡觉吧！”我说。

“我会睡的。”杰克说。

我下楼时，霍根在办公室里，正坐在桌前看报。他抬起头。“喂，你的男朋友睡着了吧？”他问。

“他醉得一塌糊涂。”

“这总比睡不着觉强。”霍根说。

“当然啦。”

“至于那些新闻记者，你得花许多口舌跟他们解释情况了。”霍根说。

“哦，我也得睡觉了。”我说。

“晚安。”霍根说。

次日清晨，我八点钟左右下楼吃了早餐。霍根和他的顾客去健身房练习了。我走过去，看着他们。

“一！二！三！四！”霍根在为顾客计数。“你好，杰瑞！杰克起来了吗？”

“没有，还睡着呢。”

我回到自己的房间，收拾行装准备进城。九点半左右，我听见了隔壁杰克起床的声音，接着便听见他下了楼，就跟了下去。他坐在早餐桌旁，霍根也在那里，站在桌子跟前。

“感觉怎么样，杰克？”我问他。

“还不赖。”

“睡得好吗？”霍根问。

“睡得还好。”杰克说，“昨晚喝酒喝得舌头有点儿不听使唤，但大脑还是清醒的。”

“这就好，”霍根说，“那是好酒。”

“记在我的账上吧。”杰克说。

“打算什么时候进城？”霍根问。

“午饭前吧，”杰克说，“赶十一点的那趟车。”

“你请坐，杰瑞。”杰克对我说。霍根走了出去。

我在桌旁坐下。杰克在吃葡萄柚，吃到核便吐在勺子里，然后倒在盘子上。

“昨晚我恐怕醉得不轻。”他开始说话。

“你喝了点儿白酒。”

“恐怕说了不少胡话。”

“没那么糟。”

“当时霍根在哪里？”他问。这时他已经把葡萄柚吃完了。

“他在前边的办公室里。”

“关于比赛下注的事情，我都说了些什么？”杰克一边问，一边拿勺子随意拨弄着葡萄柚的皮。

女仆端来一盘火腿和鸡蛋，把葡萄柚皮收走。

“再给我来杯牛奶。”杰克对女仆说。后者走出了房间。

“你说你在沃尔科特身上下了五万元的赌注。”我说。

“此话不假。”杰克说。

“这笔钱可不是个小数目。”

“对这件事我感觉不是很好。”杰克说。

“天有不测风云呀。”

“没什么，”杰克说，“他想当冠军想得要命。他们会跟他谈妥的。”

“谁都不知道会出什么事。”

“不会出事的。他想当冠军，这对他而言值很多钱。”

“五万元可不是笔小数目。”我说。

“这是在做交易，”杰克说，“我反正是赢不了的。你知道我无论如何都赢不了。”

“你只要进去那里，就有赢的机会。”

“赢不了，”杰克说，“我已经完蛋了。这是笔交易。”

“你现在感觉怎样？”

“感觉很好。”杰克说，“我所需要的就是睡这么一大觉。”

“你也许会有精彩的表现。”

“我会展现一场精彩的表演。”杰克说。

早饭后，他一头钻进电话亭里给妻子打长途电话。

“自从来到这里，他这是第一次给老婆打电话。”霍根说。

“他每天都给她写信呢。”

“当然啦，”霍根说，“一封信才花两分钱。”

之后，霍根和我们道别。黑人按摩师布鲁斯驾驶货车送我们去车站。

“再见，布伦南先生，”到车站时，布鲁斯说道，“衷心希望你把他打得落花流水。”

“再见。”杰克说完，给了布鲁斯两块钱，因为布鲁斯为他干了不少活儿。后者手里拿着那两块钱，显得很失望。杰克看到我在望着布鲁斯手里的两块钱。

“所有的收费都上了账单。”他说，“霍根已经向我收过按摩费了。”

在开往城里的火车上，杰克默默无语地坐在座位的角落里，车票插在帽圈里，眼睛望着窗外。后来，他把脸扭过来跟我说话。

“我告诉我老婆，说我今晚在谢尔比旅馆订了个房间。”他说，“那儿离公园不远，拐个弯就到。明天早晨我可以回家一趟。”

“这想法不错。”我说，“你老婆看过你比赛吗，杰克？”

“没有，”杰克说，“她从不看我打比赛。”

我觉得他选择赛前回家，而不是在赛后，一定是想着自己会被揍得很惨。到了城里，我们乘出租车去了谢尔比旅馆。一个杂役走出来接过我们的包。我们去前台办理手续。

“房租要多少？”杰克问。

“我们只有双人房。”服务员说，“可以给你一个舒适的双人房，只收十块钱。”

“太贵了。”

“那就给你一个七块钱的双人房。”

“有浴室吗？”

“当然有。”

“你跟我一道住在这里算啦，杰瑞。”杰克说。

“噢，”我说，“我还是到我内弟家住吧。”

“我可没有特意为你花钱的意思。”杰克说，“我只是想让我的钱花得不冤枉。”

“请登记一下好吗？”服务员看了看登记簿说，“238 号房间，布伦南先生。”

我们乘电梯上了楼。这是一个非常宽敞的房间，有两张床，有扇门通向浴室。

“这儿挺不错的。”杰克说。

引我们上楼的杂役拉开窗帘，再将我们的旅行包拎进来。杰克没有任何表示，于是我就给了杂役两角五分钱的小费。我们各洗了一把脸，杰克建议出去找个地方吃饭。

我们到吉米·汉德利餐馆吃午餐。那儿有很多吃客。我们的饭差不多吃到一半的时候，约翰进来了，在我们旁边坐下。杰克话说得不多。

“你的体重怎么样，杰克？”约翰问。杰克正吃着可口的午餐。

“就是穿着衣服也不会超重的。”杰克说。他从不为减不减体重而发愁。他天生就是次中量级拳击手的料，从不超重。在霍根那儿，他的体重还有所下降。

“这一点，你可是从不用发愁哟。”约翰说。

“就这一点。”杰克说。

饭后，我们到公园去称体重。根据比赛规则，两个选手的体重在下午三点时不得超过一百四十七磅。杰克腰间围了条毛巾站到了磅秤上。秤杆动也没动。沃尔科特刚称过，还站在那里，四周围了一圈人。

“咱们来看看你的体重，杰克。”沃尔科特的经纪人弗里德曼说。

“没问题。称完我，再称他。”杰克朝沃尔科特那儿努努嘴说。

“请把毛巾取下来。”弗里德曼说。

“重量是多少？”杰克问那个管磅秤的人。

“一百四十三磅。”那个管磅秤的胖子说。

“你的体重下降了，杰克。”弗里德曼说。

“该称他了。”杰克说。

沃尔科特走了过来。他一头金发，膀大腰圆，看上去像重量级选手。他的腿很短，杰克差不多比他高半个头。

“你好，杰克。”他打了个招呼。他的脸上有许多疤痕。

“你好。”杰克说，“感觉怎么样？”

“感觉很好。”沃尔科特说着，从腰间取下毛巾，站到了磅秤上。他的肩膀和脊背之宽，你怕是见都没有见过。

“一百四十六磅十二盎司。”

沃尔科特下了磅秤，冲杰克咧嘴笑了笑。

“嗯，”约翰对他说，“杰克比你轻了大约有四磅。”

“我刚来时，还不止这个数呢，伙计。”沃尔科特说，“失陪，我要去吃饭了。”

我们回去，杰克穿上了衣服。“沃尔科特看上去身体挺棒的。”杰克对我说道。

“他好像吃过不少败仗。”

“哦，是呀，”杰克说，“打败他并不难。”

“你准备到哪儿去？”杰克穿戴停当后，约翰问道。

“回旅馆，”杰克说，“你什么都要操心吗？”

“是的，”约翰说，“事事都要操心。”

“我回去躺一会儿。”杰克说。

“我七点十五左右去找你们，咱们一起去吃饭。”

“好吧。”

回到旅馆，杰克脱下鞋和外套，躺在了床上。我则写信，中间回头看了他几次，发现他并没有睡着，只是静静地躺着，每过一会儿眼睛就睁一睁。最后，他索性坐了起来。

“想玩会儿纸牌吗，杰瑞？”他问。

“当然可以。”我说。

他走到行李箱那儿，取出纸牌和记分板。我们玩了起来，结果他赢了我三块钱。玩着玩着，约翰敲门走了进来。

“想玩纸牌吗，约翰？”杰克问他。

约翰把帽子放在了桌子上。他的帽子湿漉漉的，外套也湿透了。

“下雨啦？”杰克问。

“在下暴雨。”约翰说，“雨大，堵车，我坐的那辆出租车动不了了。我下了车，是一路走来的。”

“来，玩会儿纸牌吧。”杰克说。

“你该去吃东西了。”

“不，”杰克说，“我现在还不想吃。”

于是，他们俩就玩起了纸牌，玩了大约有半个小时。杰克赢了他一块五毛钱。

“好吧，我看咱们该去吃饭了。”杰克说。他说完走到窗前朝外看了看。

“还在下雨吗？”

“是的。”

“那就在旅馆里吃吧。”约翰说。

“好吧。”杰克说，“你我再玩一把，看谁买单。”

一小会儿后，杰克站起身，说:“这顿饭你买单，约翰。”我们下了楼，在旅馆宽敞的餐厅里吃了一顿。

吃完饭我们就上了楼，杰克又跟约翰玩起纸牌来。杰克又赢了约翰两块五毛钱，心里乐开了花。约翰随身带来了一个提包，他的东西全装在里面。杰克脱下衬衫和假领子，换上运动衫和毛衣，免得出去着凉，把拳击服和一件浴衣放在一个提包里。

“准备好了吗？”约翰问他，“我打电话给前台，让他们叫辆出租车。”

前台很快就回了电话，说出租车已在门外等了。

我们乘电梯下楼，穿过门厅出去上了出租车，拐个弯向公园驶去。雨下得很大，但街面上人很多。公园的门票已经售罄。进了公园，在向更衣室走的路上，但见人头攒动，到处都是人。通向拳击场的那段路很长，似乎有半英里。四周一片漆黑，只有拳击场上方悬着大灯。

“下这场雨反而成了好事，这样他们就没有把这场比赛安排在棒球场。”约翰说。

“来观战的人可真不少哟。”杰克说。

“这场比赛吸引来的人公园都承受不了了。”

“谁都说不准老天爷什么时候下雨。”杰克说。

过了一会儿，约翰带着两个帮手来到更衣室的门前，把脑袋探进屋里张望。杰克穿着浴衣坐在更衣室里，两条胳膊交叉，眼睛盯着地面。那两个帮手从约翰的肩头也在往屋里望。杰克抬头看着。

“他来了吗？”他问。

“刚到不久。”约翰说。

我们向场内走去。沃尔科特正在入场，观众欢声雷动。他钻过绳圈，登上拳击台，两个拳头合在一起，微微含笑，晃动拳头先是向一侧的观众致意，接着是另一侧，然后坐了下来。杰克从人群中走过时，受到了人们的夹道欢迎。他是爱尔兰人，而爱尔兰人总是很受人们的拥戴。在纽约，爱尔兰人虽然不像犹太人或意大利人那般吸引人的眼球，但一直都深得人心。杰克登上台，低头去钻绳圈。沃尔科特跑过来，把下面的绳子压低让他钻过。观众很喜欢这一举动。沃尔科特把手搭在杰克的肩上，他们在那儿站了有一秒钟。

“看来你要当走红的冠军了。”杰克对他说，“把你那讨厌的手从我的肩上拿开！”

“你自然一些就是了。”沃尔科特说。

观众觉得他们俩深明大义，开打前表现得很有绅士风度，竟然互祝对方交上好运！

杰克在用绷带包扎手的时候，索利·弗里德曼来到了我们的这个角落，而约翰去了沃尔科特的那个角落。杰克把大拇指从绷带的缝隙伸出来，将手包得既结实又平展，我用胶带在他的手腕和指关节上缠了两圈。

“喂，”弗里德曼说，“胶带是从哪儿弄来的？”

“你摸摸好啦，”杰克说，“是软的，对不对？别大惊小怪的！”

杰克包扎另一只手时，弗里德曼一直站在跟前。杰克的一个助手把手套拿了过来，我给杰克戴上，系紧绳子。

“喂，弗里德曼，”杰克说，“沃尔科特是哪国人？”

“不清楚，”索利说，“好像是丹麦人吧。”

“他是波西米亚人。”那个送手套过来的助手说。

裁判员叫选手到台子中央去。杰克走了过去。沃尔科特过来时面带微笑。二人走到了一起。裁判员把两条胳膊搭在他们各自的肩上。

“喂，你会出尽风头的！”杰克对沃尔科特说。

“你自然一些就是了。”

“你为什么起‘沃尔科特’这个名字？”杰克说，“你不知道这是黑人的名字吗？”

“听着！”裁判说，接着便重复了一遍拳击场上的老规矩。中间，沃尔科特还打断了他一次，抓住杰克的胳膊说：“假如他用手这样抓住我，我能用拳头揍他吗？”

“把你的手拿开，”杰克说，“这又不是拍电影。”

他们回到各自的角落里。我拿掉披在杰克身上的浴衣。他趴在绳子上活动了几下膝关节，把鞋底在防打滑的松香里蹭了蹭。一声锣响，他猛地转回身，走出了角落。沃尔科特迎了上来。二人的手套碰了碰。沃尔科特刚把手放下，杰克就以迅雷不及掩耳之势给他的脸上来了两记左勾拳。他的拳法是无与伦比的。沃尔科特紧追过来，向前冲时下巴始终抵在胸口上。他惯于打勾拳，所以总是把手放得很低。他的战术是打近战，贴近了打。可是每次到了跟前，他的脸上就会挨一记杰克的左勾拳，杰克的左手好像是个自动运行装置。杰克老是用左勾拳，一次次打在沃尔科特的脸上。有三四次，杰克用右拳发难，沃尔科特一躲，那拳头就会落在沃尔科特的肩上或头上。后者跟所有的勾拳手别无两样，最怕的是和自己同一类型的拳手。凡是要害部位，他都防护有方，并不在乎脸上挨左勾拳。

四个回合之后，杰克打得他血肉模糊，一张脸被打得处处是伤。不过，他一旦靠近杰克，就会出重拳，打得杰克肋骨下左右两侧出现了两大块红肿。每次他一接近，杰克就缠紧他，腾出一只手从上面揍他。可是他只要摆脱纠缠，双拳就会重重地落在杰克的身上，声音之大恐怕外边街上的行人都能听得见。他可是一个拳头很重的人！

就这样，他们又打了三个回合，谁都不说话，只是埋头混战。中间休息的时候，我们就围着杰克忙碌。他看上去状态不好，但在场上从不过度主动。他从不过度移动，而左手拳简直就是自动装置，似乎跟沃尔科特的脸是连在一起的，每次杰克想打中便能打中。一旦二人贴在一起，杰克总是很冷静，从不浪费精力。他对近战非常熟悉，会使出许多招式。一次，他们俩厮打到了我们的角落，我看见他缠住沃尔科特，然后腾出右手，向上一挥，让拳击手套的后部砸在了沃尔科特的鼻子上，砸得对方的鼻子鲜血迸溅。沃尔科特把鼻子靠在他的肩上，想回敬他一拳。而他猛地把肩膀朝上一抬，撞在了沃尔科特的鼻子上，接着挥起右拳，又是重重一击。

沃尔科特怒不可遏。此时二人已打了五个回合，他对杰克恨之入骨。杰克却不惊不怒。他历来临危不惊，此刻也同样淡定。凡是跟他交过手的拳击手对他的打法都恨之入骨。小屁孩刘易斯是个例外，没有被他打乱阵脚，于是他倒对小屁孩恨恨不已。小屁孩刘易斯有三四个阴招很新鲜，是他无法做到的。在比赛场上，杰克只要身体不出问题，历来都稳如泰山，此时当然在狠狠地对付沃尔科特。有趣的是，他看上去就像是一个地地道道的传统拳击手，这是因为他对传统的打法同样全都了然于胸。

第七回合之后，杰克说："我的左手有点儿发沉了。"

随之，他便开始被动挨打了。起初，这种颓势表现得还不太明显。但掌握主动权的不再是他，而是由沃尔科特控制局面了。这一来，他不再稳如泰山，而是麻烦不断。此时，他已不再能用左手化解对方的招数了。表面看局面没变，但沃尔科特的拳头不再落空，而是一拳拳击打在他身上，打得他惨不忍睹。

"现在是第几回合啦？"杰克问。

"第十一回合。"

"我撑不住了。"杰克说，"我的腿不行了。"

沃尔科特狠狠地揍他，揍了很长时间，就像是一个垒球手击球，发出砰砰的声音。此后，沃尔科特步步为营，稳扎稳打，宛若一台精通拳击的机器。杰克只有招架之功，哪有还手之力，真不知挨了多少狠拳。中间休息时，我给他揉腿，稍微一碰，他腿上的肌肉就发抖。他的状态糟得不能再糟了。

"你觉得局势怎么样？"他扭过头问约翰，整张脸都肿了。

"他掌控了局面。"

"我恐怕撑不住了。"杰克说，"但我不甘心败在这个波西米亚人手下。"

情况的发展果然不出他所料。他情知自己已无法击败沃尔科特，他已经没那么壮实了。不过，他不会有事。他的钱也不会有问题，现在他只想按自己的心愿打完这场比赛。他不认输，绝不想失败！

锣声响了。我们把他推了出去。他慢慢地走上场。沃尔科特扑了上来。杰克左拳一挥砸在了他的脸上，沃尔科特挨了一拳，却趁势逼近猛揍杰克的身体。杰克企图缠住他，可那无异于怀抱一个电锯，于是急忙向后一闪，避开了右拳。沃尔科特一个左勾拳，将他打翻在地。杰克倒了下去，两手和膝盖撑住身子，望了我们一眼。裁判开始数数。杰克眼睛盯着我们，摇了摇头。裁判数到八的时候，约翰冲他打了个手势。观众席上人声鼎沸，说话的声音杰克是听不见的。杰克倏地站了起来。裁判一边报数一边用胳膊将沃尔科特挡住。

杰克站稳后，沃尔科特逼了过来。

"当心点儿，吉米！"我听见索利·弗里德曼冲他喊了一声。

沃尔科特走到杰克跟前逼视着他。杰克挥左拳打来，而沃尔科特只是摇了摇头，逼得杰克背靠在绳子上，打量着他。随后一个左勾拳轻轻落在杰克脑袋的一侧，再拼尽全力挥起右拳，尽量把拳头压低，猛击杰克的下部。拳头一定是落在了腰带以下五英寸的地方。这一拳打得杰克眼珠子恐怕都快掉出来了，只见他眼珠外凸，嘴巴大张。

裁判一把拉住了沃尔科特。杰克走上前去。如果他此时倒下，那五万元就泡汤了。他脚步踉跄，仿佛五脏六腑都快要掉出来了。

"那一拳打得不算低，"[①]他说，"只不过是个意外。"

---

① 意思是说对方没有犯规。拳击比赛中，击打腰带以下部位将被判罚犯规，并输掉整场比赛。

观众大喊大叫，什么都听不见。

“我没事。”杰克站在我们面前说。裁判看看约翰，摇了摇头。

“来呀，你这个波兰杂种！”杰克对沃尔科特说。

约翰趴在绳子上，手里拿着毛巾，准备把它扔进去。杰克就站在离绳索不远的地方。他跨前一步，我看得见他脸上在冒汗，而那汗珠就像是从皮肤里挤出来的一样，其中有一滴很大的汗珠顺着他的鼻梁朝下淌。

“来打呀！”杰克对沃尔科特说。

裁判看看约翰，摆手让沃尔科特上去。

“过去吧，你这个傻小子。”他说。

沃尔科特走上前去，不知怎样出手才好。他没想到杰克竟然能挺过来，踌躇间脸上挨了一拳。观众的叫喊声山呼海啸，似开了锅一般。两个拳击手就在我们面前较量。沃尔科特把两记重拳砸在了杰克身上，杰克的脸都变了形，是我所见过的最惨的一张脸——简直惨不忍睹！他在努力坚持着，不让自己倒下去，这些情形都流露在了脸上。他自始至终都在默默下决心，硬挺着伤痕累累的身体。

后来，他开始绝地反击，脸上一副恶狠狠的表情，两手出拳时压得很低，直取沃尔科特的下三路。沃尔科特遮挡时，他又向对方的头部发起猛攻。接着，他一个左勾拳击中了沃尔科特的腹股沟，又一记右拳砸在了对方腰带以下的那个部位，也就是对方刚才击中他的地方。那位置比腰带低多了。沃尔科特倒了下去，疼得在地上直打滚，两手乱抓，身子扭来扭去。

裁判拽住了杰克，把他推到了他的角落里。约翰跳进了绳圈。

观众又喊又叫。裁判跟评判员商量了一下，接着就见报分员拿着扩音器跳到了拳击台上宣布：“沃尔科特因对手犯规而获胜！”

裁判在和约翰交谈时解释说：“我有什么办法呢？杰克不愿意接受被犯规打败，可他毕竟糊里糊涂犯了规。”

“再怎么他也是输了。”约翰说。

杰克坐在椅子上。我为他摘掉手套，见他用双手捂住下部，硬是在坚持着，捂了一会儿脸色就不那么难看了。

“你过去说声对不起，”约翰附在他耳边说，“这样会好看些！”

杰克站起来，脸上汗珠乱滴。我把浴衣披在他身上，他用一只手在浴衣下撑着自己，穿过拳击台走了过去。沃尔科特已经被扶起，有人在照料他。他的那个角落里挤满了人，没人搭理杰克。杰克弯腰凑近沃尔科特。

“对不起，”杰克说，“我并不是有意犯规打你的。”

沃尔科特什么也没说，疼得脸色极其难看。

“噢，你现在是冠军了，”杰克对他说，“希望你为此而感到高兴。”

“让他单独待一会儿。”索利·弗里德曼说。

“你好，索利。”杰克说，“对不起，我犯规打了你的人。”

弗里德曼只是瞪了他一眼。

杰克回他的角落时一瘸一拐的，样子很滑稽。我们扶他钻过绳圈，经过记者席到了甬道。许多观众都想用拳头擂他的后背。他披着浴衣穿过愤怒的人群走到了更衣室。沃尔科特获胜在大多数人的意料之中，来公园看比赛的观众基本把赌注都押在了他身上。

一进更衣室，杰克便躺下来，闭上了眼睛。

“应该回旅馆，请医生看看。”约翰说。

“我的身子里面伤得不轻。”杰克说。

“我非常抱歉，杰克。”约翰说。

“没什么。”杰克说。

他双目紧闭躺在那里。

“他们搞了一场双重骗局[①]。”约翰说。

“都是你的朋友摩根和斯坦菲尔特搞的鬼。”杰克说，“看你交的好朋友！”

他躺在那儿，眼睛却睁开了，脸上仍是那种疼痛难忍、惨不忍睹的表情。

“滑稽的是，一想到有大笔的钱可赚，你的思维就会变得异常敏捷。”杰克说。

“你是好样的，杰克。”约翰说。

“没什么，”杰克说，“这算不上什么。”

---

① 摩根和斯坦菲尔特预先跟杰克讲好让杰克输，并叫他把赌注押在对手身上。谁知他们又叫沃尔科特犯规击打杰克的下部，以判定杰克胜出，押的赌注也就血本无归了。杰克忍痛挺了下来，自己却犯了规，虽输了比赛，却赢了两万五千元。

第七篇　一次简单的调查

外边的积雪比窗台都高。一缕阳光透过窗户玻璃照在了小屋松木板壁所挂的地图上。日升中天，阳光是从雪堆顶上射进来的。小屋旁边的空地上挖了条战壕，遇到天晴日朗，阳光照在墙上，而热气则会反射到雪堆上，使得冰雪覆盖的战壕变宽。这是三月末。少校坐在靠墙的一张桌子旁，他的副官坐在另一张桌子旁。

少校眼睛的四周有两个白圈，那是因为戴防止雪地太阳紫外线照射的雪镜而留下的。除了这两处，脸上别的部位都已受到了紫外线照射，被晒黑，然后被灼伤。他的鼻子有点儿发肿，脸上曾经被灼出水疱的地方皮肤已经松弛。此时他正在处理文件，一边把左手指探进盛着油的碟子里，将油抹在整张脸上，再用指尖轻轻地揉匀。他非常小心地把手指在碟子边蹭一蹭，蹭掉多余的油脂，只留下薄薄的一层。揉完了额头和脸颊，他又揉鼻子，将鼻子夹在两个手指间极其小心地揉。抹完油脂，他拿起碟子走进一个睡觉用的小房间。“我小憩一会儿。”他对副官说，“你把这些文件处理一下。”在这支部队里，副官不属于正式任命的军官。

“遵命，马乔里先生。”副官应了一声。他把身子朝椅背上一靠，打了个哈欠，从外套口袋里掏出一本平装书，翻开摊在桌子上，点上烟斗。随后，他一边趴在桌子上看书，一边抽着烟斗。后来他合上书，将其放回口袋。要处理的文件堆积如山，不干完活儿，哪有闲情看书！外边，太阳落到了山后，屋里墙上的光线不见了踪影。一个士兵走进来，把一些砍得长短不一的松枝塞进炉子里。“轻一点儿，皮宁，”副官对他说，“少校在睡觉。”

皮宁是少校的勤务兵，脸膛黝黑。他捅了捅炉子，轻手轻脚添了些松木进去，关好门，又回到后屋去了。副官继续处理文件。

“托纳尼！”只听少校叫道。

“有何吩咐，马乔里先生？”

“叫皮宁来见我！”

“皮宁！”副官喊了一声。皮宁应声跑进房间。“少校要见你。”副官说。

皮宁穿过大厅走到少校的门前，敲了敲虚掩着的门，说：“马乔里先生？”

“请进，”副官听见少校说道，“把门关上！”

屋里，少校躺在床上。皮宁站到了床前。少校头枕帆布背包，背包里塞了些换洗衣服充当枕头。他抬起那张被阳光灼伤、涂着油的脸打量着皮宁，两手放在毯子上。

“十九岁了吧？”少校问。

“是的，马乔里先生。”

“谈过恋爱吗？”

“什么意思，马乔里先生？”

“和女孩子相处过吗？”

“和一些女孩子相处过。”

“我问的不是这个。我是问你爱过哪个女孩子吗？”

“爱过，马乔里先生。”

“现在还爱这个女孩吗？反正你是不给她写信的，因为你所有的信件我都看过。”

“我爱她，”皮宁说，“但的确不写信。”

“你敢肯定吗？”

“敢肯定。”

“托纳尼，”少校以同样的声调说，“你能听见我说话吗？”

隔壁没有人回答。

“他听不见，”少校说，“你百分之百肯定自己爱上了一个女孩？”

“是这样的。”

“那么，”少校飞快地瞥了皮宁一眼，“你敢肯定自己没有因此而变坏？”

“变坏？我不明白你的意思。”

“得了吧，”少校说，“你不必觉得自己多了不起。”

皮宁低下头望着地面。少校则看看他那张黝黑的脸，上上下下打量，再瞧瞧他的手，然后面无笑容地接着说道：“难道你真的不想……”少校把话说了半截就打住了。皮宁仍望着地面。“难道你真的没有那种欲望……”皮宁仍望着地面。少校把头又枕到了背包上，露出微笑。他真正释然了。部队里的生活太复杂呀！“你是个好孩子，”少校说，“你是个好孩子，皮宁。但是，但是别觉得自己多了不起。小心另有人来取代了你的位置。”

皮宁一动不动地站在床跟前。

“别害怕。”少校说。他两手交叉放在毯子上。“我又不会动你。你要是愿意，可以回到连队里打仗去。不过，你还是留下当我的勤务兵好，这样送命的概率会小一些。”

“还有什么吩咐吗，马乔里先生？”

“没有了，”少校说，“你可以下去了，该干什么就干什么吧。出去时别关门。”

皮宁走出少校寝室时没有关门。副官抬头看着他窘迫地穿过大厅到了外边。皮宁满脸通红，走路的步子也跟刚才送柴火进来时不一样了。副官望望他的背影，笑了笑。皮宁又抱进来一些柴火。少校躺在床上，望着挂在墙壁钉子上的带布罩的钢盔以及那个雪镜，听着他在屋里走动的脚步声，心想：“这小鬼头！不知他对我撒谎了没有？”

第八篇　十个印第安人

有一年，七月四日[①]庆典之后，天色已晚，尼克和乔·盖默一家赶着大篷车从城里回家，路上遇见了九个喝得烂醉的印第安人。他记得是九个，因为正在苍茫暮色里赶车的乔·盖默见有个印第安人脸朝下趴在满是沙子的车辙上睡着了，便勒住马，跳下车，把他拖开，拖到路边的矮树丛里，然后又回到了驭手座上。

“从城外到这里，”乔说，“都遇见九个了。”

“这些印第安人呀！”盖默太太说。

尼克和盖默家的两个男孩坐在后座上。乔把那个印第安人拖到路边时，尼克一直在后座那儿望着印第安人。

“那人是比利·泰伯肖吗？”卡尔问。

“不是。”

“看他穿的裤子倒是很像比利。”

“印第安人穿的裤子全都一样。”

“我压根就没有看到。”弗兰克说，“爸爸跳下车，很快就又回来了，弄得我什么也没看清。我还以为他下车是去打蛇呢。”

---

① 美国独立纪念日。

“今天晚上，恐怕很多印第安人出动‘打蛇’哩。”乔·盖默打趣道。

“这些印第安人呀！”盖默太太说。

他们继续驾车前行，后来离开通衢大道上了盘山路。马拉车上山很吃力，于是几个男孩子便跳下车步行。路面上全是沙子。到了学校旁的小山顶上，尼克回头望去，但见佩托斯基①灯火辉煌，目光掠过小特拉弗斯湾，对面的哈伯斯普林斯小镇也是一片灯海。下山时，他们又回到了车上。

“刚才那段路，应该铺碎石。”乔·盖默说。大篷车沿着车道进了林子。乔和他的妻子盖默太太并排坐在前排。尼克坐在他家的两个男孩之间。马车出了林子，来到了一片空地上。

“就是在这儿爸爸赶车轧死了一只臭鼬。”

“是再往前一点儿的地方。”

“在哪儿轧死都是一样的，”乔头也没回地说，“在这儿轧死和在那儿轧死没什么两样。”

“昨晚我看见了两只臭鼬。”尼克说。

“哪儿看见的？”

“在湖边。它们正在湖岸上找死鱼吃呢。”

“大概是浣熊吧。”卡尔说。

“是臭鼬。臭鼬我想我还是认识的。”

“你应该认识。”卡尔说，“你有个印第安女朋友嘛。”

“别说这种话，卡尔。”盖默太太说。

① 美国密歇根州下半岛西北部的城市。

“他们的嗅觉差不多同样灵敏。”[①]

乔·盖默听了哈哈大笑。

“别笑啦，乔。”盖默太太说，“我不许卡尔说这种话。”

“你是不是有个印第安女友，尼基[②]？”乔问。

“没有。”

“他是有的，爸爸。”弗兰克说，“普鲁登斯·米切尔就是他的女友。”

“不是的。”

“他每天都去见她。”

“没有的事。”黑暗中尼克坐在两个男孩之间，心里感到空落落的，但听见别人说普鲁登斯·米切尔是他的女友，内心也有几分高兴。“她不是我的女友！”他说。

“听他说？！”卡尔说，“我亲眼看见他俩天天约会来着。”

“卡尔自己找不到女友嘛，”他母亲抢白道，“印第安女友也找不到嘛。”

卡尔不作声了。

“卡尔在交女友方面是个门外汉。”弗兰克说。

“你闭嘴。”

“不沾女色是对的，卡尔。”乔·盖默说，“好色之徒一无所成。要学就学你老爹。”

“啧，看你油嘴滑舌的。”大篷车颠了一下，盖默太太趁势靠在了丈夫身上，“想当初，你还不是交了一大堆女朋友。”

① 意思是说尼克和印第安女友一样能嗅出那是臭鼬。

② 尼克的昵称。

“我敢打赌，爸爸绝不会交印第安女友。”

“你可别想这个，”乔说，“你最好盯牢普鲁蒂[①]，尼克。”

乔说完，他妻子低声对他耳语了些什么，他听后哈哈大笑。

“你在笑什么？”弗兰克问。

“别告诉他，盖默。”他妻子警告道。乔又是一阵大笑。

“尼基可以有普鲁登斯做女友，”乔·盖默接下来说道，“我嘛，有你这么个好姑娘做太太。”

“这样说话才像回事。”盖默太太说。

马拉着车在沙路上吃力地前行。乔在黑暗中扬着鞭子。

“拉呀，用劲拉！明天还有更重的活儿要干呢！”

马加快了步伐，在长长的下山的路上小跑起来，马车一颠一颠的。到家后，大伙儿下了车。盖默太太开了门锁，摸黑进了屋，拿出来了一盏灯。卡尔和尼克把车尾装的东西卸了下来。弗兰克坐上驭手座，将大篷车赶到牲口棚里，给马卸了套。尼克走上台阶，推开厨房的门。盖默太太正在生炉子，往木柴上浇煤油，听见门响便转过了头。

“再见，盖默太太，”尼克说，“谢谢你们让我搭车回来。”

“别见外，尼基。”

“今天玩得很高兴。”

“有你我们也很高兴。你不留下来吃饭吗？”

“不了，我还是走吧。爸爸等我恐怕都等急了。”

“好吧，那就不留你了。你去把卡尔喊来，好吗？”

“好的。”

---

① 普鲁登斯的昵称。

“再见，尼基。”

“再见，盖默太太。”

尼克出了房门，去了牲口棚。乔和弗兰克正在那儿挤牛奶。

“再见，”尼克说，“今天我过得很愉快。”

“再见，尼克。”乔·盖默大声回答道，“你不留下来吃饭吗？”

“不了，我不能待着了。你能不能告诉卡尔，就说他妈妈叫他呢？”

“没问题。再见，尼基。”

尼克光着脚沿着小路走了，穿过牲口棚旁边的那片草地。小路平展，赤脚踩在露水上凉丝丝的。到了草地的尽头，他翻过栅栏，经过一条水沟，踩在泥浆里，脚上满是泥。随后，他爬上坡，进了干燥的山毛榉林子直往前走，远远望见了自家的灯光。他翻过栅栏，绕到前门跟前。透过窗户，他瞧见爸爸正坐在桌前，借着那盏大灯的灯光在看书，于是便推开门走了进去。

“回来啦，尼基？”他的父亲说，“玩得高兴吧？”

“简直棒极了，爸爸。今年的国庆庆典非常隆重。”

“饿了吧？”

“那还用说。”

“你的鞋怎么啦？”

“我把鞋忘在盖默家的马车上了。”

“来，到厨房里来。”

尼克的父亲端起灯走在前边，到了冰柜那儿停下来，揭开冰柜的盖。尼克径自进了厨房。他的父亲端来一盘冷鸡肉和一罐牛奶，放在尼克面前的桌子上，把手里的灯也放下了。

“还有点儿馅饼呢。”他说，“要吃吗？”

“棒极啦。”

父亲傍着那张铺着油布的桌子在椅子上坐下，巨大的身影投射在厨房的墙壁上。

“球赛是谁赢了？”

“佩托斯基队五比三获胜。”

父亲看着尼克吃饭，把罐子里的牛奶倒进他的杯子里。尼克喝了奶，用餐巾擦擦嘴。父亲从架子上取来馅饼，给尼克切了一大块。那是越橘馅饼。

“你今天干什么啦，爸爸？”

“上午去钓了会儿鱼。”

“钓到什么鱼啦？”

“只不过几条鲈鱼。”

父亲坐在那儿看着尼克吃馅饼。

“下午干什么了？”尼克问。

“到印第安人的营地那儿转了转。”

“见到什么人了吗？”

“印第安人全跑到城里酗酒去了。”

“一个人也没见到吗？”

“倒是见到你的朋友普鲁蒂了。”

“在哪里见到的？”

“她和弗兰克·沃什伯恩在林子里。我是在那儿碰见他们的。他们玩得挺高兴的。”

父亲不再看他。

“他们在干什么？”

“我没停下来仔细看。”

“告诉我，他们在干什么？”

“不知道，”父亲说，“只听见他们跑动的声音。”

“你怎么知道是他们？”

“我看见他们了。”

“我还以为你说没看见他们呢。”

“哦，对，我看见他们了。”

“究竟是谁和她在一起？”尼克问。

“弗兰克·沃什伯恩。”

“他们是不是……是不是……”

“是不是什么？”

“他们是不是玩得很开心？”

“我想是的。“

父亲从桌旁站起身，拉开厨房的纱门出去了，回来时见尼克在望着盘子发呆，眼泪汪汪的。

“再吃点儿吧？”父亲拿起刀子为他切馅饼。

“不吃了。”尼克说。

“还是再吃一块吧。”

“不吃了，一口也不想吃了。”

父亲把餐桌收拾干净了。

“他们在林子里的哪块地方？”尼克问。

“营地后边。”尼克呆呆地望着自己的盘子。父亲说：“你还是睡觉去吧，尼克。”

“好的。”

尼克回到自己的寝室，脱掉衣服，上了床。他听见父亲在客厅里走来走去的声音。他趴在床上，把脸埋在枕头里。

“我的心碎了。”他想，“假如过于伤心，我的心一定会碎的。”

过了一会儿，他听见父亲吹灭了灯，回房间去了。林子里风声呼啸，一阵风从纱窗刮进来，带来了丝丝的凉意。他把脸埋在枕头上趴了很长时间。后来，他忘掉了一切，不再去想普鲁登斯，最终进入了梦乡。半夜醒来，他听见铁杉树林间风声呼呼作响，湖里起了浪，在拍打着湖岸，听着听着就又睡着了。次日早晨，狂风大作，湖水波翻浪涌，漫到了岸上来。他躺在床上，躺了很长时间才记起自己的心已经碎了。

第九篇　金丝雀的故事

火车风驰电掣，从一长排红颜色的石头房子旁边疾驰而过。那儿有个花园和四株粗壮的棕榈树，树荫下摆着几张桌子。车厢的另一侧是茫茫的大海。红色的岩石和泥土间有道裂缝，只能偶尔瞥得见大海，而且只能看到低处紧靠岩石的部分。

“这只鸟是我在巴勒莫[①]买的。”美国太太说，“那是个星期天的早晨。我们在岸上只停留一个小时。卖鸟人让我付美元，于是我就给了他一块五毛钱的美元。这只鸟唱歌唱得简直好听极了。”

火车上闷热闷热的，卧铺车厢里热得像个蒸笼。车窗开着，但没有一丝风进来。美国太太拉上遮光帘，这样也就看不见大海了，甚至连瞥一眼也不能够了。另一边是隔挡玻璃，外边则是甬道，甬道那儿的窗户开着，看得见落满尘土的树木、油光发亮的公路和成片成片的葡萄园，再往远处则是灰蒙蒙的石山。

到了马赛时，只见有许多高高的烟囱冒着黑烟。火车减速，穿过蜘蛛网一样的铁轨徐徐开进车站。火车在马赛站停二十五分

① 意大利港口。

钟，美国太太下车买了份《每日邮报》和半瓶依云天然矿泉水[①]。她在月台上走了走，但就待在离车门的踏板不远的地方。因为在戛纳火车停了十二分钟，开车时没鸣笛就启动了，她差点儿没来得及上车。她耳朵聋，生怕火车发出了开车信号，自己却听不见。

火车驶离了马赛站，不仅把调车场以及工厂的滚滚浓烟甩在了后边，回头望去，还把马赛城、背靠石山的港口以及那水面上落日的余晖，统统都甩在了后边。天快黑时，火车在野外疾驰，只见那儿有一幢农舍着了火。路上停了许多车辆，屋子里搬出来的被褥等物品被摊放在外边的地上。火场那儿的围观者很多。天黑后，火车开到了阿维尼翁[②]，旅客上上下下的。几个法国人准备回巴黎，跑到报摊那儿买当天的法国报纸。月台上有一些黑人士兵，穿着黄褐色的军服，个子都高高的，灯光下一张张脸闪着亮光。他们的面孔非常黑，个子高得没法凝视。火车驶离了阿维尼翁站，黑人士兵还在那儿站着，有个矮小的白人军官和他们站在一起。

乘务员来到我们的卧铺车厢，把靠在墙上的三张床拉下来，准备让旅客睡觉。夜间，美国太太躺着睡不着，因为本趟车是快车，速度非常快，夜里开快车叫她担惊受怕。她的铺位紧挨窗户。从巴勒莫买的那只金丝雀，笼子上罩着块布，挂在去洗手间的甬道里背风的地方。车厢外亮着盏蓝灯。火车一整夜都风驰电掣，而美国太太一整夜都醒着，时刻担心会撞车。

---

① 依云天然矿泉水的水源地是法国依云小镇，背靠阿尔卑斯山，面临莱芒湖，远离任何污染和人为接触。

② 位于法国南部的城市，是十四世纪罗马教皇居住过的地方。

次日晨，火车离巴黎已经不远了。美国太太从洗手间出来，尽管彻夜未眠，气色却很好，一位中年妇女，美国味十足。她揭开鸟笼上的罩布，把笼子挂在有阳光的地方，然后就到餐车里去吃早饭了。待她返回我们的车厢，床已经收起靠在了墙上，变成了几个座位。窗户开着，阳光从窗户射进来，金丝雀在阳光下抖动着羽毛。火车离巴黎更近了。

“它喜欢阳光，”美国太太说，“马上就会歌唱的。”

金丝雀抖动着羽毛，用鸟喙梳理着。“我一直都很喜欢小鸟，”美国太太说，“这只鸟我要带给我的小女儿。瞧，它现在开始唱了！”

金丝雀叽叽喳喳唱了一阵子，竖起脖子上的羽毛，随后就又埋头用鸟喙梳理身上的羽毛了。火车驶过一条河，穿过一片精心护理过的林子，掠过巴黎郊外星罗棋布的小镇。可以看见那些小镇上有电车，迎向火车的墙上挂着“美丽的花园”、杜本内开胃酒和绿茴香酒[①]几类名酒的巨幅广告。火车好像是在早饭前经过这里的。美国太太一直在跟我妻子说话，有一阵子我没有细听。

“你丈夫也是美国人吧？”那位太太问。

“是的，”我妻子说，“我们俩都是美国人。”

“我原先还以为你们是英国人呢。”

“哦，不是的。”

“也许这是因为我用‘背带’这个词的缘故吧。”我解释说。我原想说“吊带”这个词，可话到嘴边却说成了“背带”，这样

① 这三种酒的原文是法语：Belle Jardinière and Dubonnet and Pernod。

更具英国特色[①]。美国太太没有听见我的话，因为她耳朵聋得厉害，只能靠看别人的唇型来理解意思，而我说话时是背过脸的，眼睛望着窗外。她继续跟我妻子说话。

"很高兴你们是美国人。美国男人是天下最好的丈夫，"美国太太说，"要知道，这就是我们离开欧洲大陆的原因。我的女儿在沃韦[②]爱上了一个欧洲人。"她说到这里停顿了一下，"他们俩爱得死去活来。"她又停顿了一下，"当然，我只好带她一走了之。"

"她死心了吗？"我妻子问。

"恐怕死不了心。"美国太太说，"她茶不思饭不想，连觉也不肯睡。我把所有的办法都用尽了，可她对什么都不感兴趣，对什么都不闻不问。反正我决不能叫她嫁给一个外国人。"她又停顿了一下，"我的一个心腹之交曾经告诉我：'外国男人给美国女孩当丈夫，是当不好的。'"

"是的，"我妻子说，"我想是这样的。"

美国太太对我妻子的旅行装颇为欣赏（这套行头是在圣奥诺雷街的一家时装屋买的）。原来，美国太太的衣服也是在那儿买，都有二十年之久了。那家店里留有她的尺码，有个店员熟悉她，了解她的品位，常常为她选衣服寄到美国去。衣服寄到纽约上城区她家附近的邮局，关税历来都不很高。因为邮局拆封验货，看到的只是样式极其朴素的衣服，既不镶金边也没有装饰物，不像是贵重物品。以前为她寄衣服的店员叫阿梅利亚，现在的这个叫

① 西方男子的裤子一般都有布带挂在肩上，英国人把这种布带叫"braces"（背带），美国人则称其为"suspenders"（吊带）。

② 瑞士西部城镇。

泰蕾兹，二十年来就这么两个人。为她做衣服的始终是同一个裁缝，但价钱却涨了。不过，由于汇率的变化，还能保持平衡。现在，那家店里也有她女儿的尺码——女儿已长大，尺码不大可能变了。

火车正在驶入巴黎车站。防御工事已夷为平地，但空地上还未长出草来。铁轨上停放着许多节车厢，有棕色的木头餐车车厢，也有棕色的木头卧铺车厢。如果那列车还在五点钟出发，这些车厢就都要在这个时间被拉到意大利去。这些车厢上都标有“巴黎—罗马”字样。除此之外，铁轨上还停放着一些定点来往于市区和郊区的区间车，车顶上有座位，车厢里和车顶上到处是旅客，过去如此，现在仍如此。这时，我们的车正在经过一堵堵白墙和一扇扇窗户。没什么早餐可吃。

“美国男人是天下最好的丈夫。”美国太太在跟我妻子说话。我正在从行李架上往下拿行李。“在这个世界上，只有美国男人才值得你去嫁。”

“你离开沃韦多久啦？”我妻子问。

“到今年秋天就两年了。要知道这只金丝雀就是带给小女的。”

“你女儿爱的那个男子是瑞士人吧？”

“是的，”美国太太说，“他出身于沃韦的一个很好的家族，将来准备当工程师。他们是在沃韦认识的，二人经常到很远的地方散步。”

“我熟悉沃韦，”我妻子说，“因为我们在那儿度的蜜月。”

“真的吗？那太好啦！我当时万万没想到她竟然会爱上他。”

“那个地方非常漂亮。”我妻子说。

“是啊，”美国太太说，“很漂亮？你们住在哪里呀？”

“我们住在特罗伊古罗奈酒店。”我妻子说。

“那是家非常舒适的老店。”美国太太说。

“是呀。”我妻子说，“我们住的房间非常舒适，外边秋高气爽、风光旖旎。”

“你们是秋天去的？”

“是的。”我妻子说。

这时，火车正经过三节被撞坏的车厢。车厢皮被撞得稀巴烂，顶部都凹陷了。

“快看，”我说，“撞车啦。”

美国太太向窗外望去，看到的是最后一节车厢。“我整夜提心吊胆，怕的就是这个。”她说，“有时候，我心里会产生不祥的预感。从今往后，夜间我绝不会再乘坐快车了。舒适的火车一定会有的，没必要坐跑得这么快的车。”

火车开进黑黢黢的巴黎里昂站[①]停了下来。几个行李员来到车窗前，我把行李从窗口递出去，随后我们就下车来到了昏暗的月台上。美国太太见有库克旅行社[②]的三个人在那儿，就叫其中的一个来拿自己的行李。那人说：“请等一等，夫人，容我查一下你的名字。”

行李员推来一辆小车，把我们的行李放在车上，我和妻子跟那位美国太太告了别。库克旅行社的那个人在一沓打印纸上找到

① 巴黎的七大火车站之一。

② 全称为托马斯·库克旅行社，据说是世界上第一家旅行社，是全球旅游行业的“祖师爷”。

了她的名字，然后把打印纸放回了衣袋里。

行李员推着行李车，我们俩跟在后边，紧挨着火车往前走，穿过长长的月台。月台的尽头有扇门，那儿有个检票员收了我们的车票。

我们俩这次回巴黎是要办理分居手续的。

第十篇　阿尔卑斯田园曲

即便清晨走进山谷，也会感到浑身发热。太阳把我们滑雪板上的残雪晒得融化了，把滑雪板也晒干了。虽然还只是春天，山谷里的太阳却火辣辣的。我们拿着滑雪板，背着帆布包，沿着大路走进了加尔蒂[①]。经过教堂墓地时，一场葬礼刚刚结束。牧师出了墓地，从我们身边走过，我对他说了声："愿上帝保佑你！"他冲我躬了躬身子。

"奇怪的是，牧师从不跟人讲话。"约翰说。

"你以为他们喜欢说'愿上帝保佑你'这样的话？"

"反正他们从不搭腔。"约翰说。

我们停下脚步，站在路上观看教堂司事在铲新土。一个留着黑胡子的农民穿着高腰皮靴守在旁边。教堂司事停下手里的活儿，直起腰来，穿高腰皮靴的农民便从他手中接过铲子，继续往墓坑里填土——他把土撒得很匀，就像在菜园里撒肥料一样。在这么一个阳光灿烂的五月份的上午埋死人显得很不真实。我简直想象不出来这样的时候会死人。

---

① 奥地利小镇（滑雪胜地）。

"这样的日子埋死人，你能想象得出来吗？"我对约翰说。

"我不喜欢这样。"

"还好，"我说，"咱们不必干这种倒霉的事。"

我们继续行路，从镇上鳞次栉比的人家门前走过，径直到了客栈。在锡尔夫雷塔[①]待了一个月，此时来到这条山谷，我们感觉很好。在锡尔夫雷塔滑雪固然很棒，但到了春天，那儿的雪只适合早晚滑，其他的时间段，雪都叫太阳给糟蹋了。我们俩都讨厌上了太阳，唯恐躲避不及。在阳光下，只有巉岩和小木屋（那座小木屋建在冰川旁的岩石后，以岩石作掩护）才会投下些许阴影。躲到阴影里，你内衣上的汗水就会结成冰。你不戴墨镜，根本无法坐在小屋外面。把皮肤晒黑本来是件挺开心的事，可是太阳实在太令人讨厌了。你没法在太阳下面休息。能够下山，远离那片滑雪场，我感到心情舒畅。春天去锡尔夫雷塔，未免有点儿太迟了。我都有点儿讨厌滑雪了。我们在那儿待的时间太长，靠着喝小木屋铁皮屋顶上融化的雪水度日，现在嘴里还有一股雪水味。这股味道，也是我们对滑雪的感受的一部分；幸好除了滑雪，还可以干别的有趣的事情，这叫我心里有了一些喜悦。我很高兴能下山，远离高山上那反常的春天，来到这条山谷里，享受这融融的五月晨光。

客栈老板正坐在门廊那儿，椅子向后翘起，抵在墙上。厨子则坐在他身旁。

"嗨，滑雪的！"客栈老板说。

"嗨！"我们一边打招呼，一边把滑雪板靠在墙上，卸下背包。

① 横跨奥地利、瑞士、意大利和斯洛文尼亚的一条山脉，属于阿尔卑斯山脉。

“山上怎么样？”客栈老板问。

“还好。就是太阳有点儿太毒了。”

“是的。每年的这个时候太阳都特别毒。”

厨子坐在椅子上没动，而客栈老板把我们迎进屋去，打开办公室，取出我们的邮件——一捆信和几份报纸。

“咱们喝点儿啤酒吧。”约翰说。

“好。到里面去喝吧。”

老板送来两瓶酒，我们一边喝酒一边看信。

“最好再来点儿啤酒。”约翰说。这次送酒来的是个女孩。她开瓶时笑了笑。

“好多信哟！”她说。

“是的，是很多。”

“祝你们一切如意！”[①]她说完，拿着空酒瓶子走了出去。

“我都忘了啤酒是什么味道了。”

“我没忘，”约翰说，“因为我在山上的小屋里老想来着。”

“啊，”我说，“现在总算喝到啦。”

“什么事情都不能干的时间太长。”

“是啊。咱们在山上待的时间太长了。”

“长得简直不得了。”约翰说，“凡事时间过长，就没有好结果。”

阳光从敞开的窗户射进来，透过啤酒瓶，照在桌子上。酒瓶里的酒剩下了一半，里面有一点儿泡沫，但因为天气寒冷，泡沫并不很多。把酒倒进高脚杯里，泡沫就堆积了起来。从敞开的窗户望出去，可以看见那条白颜色的大路，路边的树木落满了灰尘。

---

① 原文是德语：Prosit。

再往远看则是绿油油的田野和一条小溪，溪边树木成行，还有一个磨坊，磨坊里有个水轮。磨坊的一侧是敞开的，可以看见有个大锯在一上一下地锯一根长长的原木，似乎没有人在跟前操作。四只乌鸦在绿野里走来走去，另有一只在树上观看。坐在门廊那儿的厨子离开了椅子，走进了通往后边厨房的门厅。屋内，阳光透过空玻璃杯，射在桌子上。约翰趴在桌子上，把脸埋在两条胳膊上。

从窗户望出去，我看见有两个人走上门前台阶，接着来到了酒吧间里。他们当中的一个就是那个穿高腰皮靴的留黑胡子的农民，另一位是教堂司事。他们在靠窗户的桌子旁落座。那个女孩进来，站在他们的桌子跟前。农民似乎跟没看见她一样，两只手放在桌上，呆坐着。他穿一身旧军装，胳膊肘上缀着补丁。

“要什么酒？”教堂司事问。农民没有理会。

“想喝什么酒？”

“来点儿烈酒吧。”农民说。

“我要四分之一升红葡萄酒。”教堂司事对女孩说。

女孩拿来了酒。农民把烈酒喝了，眼睛望着窗外。教堂司事则在观察他。约翰脸伏在桌子上，已经睡着了。

客栈老板走进来，到了他们的桌子跟前，用方言说了句什么，教堂司事应答着。农民仍在望着窗外。老板出去了。农民站起来，从皮夹子里取出一张叠在一起的一万克朗[1]钞票，把它展开。女孩走上前去。

“一起算？”女孩问。

---

① 奥地利旧币。

“一起算。”农民回答。

“红酒的钱我出。”教堂司事说。

“一起算。”农民把刚才的话又对女孩重复了一遍。女孩把手伸进围裙口袋里，掏出一把硬币，数出了应该找的钱。农民走了。他前脚走，客栈老板后脚就进来了，在教堂司事的桌旁坐下，跟他说起了话。他们谈话时，都操方言。教堂司事乐呵呵的，而客栈老板则是一脸的厌恶。教堂司事是个小个子，留着小胡子。只见他从桌旁站起，把脑袋探出窗户，朝大路那儿望了望。

“他进去了。”教堂司事说。

“进洛温旅馆啦？”

“是的。”

他们又说了一会儿话。后来，客栈老板来到了我们桌子跟前。这位客栈老板是个老头，个子高高的。他看了看正在呼呼大睡的约翰。

“他累坏了。”

“是的。我们今天起床起得早。”

“想不想马上吃饭？”

“什么时候都可以。”我说，“有什么菜？”

“随你点了。女孩会把菜单拿来的。”

女孩把菜单送来时，约翰也醒了。菜单用墨水写在卡片上，再将卡片嵌入一个木框。

“菜单来了。”我对约翰说。他仍在发困，睡眼惺忪地看了看菜单。

“想跟我们喝杯酒吗？”我问客栈老板。

客栈老板坐了下来。“那些农民简直就是畜生。”客栈老板说。

“我们来小镇的路上看见刚才的那位在办葬礼。”

“死的是他的妻子。”

“噢。”

“那家伙是个畜生。那些农民全都是畜生。”

“此话怎讲？”

“说出来你也不相信。他干的事情令人难以置信。”

“说说看。”

“你是绝对不会相信的。”客栈老板说完，冲着教堂司事喊了一声：“弗朗兹，你过来！”教堂司事拿着他那一小瓶葡萄酒和酒杯走了过来。

“这两位先生刚从威斯巴登小屋那儿过来。”客栈老板介绍道。我们相互握了手。

“你喝什么酒？”我问。

“什么酒也不喝了。”弗朗兹摆了摆手说。

“再来四分之一升红酒怎么样？”

“那好吧。”

“你懂我们的地方话？”客栈老板问。

“不懂。”

“你在搞什么名堂？”约翰问。

“咱们来镇上，半路不是见到一个农民在埋死人吗，听他讲一讲那个农民的情况。”

“讲了我也听不明白的。”约翰说，“事情发生得太快了。”

“那个农民，”老板说，“今天才把他的妻子下葬，而他的妻子去年十一月就死了。”

“是十二月。”教堂司事说。

“这没什么关系。就算是去年十二月死的吧。当时他把死讯告诉了教区。”

“是在十二月十八号告诉的。”教堂司事说。

“不管怎样吧，反正当时不能送死者去墓地安葬，得等雪化之后才行。”

“他住在帕斯农山谷的另一侧，”教堂司事说，“但他属于这个教区。”

“难道不能想办法把死者送过来吗？”

“不行。得等到雪化之后，才能从他住的地方用雪橇送过来，所以今天才送来下葬。牧师看了看死者的脸，不愿为她主持葬礼。接下来的情况，你来讲吧。”老板对教堂司事说，“你用德语介绍，别说地方话。”

“牧师觉得这件事十分蹊跷。”教堂司事说，“那个农民在报告死讯时，说他的妻子死于心脏病。我们知道她心脏有毛病，有时候来教堂做礼拜还有昏厥的现象。有好长一段时间她都没有来过了，因为没有力气爬山。牧师揭开她脸上的毯子时问奥尔兹：‘你老婆死得很痛苦吧？’‘不痛苦。’奥尔兹说，‘我一进家门，就见她躺在床上与世长辞了。’

“牧师看了看死者。他并不愿意看。

“‘她的脸怎么弄成这个样子啦？’

“‘我不清楚。’奥尔兹回答说。

“‘那你最好搞清楚再说。’牧师说着又把毯子盖上了。奥尔

兹一声不吭。牧师望着他，他也望着牧师，说道：‘你真的想知道吗？’

“‘我必须知道。’牧师说。”

“接下来就是谜底，”客栈老板说，“你们注意听。弗朗兹，你继续讲吧。”

“‘哦，’奥尔兹说，‘她死后，我向教区报告了死讯，接着就把她的尸体放在了柴火间里的一截粗大的木头上。后来我要用那截木头，而她已僵硬，于是我就把她靠墙放，让她立在那儿。她的嘴大张着。夜里我到柴火间要劈开那截木头，就把提灯挂在她的嘴上。’

“‘你为什么要那样做？’牧师问。

“‘我也不知道。’奥尔兹说。

“‘这样的事你干了很多次？’

“‘每次夜里去柴火间干活儿，我都这样做。’

“‘真是罪过。’牧师说，‘你爱你的老婆吗？’

“‘爱，我爱她，’奥尔兹说，‘非常爱她。’”

“你们都听明白了吗？”客栈老板问，“关于他妻子的情况你们都听明白了吗？”

“听明白了。”

“该吃饭了吧？”约翰问。

“你点菜吧。”我说。“你觉得这事是真的吗？”我问客栈老板。

“千真万确。”他说，“这些农民都是畜生。”

“他刚才到哪儿去了？”

“到我的同行洛温旅馆那儿喝酒去了呗！”

“他不愿跟我一起喝酒。”教堂司事说。

“弗朗兹了解了他妻子的情况，他就不愿在这里喝酒了。”客栈老板说。

“喂，”约翰说，“该吃饭了吧？”

“好吧。”我说。

第十一篇　自行车比赛

在匹兹堡[1]，威廉·坎贝尔开始跟一个杂耍班子进行骑车比赛。举行这样的自行车比赛，选手们出发时，彼此间前后的间距是同等的。由于赛程短，选手们骑得都非常快，如果车速慢，其他保持车速的车手就会把出发时的差距追平。一个选手一旦被赶上和超过，就得退赛，灰溜溜地下车，离开赛道。假如赶超的现象没有发生，间距拉得最长的选手就是冠军。如果只有两个选手参赛，大多数情况下，骑不到六英里，其中的一个选手就会被另一个选手赶上。杂耍班子的选手就是在堪萨斯城[2]赶上威廉·坎贝尔的。

威廉·坎贝尔原计划只要稍稍领先于杂耍班子即可，到了太平洋岸边再说。反正只要领先于杂耍班子，在杂耍班子之前到达就可以拿到奖金。谁知竟让杂耍班子赶了上来，而这时的他已上床睡觉了。杂耍班子的经理进入他的房间时，他正躺在床上。经理走后，他决定仍躺在床上，堪萨斯城太冷，他才不急着往外跑

① 匹兹堡曾是美国著名的钢铁工业城市，有"世界钢都"之称。

② 密苏里州西部的一座城市。

呢。他不喜欢这座城市。他伸手从床下取出一瓶酒喝了几口，胃里感到舒服了些。刚才请杂耍班子的经理特纳先生喝酒，对方谢绝了。

威廉·坎贝尔刚才和特纳先生的会面，场景有点儿怪怪的。特纳先生敲了敲门，坎贝尔说：“请进！”特纳先生走进屋，见椅子上堆着衣服，行李箱敞着盖，床边的一把椅子上放着一瓶酒，一个人躺在床上，用被子把自己从头到脚捂得严严实实的。

“坎贝尔先生！”特纳先生叫了一声。

“你不能解雇我！”威廉·坎贝尔躲在被窝里说，被子白白的，暖暖和和的，把他裹得严严实实。“你不能因为我被赶上，下了车子，就把我一脚踢开。”

“你喝醉了。”特纳先生说。

“对，是喝醉了。”威廉·坎贝尔说话时，脸紧贴着被子，嘴唇摩擦着布料。

“你是个傻瓜。”特纳先生说着，关掉了屋里的灯。那盏灯已经亮了一夜，此时已是上午十点了。“你是个喝醉了的傻瓜。你是什么时候来到这座城市的？”

“昨天晚上来的。”威廉·坎贝尔隔着被子回答道，他发现自己喜欢隔着被子跟人说话，“你有没有隔着被子跟人说过话？”

“别犯傻了。你这样并不幽默。”

“我并不是犯傻，只不过隔着被子说说话而已。”

“好一个隔着被子说说话而已。”

“你可以走啦，特纳先生。”坎贝尔说，“我不再为你效力了。”

“你总算知道了。”

“我知道的事情多着呢。”威廉·坎贝尔说。他把被子朝下一扯，盯着特纳先生。“就因为我知道的事情太多，所以看都不想看见你了。想听听我知道什么吗？”

“不想。”

“不听也罢，”威廉·坎贝尔说，“其实我什么也不知道，只不过是随便说说而已。”他把被子一拉，又捂在了脸上。“我喜欢捂在被窝里。”他说。特纳先生是个中年人，大腹便便，秃头，正站在床跟前。其实他有许多事情要做。“你应该在这儿歇一歇，比利[①]，疗养一下身体。”他说，“如果你有这个意愿，我会作出安排。”

“我才不想疗养呢，”威廉·坎贝尔说，“我完全没有这个意愿。我现在感觉很好。我这辈子感觉一直很好。”

“你这样子有多长时间啦？”

“这算是什么问题呀！”威廉·坎贝尔隔着被子喘着气。

“你酗酒有多长时间啦，比利？”

“难道耽误工作了吗？”

“那倒没耽误。我只是问你酗酒有多长时间了，比利。”

“说不清。但我的狼[②]的确回来了。”他用舌头舔了舔被子说，“它回来有一个星期了。”

“胡扯什么！”

“啊，是这样的。我亲爱的狼回来啦。我每次喝酒，它就在屋外。它是受不了酒精味的。可怜的小乖乖。”威廉·坎贝尔边

① 威廉的昵称。

② 根据上下文，此处的“狼”隐指毒品。

说，边用舌头在被子上舔来舔去。“它是只可爱的狼，总是那样的可爱。”他说完，闭上眼睛，深深吸了口气。

“看来你必须疗养疗养了，比利。”特纳先生说，“基利疗养院[①]你一定会喜欢的。那家疗养院挺不错的。”

“基利吗？”威廉·坎贝尔说，“离伦敦不太远。”他闭上眼睛，然后又睁开，眼睫毛来回蹭着被子。“我就喜欢躺在被窝里。”他说着，抬起眼看了看特纳先生。

“喂，你以为我喝醉啦？”

“你的确是喝醉了。”

“不，我没喝醉。”

“你喝醉了，你得了震颤性谵妄症。”

“没有的事。”威廉·坎贝尔说着，拿被子裹住脑袋，“亲爱的被子啊！”他说。他温柔地贴着被单呼吸着。“美丽的被子啊，你是爱我的，对不对，被子？这都包括在了房租里，就跟在日本一样[②]。不，”他说，“你听我说，比利，亲爱的滑头比利，我有件意外的事情要告诉你：我虽然看上去像喝醉了，但其实没醉。”

“胡言乱语！”特纳先生说。

“你瞧这个！”威廉·坎贝尔在被窝里拉起睡衣右边的袖子，伸出了右胳膊，“你瞧瞧好啦！”他的小臂上，从手腕到胳膊肘之间满都是深蓝色的小针眼，每个针眼周围都有一个小蓝圈，密密麻麻，一个挨着一个[③]。“这可是一种新情况。我有时喝点儿酒

---

① 一个专门帮助戒酒、戒毒的机构。

② 他把被子当作恋人，似乎在暗示他曾在日本有过一夜情。

③ 这是吸毒者注射留下的针眼。

嘛，就是要把这只狼赶出屋外。”

“他们有妙方，可以治疗这种病。”“滑头比利”特纳说。

“不行，”威廉·坎贝尔说，“他们什么病都治不了。”

“你可不能自暴自弃，比利。”特纳说着，一屁股坐到了床上。

“小心我的被子！”威廉·坎贝尔说。

“你这么年轻，可不能自暴自弃，不能一遇到点儿困难就灌黄汤。”

“难道这犯法吗？你是说这犯法吗？”

“我不是那意思。我是说你应该和困难斗争到底。”

威廉·坎贝尔用嘴唇和舌头把被子又是吻又是舔。“亲爱的被子啊，”他说，“我吻你，同时可以透过你观察人间百态。”

“别胡扯什么被子啦。劝你不要迷上那东西，比利。”

威廉·坎贝尔闭上眼睛，开始觉得有点儿恶心。他知道没有什么遏制它，使它缓解，这种恶心感就会不断加剧。正是在这个节骨眼上，他请特纳先生喝酒，而特纳先生谢绝了。他自己拎起酒瓶喝了几口，恶心感暂时压了下去。特纳先生在一旁看着他。特纳先生不应该在这个房间待这么长时间，他手头还有许多事情需要处理。他虽然天天和吸毒人员打交道，对毒品却还是怀有恐惧。他非常喜欢威廉·坎贝尔，不愿丢下他不管。他为威廉·坎贝尔感到十分难过，觉得治疗治疗也许可以帮他恢复正常。他知道在堪萨斯城就有些非常好的疗养机构。但此刻他必须走了，于是就站了起来。

“喂，比利，”威廉·坎贝尔说，“我想告诉你：你才是‘滑头比利’，因为善于耍滑头嘛。至于我，只能叫比利，因为我压根就不会耍滑头。滑头我是不会耍的，比利。我不会耍滑头。这行不通呀！每次我试着耍滑头，都是行不通的。”他闭上了眼睛，“行不通呀，比利。一旦行不通，结果就很糟糕。”

“是啊。”“滑头比利”特纳说。

“是什么呀？”威廉·坎贝尔望着他。

“就是你刚才说的那样呀。”

“我没说什么，”威廉·坎贝尔说，“你一定听岔了。”

“你说滑头什么来着。”

“我不可能说滑头什么来着。不过，你仔细听着，我要告诉你一个秘密。你到我的被窝跟前来，比利。劝你远离女人和马，另外还……”他停顿了一下，“另外还要远离老鹰，比利。假如你喜欢马，最终得到的是马粪；喜欢老鹰，得到的则是鹰屎。”他打住了话头，把脸又遮在了被子下。

“我得走啦。”“滑头比利”特纳说。

“假如你喜欢女人，就会染上花柳病。”威廉·坎贝尔说，“假如你喜欢马……”

“得啦，这话你刚才已经说过了。”

“说过什么啦？”

“说过喜欢马和老鹰会导致什么样的后果。”

“噢，是这样的。假如你喜欢被子……”他嘴对被子吸了口气，用鼻子在上面蹭了蹭说。“其实我对被子并不了解，”他说，“只是现在开始有点儿喜欢罢了。”

“我得走了，”特纳先生说，“手里有许多事情要做呢。”

“那好吧，”威廉·坎贝尔说，“人人都有事忙着要走。”

“我还是走吧。”

“好，你走吧。”

“你没事吧，比利？”

“我一生从来都没有这么高兴过。”

“你真的没事？”

“我很好。你走你的。我再躺一会儿，中午的时候起来。”

可中午时分特纳先生来到威廉·坎贝尔的房间，见他仍在睡觉。特纳先生是个知趣的人，知道生活中什么东西最宝贵，于是就没有叫醒他。

第十二篇　今天是星期五[①]

晚上十一点钟，三个罗马士兵在酒馆里喝酒。酒馆的墙根放着几大桶酒。木质柜台后坐着个卖酒的希伯来人[②]。三个罗马士兵都喝得有点儿眼睛发呆。

士兵甲：尝尝红酒吧？

士兵乙：不了，我就不尝了。

士兵甲：你还是尝尝吧。

士兵乙：那好吧，乔治，我们就喝上一巡红酒吧。

卖酒人：各位先生，酒来啦。你们会喜欢的。（他把一个陶制酒壶放在了他们的桌子上，里面盛着从酒桶里倒出来的酒。）这可是佳酿美酒呀。

士兵甲：来，你也喝上一杯！（他对靠在酒桶上的士兵丙说。）你怎么啦？

士兵丙：我肚子疼。

---

① 耶稣是在星期五被钉到十字架上的。

② 希伯来人是犹太人的祖先。

士兵乙：你一直在喝水。

士兵甲：还是尝几口红酒吧。

士兵丙：这玩意儿我喝不成，一喝胃里就泛酸。

士兵甲：你出来待的时间太长了。

士兵丙：见鬼，我还不知道这个？

士兵甲：喂，乔治，你能不能给这位先生来点儿什么，治治他的肚子疼？

卖酒人：我这儿有灵丹妙药呢。

（士兵丙尝了尝卖酒人为他调制的“灵丹妙药”。）

士兵丙：喂，你在里面放了什么？骆驼粪吗？

卖酒人：你喝下去就是了，包你能好，长官。

士兵丙：唉，我觉得难受极了。

士兵甲：你就试一试嘛。那天我不舒服，乔治就把我治好了。

卖酒人：你的情况很不妙，长官。对于治肚子疼，我还是有把握的。

（士兵丙把药酒喝了下去。）

士兵丙：耶稣基督啊！（他做了个鬼脸。）

士兵乙：真是虚惊一场！

士兵甲：说到耶稣，实在叫人搞不懂。今天他在那儿状态很好！

士兵乙：他为什么就不愿从十字架上下来呢？

士兵甲：他就不愿从十字架上下来，因为那不是他的玩法。

士兵乙：你告诉我，有谁愿意待在十字架上而不肯下来！

士兵甲：得了吧，这种事情你一点儿都不懂。你问问乔治。他想从十字架上下来吗，乔治？

卖酒人：各位先生，恕我直言。我没有到现场去，因为这种事情我丝毫不感兴趣。

士兵乙：这种人我见得多啦，不但在这儿见了，别的许多地方也见过。不管什么时候，你只要指给我看，看哪个人在时辰到了的时候（我指的是时辰来到之际）不愿意从十字架上下来，那我就爬上十字架陪他！

士兵甲：我觉得他今天在那儿的状态挺好的。

士兵丙：是挺好的。

士兵乙：你们俩根本不知道我在说什么。我没说他状态好不好，而是说时辰来到之际会怎么样。刚开始钉他的时候，即便有人能够阻止，也不会出面干涉的。

士兵甲：你听明白了吗，乔治？

卖酒人：不明白。我对这种事丝毫不感兴趣，长官。

士兵甲：他的行为举止叫人觉得惊讶。

士兵丙：我所不喜欢的是把人钉在十字架上。要知道，那是非常痛的。

士兵乙：刚开始把人吊起来的时候，还不算特别痛。（他双手合在一起，做了一个吊人的姿势。）一旦身体下沉，疼痛就加剧了。

士兵丙：有些人痛得死去活来。

士兵甲：难道我没见过吗？十字架钉人的事情我见得多了。我只是说他今天在那儿的状态挺好的。

（士兵乙冲着卖酒人笑了笑。）

士兵乙：你可真是个死脑筋，大个子。

士兵甲：说得是，接着逗他吧。不过，容我告诉你一句：今天他在那儿状态挺好的。

士兵乙：再来杯酒怎么样？

（卖酒人抬起头，投来期待的目光。士兵乙耷拉着脑袋，脸色看上去不太好。）

士兵丙：我不想再喝了。

士兵乙：那就来两杯吧，乔治。

（卖酒人端出一壶酒，酒壶比刚才的那个小一点儿，然后身子前倾趴在木质柜台上。）

士兵甲：你见他的女友了吧？[①]

士兵乙：我不就站在她身边吗？

士兵甲：她长得挺漂亮。

士兵乙：我在他之前就认识她了。（他说着，冲卖酒人挤了挤眼。）

士兵甲：我在城里常见到她。

士兵乙：她原来生意还是很好的。他从来就没有给她带来过好运。

士兵甲：哦，他自己就不走运嘛。不过，我看他今天在那儿的状态挺好的。

士兵乙：他的追随者哪里去了？

士兵甲：哦，全都溜掉了，只剩下了一帮女人守在他身边。

士兵乙：那些人都是胆小鬼，一见他被钉上十字架，就吓得不敢跟他有牵连了。

---

① 此处指的是一个受到耶稣拯救的妓女。

士兵甲：那些女人倒是紧紧跟随着他。

士兵乙：不错，她们一直守在他身边。

士兵甲：你见我把铁矛刺进他的身体了吗？

士兵乙：你那样做总有一天会惹祸的。

士兵甲：我只能为他做这么一点儿事情了[①]。说真的，他今天在那儿的状态挺好的。

卖酒人：各位先生，对不起，我要关门了。

士兵甲：让我们再喝上一巡吧。

士兵乙：还喝什么呀？光喝酒解不了心中的愁。得啦，咱们走吧。

士兵甲：只喝上一巡就走。

士兵丙：（起身离开酒桶。）不喝了。走吧，咱们走！今天晚上我觉得难受极了。

士兵甲：就一巡么。

士兵乙：不喝了。走吧，咱们走！再见，乔治，把酒钱记在账上。

卖酒人：再见，先生们。（他脸上露出了些许愁容。）能不能先付一点儿酒钱呢，长官？

士兵乙：见鬼，乔治！星期三才是我们的发饷日。

卖酒人：那好吧，长官。再见，先生们！

（三个士兵走出酒馆，来到了大街上。）

（在酒馆外面的大街上。）

士兵乙：乔治是犹太佬，跟那些家伙是一路人。

---

① 意思是尽早结束耶稣的痛苦。

士兵甲：哦，乔治是个好人。

士兵乙：今晚在你看来，个个都是好人。

士兵丙：走吧，快回到军营里去吧。今晚我难受死啦。

士兵乙：你是因为在外边待的时间太长了。

士兵丙：不，这并不是原因。反正我难受得要死。

士兵乙：你在外边待的时间太长了。就是这么回事。

（幕落）

第十三篇　平庸的故事

他在吃橘子，不慌不忙地把核吐出来。外边，雪转成了雨。屋里的电炉子似乎没有热气，于是他从写字台前站起，走过去坐在了火炉旁。啊，好舒服呀！生活就应该这样子！

他又拿了一个橘子。在遥远的巴黎，马斯卡特在第二个回合就把那个菜鸟丹尼·弗拉斯揍趴下了。在遥远的美索不达米亚[①]，下的雪有二十一英尺厚。而远在地球南端的澳大利亚，英国板球手正秣马厉兵，加强训练，颇具浪漫情调。

他读到，文学艺术的赞助人已经发现了《论坛》这个刊物。此刊物具有指导意义，哲理性强，堪为少数喜欢思索的人之友，登载的都是些获奖的短篇小说——这些作家将来能写出畅销书吗？

你可以欣赏到温馨、朴实的美国故事，看到有关空旷的牧场、拥挤的出租屋或舒适人家真实生活的点点滴滴，处处透露出健康、幽默的情趣。

他心想：我一定要读一读这些作品。

他继续看了下去。我们的子孙后代……他们将会怎样？将会

① 西南亚地区。

成为什么样的人？要在太阳下争取到生存空间，就必须寻找新的途径。是需要诉诸战争，还是可以用和平的方式办到？

要不然就移居到加拿大去？

我们最深厚的信念……它们会不会受到科学的颠覆？我们的现代文明……它是不是还不如原来旧的社会体系？

就在这个时候，遥远的尤卡坦半岛[①]的雨林里正回响着橡胶采集者的伐木声。

我们需要大人物吗？或者说我们需要有文化教养的大人物吗？不妨想一想乔伊斯[②]，抑或柯立芝总统[③]！我们的大学生想当哪一类的明星人物？想当杰克·布里顿[④]那样的人，还是亨利·范戴克博士[⑤]那样的人？这两种类型的人能不能中和一下？扬·斯特里布林[⑥]那样的人怎么样？

我们的女儿必须亲自探索人生。她们将会怎样呢？南希·霍桑就深入人生的海洋中进行了探索，勇敢、理智地面对每一个十八岁女孩都会遇到的问题。

这真是一本非常棒的刊物！

你是个十八岁的女孩吗？你不妨想一想圣女贞德[⑦]的事迹

---

① 位于中美洲。

② 爱尔兰作家，代表作是《尤利西斯》。

③ 美国第三十任总统。

④ 美国次中量级拳王。

⑤ 美国教育家。

⑥ 美国小说家。

⑦ 英法百年战争中的法国女英雄。

吧！想一想萧伯纳[①]以及贝琪·罗斯[②]的事迹吧！

不妨想一想 1925 年发生的那些事吧……清教徒的历史上是否有过伤风败俗的一页？波卡洪塔斯[③]有两面性吗？她是否还有第四维[④]？

现代绘画和现代诗歌算不算艺术？说算也不算。不妨想一想毕加索[⑤]吧！

流浪汉有没有行为准则？你就让你的想象驰骋吧！

这个刊物充满了浪漫的情调，作者诙谐幽默、妙语连珠，句句切中要害，绝不扭怩做作、拖泥带水。

要活就应该活得思想充实，受新思想的激励，为非同寻常的浪漫情怀而陶醉！想到这里，他放下了手中的小册子。

就在这时，曼努埃尔·加西亚·梅拉[⑥]正仰面八叉躺在特里亚纳[⑦]的一个黑屋子里，因患肺炎肺里积水，两叶肺里都插着导管。安达卢西亚[⑧]的所有报纸都为他的去世预留出了特别增刊，人们预计他要死已经有好几天了。无论成年人还是孩子，纷纷争购他的全身彩色画像纪念他。看着他的平版印刷画像，人们反而淡忘了他那保留在大家记忆中的勃勃英姿。他的死倒是叫斗牛士们松了口气，因为他在斗牛场上总是绝技频出，而这样的绝技其

---

① 英国剧作家。

② 缝制第一面美国国旗的人。

③ 波卡洪塔斯（1595—1617），印第安酋长波瓦坦的女儿。

④ 女性的胸、腰、臀被称为女性“三维”。

⑤ 西班牙画家、雕塑家。

⑥ 西班牙著名斗牛士。

⑦ 西班牙塞维利亚的一个街区。

⑧ 西班牙南部的一个自治区。

他的斗牛士只能偶然为之。有一百四十七位斗牛士为他送葬，冒雨跟在他的灵车后把他送往墓园，将他埋葬在何赛利托[①]坟茔的旁边。葬礼过后，大家都跑进了咖啡馆躲雨，那儿卖掉了许多梅拉的彩色画像，买家把画像卷起来放进兜里。

① 西班牙著名斗牛士。

第十四篇　睡不着的时候

那天夜里，我们是躺在屋里的地板上睡的。我睡不着，就侧耳倾听蚕吃桑叶的声音。桑叶放在架子上，蚕就在那儿大吃大嚼，一整夜都能听得见，还能听见蚕粪掉在桑叶上的声音。其实我并不想进入梦乡，长期以来，我一直有一种想法：在黑暗中闭上眼睛，昏昏睡去，我的灵魂就会出窍。自从一天夜里被炮弹炸了一次之后，这种现象存在已有好长时间了，我老觉得自己的灵魂会出窍，会离开我，最终又返回我的体内。我尽量不去想它，可是夜里每当快睡着的时候，这种现象就会出现，非得使出全身的解数才能制止它重演。现在我倒是确信灵魂不会真的出窍，但那年夏天我却并不愿意做这种试验。

夜里醒着的时候，我有种种办法排遣时间。我会想小时候格外认真地循着整条小溪钓鱼的情形，有时小心翼翼地钓浮木底下的鱼，有时钓溪水转弯处的鱼，有时则在深潭和清澈的浅滩处钓，有时会钓到鳟鱼，有时让它们跑了。中午的时候，我就放下钓竿吃饭，有时在小溪的独木桥上吃，有时则在高高的河岸上躲在树下吃，每次吃饭都细嚼慢咽，边吃边观看脚下的溪水。出发的时候，我往往只在烟草铁盒里装十条蚯蚓当鱼饵，结果常常不够用。一旦鱼饵用尽，就得去找新的鱼饵。岸上，由于雪松遮住了阳光，结果寸草不生，只有潮湿的泥土，在这样的地方挖蚯蚓往往是很难的，常常一条蚯蚓也找不到。遇到这种情况，我就找其他种类的鱼饵。然而有一次在沼泽地里，由于任何鱼饵都找不到，我只好把钓到的一条鳟鱼切碎充当鱼饵。

有时在沼泽地的草窝里、荒草间或羊齿植物的根部下找到些昆虫，我就用这些昆虫当鱼饵。这其中有甲虫，有腿像草茎一样的昆虫，也有藏在朽木里的金龟甲幼虫。这种幼虫，白白的身子，脑袋是棕色的，尖尖的，在鱼钩上挂不住，一到冰冷的溪水里就不见了踪影。还有躲在原木下的蜱虫。有时会有蚯蚓藏在原木下，可一掀开原木，它们就会钻进土里。一次，我在一根朽木下找到一只蝾螈，就用它当鱼饵。那只蝾螈很小，轻巧灵活，颜色很好看，用小小的爪子紧紧抓住钓钩。这之后，虽然常常还能找到蝾螈，但我再也不用它们当鱼饵了。我也不用蟋蟀当鱼饵，因为它们在鱼钩上胡蹦乱跳。

有的时候，小溪会流过一片开阔的草地。我会在干草丛里抓蚱蜢，用蚱蜢当鱼饵。有时，我抓住蚱蜢，就把它们扔进溪水里，看着它们漂浮在水面顺流而下，流水冲上来时它就在水面上打转转，直至一条鳟鱼跃起才不见了踪影。有时，我会在一个晚上去四五条小溪边钓鱼，尽量从源头开始，然后溯流而下，一路甩钩垂钓。有时由于钓鱼钓得过分匆忙，时间又来得及，我就在这条小溪上再钓一遍，从溪水入湖处开始往上游边走边钓，试图把漏掉的鳟鱼钓上岸。有时在夜间，我还会幻想出几条小溪，其中一些极其有趣，而且非常生动，宛在眼前。有的我至今记忆犹新，以为自己真的在那些溪水里钓过鱼。那些溪水和我真正了解的溪水混在一起，难以区分。我还给那些溪水起了一个个名字，而且还会坐火车去寻找它们，有时还会步行走很远的路去寻觅它们的踪影。

有时夜间无法钓鱼，清醒极了，于是我就念祈祷词，念了一遍又一遍，试图为所有我认识的人祈祷。这要花相当长的时间。如果你想回忆起所有你认识的人，就得追溯你记忆中最早的往事。对我而言，就得回忆回忆我出生的那个阁楼。阁楼的椽子上挂着一个铁皮盒子，里面保存着我父母的结婚蛋糕；阁楼里放着几个瓶子，里面有父亲小时候收集的蛇的标本，以及其他的一些动物的标本，浸泡在酒精里，但由于酒精的蒸发，一些蛇和其他动物标本的脊背露出来，都发白了。追溯这么远的往事，你肯定能回忆起许多人。如果为每个人念一遍“万福马利亚”和“天父保佑”，那也得花好长时间，念到天亮也念不完。如果在一个大白天还容你睡觉的地方，你可以补上一大觉。

在那些夜晚，我竭力想回忆起自己经历过的诸多事情，从上战场之前开始，一件件回忆，但我发现最早只能回忆起祖父家阁楼里出现过的场景。于是我就以那儿为起点往后回忆，一直回忆到参战时。

我回忆起祖父死后，我们一家离开祖屋，搬到了一幢由母亲设计建造的新房屋里。许多搬不走的东西被拿到后院付之一炬。记得阁楼里的那几个标本瓶子扔进火堆时，砰地爆裂开来，酒精燃烧，火焰冲天。我至今仍记得蛇的标本在后院的火堆里熊熊燃烧的情景。不过后院没人，全都是东西。我甚至记不得是什么人在烧那些东西。我就绞尽脑汁想啊想，直至想起了是什么人在烧东西才罢休，接下来就为他们祈祷。

记得到了新家，母亲老是清理东西，收拾得干净整洁。一次，父亲出门打猎，她就钻进地下室来了个大清扫，把她认为不该放在那里的东西全都扔进火里烧了。父亲打猎归来，下了马车，拴了马，余火仍在房屋旁的道路上燃烧。我跑上前迎接他，他把手里的猎枪递给我，看了看火堆。“这是怎么回事？”他问。

“我在清理地下室呢，亲爱的。”母亲来到门廊迎接他，站在那儿笑吟吟地说。父亲望望火堆的灰烬，用脚踢了踢。踢到了一样东西，于是弯腰把那样东西捡起，对我说：“把耙子拿来，尼克！”我跑到地下室取来了耙子，父亲用耙子在灰堆里细心地耙来耙去，扒出了一些石斧、剥兽皮用的石刀和制作箭头用的工具，还有一些陶器碎片以及许多箭头。这些物件已被大火烧黑，残破不全了。父亲轻手轻脚把东西扒出来后，摊开放在路边的草地上。带皮套的猎枪和狩猎袋也在草地上放着，那是他下马车时丢在那儿的。

“把枪和袋子拿到屋里去，尼克，再给我拿张纸来！”他对我说。此时母亲已进了屋。我拿起猎枪和两个狩猎袋拔腿就往屋里走，猎枪沉得不得了，老碰我的腿。“一次拿一件东西，”父亲说，“别一次拿那么多！”我把两个狩猎袋放下，将猎枪送进了屋，然后到父亲的办公室，从报纸堆里取来一张报纸。父亲把那些烧黑了的、残破不全的石器放在报纸上裹起来。“最好的箭头全都成了碎渣渣。”他说完就拿着那包残破的石器进屋了，而我仍留在屋外的草地上守着那两个狩猎袋。过了一会儿，我把它们拿进了屋。回忆这段往事时只能想起这两个人，于是我就为他俩念祈祷文。

有几个夜晚，我连祈祷文都记不起来了，只能记起一句“在人间如同置身于天堂”，于是只好从头来，结果还是在这里卡壳，其他内容一概记不起来。这种情况下我只好认输，承认自己记不起来，当天晚上就不再念祈祷文，而是思索别的事情。所以，有那么几个夜晚，我绞尽脑汁想回忆世上所有动物的名称，回忆飞禽和鱼类的名称，然后试着回忆国家、城市以及各种食物的名称，接着搜索枯肠回忆芝加哥各街道的名称。待到什么都回忆不起来时，我就竖起耳朵倾听动静。我记不得自己哪天夜里会听不见任何声音。夜间，只要有亮光，我就不怕睡觉，因为我知道我的灵魂只有在黑暗中才会出窍。所以，好多夜晚我当然会躺到有亮光的地方安然入睡，这时的我十有八九已精疲力竭，经常困得不得了。也有许多次我是不知不觉睡着的，这一点我敢肯定。但凡有知觉的夜晚，我便睡不着，这时我就听蚕的动静。更深人静时，蚕吃桑叶的声音你可以听得一清二楚。于是我睁大眼睛躺着，侧耳静听。

那天夜里，屋里另有一人，他也醒着。听得出来他是醒着的，很长时间。他不能像我一样静静地躺着，也许是因为没有我这么多睡不着觉的经验吧。我们睡在稻草上，身下铺着毯子，他稍微一动，稻草就窸窣作响。不过，不管我们弄出什么样的响动都不会吓着蚕，它们照样吃它们的桑叶。我们距离前线七公里，夜里外边会有一些响动，但那种响动跟黑屋子里这种细小的声音是不同的。屋里另外的那个人竭力想安安静静地躺着，可后来又动了下身子。我也动了动，好叫他知道我也醒着。他在芝加哥居住过十年，

1914年回家探亲，却被抓了壮丁。他被分配给我当勤务兵，因为他会说英语。这时我情知他在听，于是躺在毯子上又动了动身子。

“你睡不着吗，中尉先生？”他问。

“是的。”

“我也睡不着。”

“怎么回事？”

“不知道。反正就是睡不着。”

“你的身体还好吧？”

“还好，身体没毛病。可就是睡不着。”

“想说会儿话吗？”我问。

“好呀，但在这鬼地方有什么可说的呢？”

“这地方挺好呀。”我说。

“是挺好，”他说，“还可以吧。”

“把你在芝加哥的经历跟我讲讲好吗？”我说。

“这个嘛，”他说，“我都跟你讲过了。”

“那就说说你结婚的经过吧。”

“这个也跟你说过了。”

“你星期一收到的那封信……是你老婆的吗？”

“当然是喽。她一直在给我写信。她在家里赚钱赚得盆满钵满。”

“那你解甲归田时就有一个安乐窝了。”

“当然喽。她能挣大钱，把家打理得很好。”

“咱俩说话，你觉得会不会把别人吵醒？”我问。

“不会的。他们听不见，一个个睡得像死猪。我却不一样，”他说，“神经很紧张。”

“说话小声点儿。”我说，“想抽烟吗？”

在黑暗中，我们老练地抽起了烟。

“你抽烟抽得不多，中尉先生。”

“是的。我快要戒掉了。”

“是呀，”他说，“抽烟是没有好处的。一旦戒掉，恐怕你就不再想它了。你听说过一个故事没有，说的是一个瞎子抽烟时看不见烟，于是就不想抽了？”

“我才不信呢。”

“我也知道这是无稽之谈。”他说，“我只是在哪个地方随便听人说说而已。你知道这是街头巷尾的闲谈。”

随后，我们俩都不作声了。我静静听着蚕吃桑叶的声音。

“你听见那些该死的蚕的声音了吗？”他问，“你可以听见它们在大嚼大咽！”

“怪有意思的。”我说。

“我说，中尉先生，你睡不着觉是不是心里有什么事情？从没见你睡着过。自从我来到你身边，夜里就没见你睡过觉。”

“说不清呀，约翰。”我说，“今年一开春我的状态就不好，一到夜里就心烦。”

“跟我一样。”他说，“我就不该卷入这场战争，神经紧张得要命。”

“也许以后会好的。”

“我说，中尉先生，你参加这场战争到底是为了什么？”

“我也不清楚，约翰。反正我当时就是想参战。”

“想参战？”他说，“这算什么原因呀！”

“咱们说话别声音太大。”我说。

“没事，他们睡得像死猪。”他说，“就是听见，他们也不懂英语。他们一个个狗屁不通！战争结束后回国，你打算干什么？”

“我要到报社谋个差事。”

“芝加哥的报社？”

“也许吧。”

“那个叫布里斯班[①]的人写的东西你看过吗？我老婆特意把他的文章从报上剪下来寄给我看。”

“当然看过。”

“你认识他吗？”

“不认识。但我见过他。”

“我很想认识认识那个人。他是个出类拔萃的作家。我老婆看不懂英语，但她就像我在家时一样照样订报，把社论和体育版剪下来寄给我。”

“你的孩子怎么样？”

“都挺好的。一个女儿现在念小学四年级了。实话说，中尉先生，我要不是因为有孩子，就当不成你的勤务兵，而必须留在前线打仗。”

“很高兴你有孩子。”

“我也是的。她们都很棒，但我想要个儿子。三个女儿，却没有一个儿子，真是怪事！”

“你何不试一试，睡上一觉？”

“不行，我现在睡不着，一点儿睡意都没有，中尉先生。说

① 美国著名记者。

实话，我倒是为你睡不着觉而担心哩。”

“没事的，约翰。”

“你这么个年轻人却睡不着觉，简直匪夷所思。”

“没事的。这只不过是暂时的。”

“觉是一定要睡的。一个人不睡觉那怎么成！你是不是有什么犯愁的事？心里是不是有什么疙瘩？”

“没有，约翰。我想是没有的。”

“你应该结婚，中尉先生。结了婚就没有犯愁的事了。”

“谁知道呢。”

“婚是应该结的。何不挑一个模样好又有钱的意大利女孩娶过来？你年轻英俊，获得过勋章，还光荣地负过两次伤，女孩子任你挑，想要哪一个就要哪一个。”

“意大利语我说得不够好。”

“你说得挺好的。会不会说意大利语狗屁都不算。你不必跟她们说话，娶过来就是了。”

“让我考虑考虑吧。”

“你还是认识几个女孩的，对不对？”

“当然喽。”

“那就挑一个最有钱的娶过来得啦。就凭着她们在这儿受的教养，个个都可以成为贤妻良母。”

“让我考虑考虑吧。”

“别优柔寡断，中尉先生。应该当机立断！”

“好吧。”

“男大当婚嘛。你不会后悔的。一个人总要结婚的。”

“好吧。”我说，“咱们争取睡上一会儿吧？”

“好吧，中尉先生。我就再试试吧。不过，你可要记住我说的话。”

“我会记住的。”我说，“咱们都睡上一会儿吧，约翰。”

“好的，”他说，“希望这次你能睡着，中尉先生。”

我听见他在铺在稻草窝里的毯子上辗转反侧，后来安静了下来，发出了均匀的呼吸声，又过了一会儿便打起了呼噜。我听他打呼噜听了很长时间，才转而去听蚕虫进食的声音。那些蚕虫吃啊吃的，边吃边把蚕屎拉在桑叶上。这时我有新鲜事可想了，于是就睁着眼躺在黑暗中把我认识的女孩子在脑海里全过了一遍，看她们是否能成为贤妻良母。思索这样的事情是非常有趣的，一时间使得我不再去想钓鳟鱼的事，同时干扰了我的祈祷。不过，我最终还是把思路转回到了钓鳟鱼上，因为我发现自己能记得起所有钓过鱼的小溪，总有新东西可供回味，而女孩子则不然，想一会儿就印象模糊了，就记不起来了。最后，她们的嘴脸全都变得朦朦胧胧，成了一个模样，于是我干脆就不再去想她们了。而祈祷文，我则坚持在念，夜里常常为约翰祈祷。在十月攻势开始之前，他和他的战友已经退役，不再参战了。很高兴他离开了前线，要不然我会很为他担心的。几个月后我到米兰的医院养伤，他来看我，发现我还没有结婚，不由大失所望。直至今日，我仍未结婚，要是叫他知道了，肯定会为我感到难过的。当时他准备回美国，对于婚姻有着坚定的信念，认为结了婚就会事事如意。

书号	书名	定价	作者
9787544745048	哈姆雷特	22.00	（英国）威廉·莎士比亚
9787544744560	奥赛罗	20.00	（英国）威廉·莎士比亚
9787544744829	李尔王	22.80	（英国）威廉·莎士比亚
9787544744812	麦克白	19.80	（英国）威廉·莎士比亚
9787544745055	威尼斯商人	19.80	（英国）威廉·莎士比亚
9787544745895	无事生非	20.00	（英国）威廉·莎士比亚
9787544711104	仲夏夜之梦	22.80	（英国）威廉·莎士比亚
9787544731386	第十二夜	21.80	（英国）威廉·莎士比亚
9787544746618	罗密欧与朱丽叶	22.80	（英国）威廉·莎士比亚
9787544726207	鲁滨孙漂流记	38.80	（英国）丹尼尔·笛福
9787544726092	双城记	48.80	（英国）查尔斯·狄更斯
9787544724661	雾都孤儿	49.80	（英国）查尔斯·狄更斯
9787544723473	呼啸山庄	36.80	（英国）艾米莉·勃朗特
9787544727655	简·爱	39.80	（英国）夏洛蒂·勃朗特
9787544723220	傲慢与偏见	39.80	（英国）简·奥斯汀
9787544738668	理智与情感	49.80	（英国）简·奥斯汀
9787544752909	劝导	38.80	（英国）简·奥斯汀
9787544755207	诺桑觉寺	34.80	（英国）简·奥斯汀
9787544736114	夜莺与玫瑰	20.00	（英国）奥斯卡·王尔德
9787544724852	道林·格雷的画像	32.80	（英国）奥斯卡·王尔德
9787544754194	莎乐美	22.00	（英国）奥斯卡·王尔德
9787544720748	动物庄园	18.00	（英国）乔治·奥威尔
9787544720021	一九八四	29.80	（英国）乔治·奥威尔
9787544713115	巴黎伦敦落魄记	29.80	（英国）乔治·奥威尔
9787544750226	上来透口气	34.80	（英国）乔治·奥威尔
9787544744799	恋爱中的女人	56.00	（英国）D. H. 劳伦斯
9787544724081	儿子与情人	49.80	（英国）D. H. 劳伦斯
9787544754682	美丽新世界	32.80	（英国）奥尔德斯·赫胥黎

书号	书名	定价	作者
9787544756983	伍尔夫读书随笔	26.80	（英国）弗吉尼亚·伍尔夫
9787544731812	培根论说文集	28.00	（英国）弗朗西斯·培根
9787544755269	曼殊斐尔小说集	18.80	（英国）曼殊菲尔
9787544726115	格列佛游记	39.00	（英国）乔纳森·斯威夫特
9787544750455	小人物日记	20.00	（英国）乔治·格罗史密斯，威登·格罗史密斯
9787544759250	像爱丽丝的小镇	45.00	（英国）内维尔·舒特
9787544725125	勃朗宁夫人十四行诗	19.80	（英国）伊丽莎白·勃朗宁
9787544720267	泰戈尔诗选	20.00	（印度）泰戈尔
9787544723657	马克·吐温中短篇小说选	38.80	（美国）马克·吐温
9787544750660	汤姆·索亚历险记	34.80	（美国）马克·吐温
9787544751087	哈克贝利·费恩历险记	38.80	（美国）马克·吐温
9787544723213	欧·亨利中短篇小说选	36.80	（美国）欧·亨利
9787544723107	野性的呼唤	18.00	（美国）杰克·伦敦
9787544726122	海狼	39.00	（美国）杰克·伦敦
9787544726436	了不起的盖茨比	26.80	（美国）F. S. 菲茨杰拉德
9787544722568	红字	28.80	（美国）纳撒尼尔·霍桑
9787544738859	老人与海	22.00	（美国）欧内斯特·海明威
9787544733915	太阳照常升起	29.80	（美国）欧内斯特·海明威
9787544733380	永别了，武器	32.80	（美国）欧内斯特·海明威
9787544726627	爱伦·坡短篇小说选	37.80	（美国）爱伦·坡
9787544723206	嘉莉妹妹	42.80	（美国）西奥多·德莱塞
9787544724654	都柏林人	34.80	（爱尔兰）詹姆斯·乔伊斯
9787544759717	一个青年艺术家的画像	36.80	（爱尔兰）詹姆斯·乔伊斯
9787544745857	一个陌生女人的来信	38.00	（奥地利）斯蒂芬·茨威格
9787544758659	少年维特的烦恼	26.80	（德国）歌德
9787544720236	契诃夫中短篇小说选	29.80	（俄罗斯）安东·契诃夫
9787544728409	克雷洛夫寓言选	22.80	（俄罗斯）克雷洛夫
9787544760195	父与子	38.80	（俄罗斯）屠格涅夫
9787544746441	猎人笔记	46.00	（俄罗斯）屠格涅夫

书号	书名	定价	作者
9787544723015	白夜	28.80	（俄罗斯）陀思妥耶夫斯基
9787544727761	红与黑	49.80	（法国）司汤达
9787544723725	茶花女	29.80	（法国）小仲马
9787544725156	莫泊桑中短篇小说选	36.80	（法国）居伊·德·莫泊桑
9787544730129	最后一课——都德短篇小说选	23.80	（法国）阿尔封斯·都德
9787544748254	窄门	21.80	（法国）安德烈·纪德
9787544748223	田园交响曲	20.00	（法国）安德烈·纪德
9787544748230	背德者	21.80	（法国）安德烈·纪德
9787544722360	包法利夫人	36.80	（法国）古斯塔夫·福楼拜
9787544720243	沉思录	26.80	（古罗马）马可·奥勒留
9787544726429	里柯克幽默小品选	38.80	（加拿大）斯蒂芬·里柯克
9787544752916	先知·沙与沫	29.80	（黎巴嫩）纪伯伦
9787544758680	泪与笑	32.80	（黎巴嫩）纪伯伦
9787544738392	走出非洲	38.80	（丹麦）凯伦·布里克森
9787544743075	老残游记	32.80	（清）刘鹗
9787544741439	浮生六记	25.00	（清）沈复
9787544721028	假如给我三天光明	25.00	（美国）海伦·凯勒
9787544720274	爱的教育	29.80	（意大利）亚米契斯
9787544717793	安徒生童话	29.80	（丹麦）安徒生
9787544723589	小王子	19.80	（法国）圣埃克苏佩里
9787544761475	丛林故事	45.00	（英国）吉卜林
9787544722827	原来如此	18.00	（英国）吉卜林
9787544723794	爱丽丝漫游奇境记	28.80	（英国）刘易斯·卡罗尔
9787544752923	彼得·潘	26.80	（英国）J. M. 巴里
9787544757973	鹅妈妈的故事	22.80	（法国）沙尔·贝洛
9787544728164	小妇人	48.80	（美国）L. M. 奥尔科特
9787544752626	绿山墙的安妮	38.00	（加拿大）L. M. 蒙哥马利
9787544754910	小公主	28.80	（美国）弗朗西斯·伯内特
9787544755184	秘密花园	36.80	（美国）弗朗西斯·伯内特
9787544753821	黑骏马	32.80	（英国）安娜·塞维尔

书号	书名	定价	作者
9787544753838	怪医杜立德	22.80	（美国）休·洛夫廷
9787544757720	小熊维尼	34.80	（英国）A. A. 米尔恩
9787544751919	小鹿斑比	26.80	（奥地利）F. 萨尔腾
9787544754217	柳林风声	29.80	（英国）肯尼斯·格雷厄姆
9787544754200	奥兹国历险记	26.80	（美国）莱曼·弗兰克·鲍姆
9787544754859	化身博士	19.80	（英国）罗伯特·史蒂文森
9787544725071	金银岛	28.80	（英国）罗伯特·史蒂文森
9787544727174	八十天环游地球	32.80	（法国）儒勒·凡尔纳
9787544733069	海底两万里	46.80	（法国）儒勒·凡尔纳
9787544734233	神秘岛	46.80	（法国）儒勒·凡尔纳
9787544754187	地心游记	36.80	（法国）儒勒·凡尔纳
9787544733649	时间机器	18.80	（英国）H. G. 威尔斯
9787544757430	失落的世界	35.80	（英国）阿瑟·柯南·道尔
9787544755658	007经典原著系列：金手指	36.80	（英国）伊恩·弗莱明
9787544733922	消失的地平线	25.00	（英国）詹姆斯·希尔顿
9787544723305	社会契约论	18.80	（法国）让－雅克·卢梭
9787544723299	忏悔录	25.80	（法国）让－雅克·卢梭
9787544757751	论人类不平等的起源和基础	22.80	（法国）让－雅克·卢梭
9787544725002	君主论	16.80	（意大利）马基雅弗利
9787544735414	富兰克林自传	32.00	（美国）本杰明·富兰克林
9787544720212	人性的弱点	29.80	（美国）戴尔·卡耐基
9787544721011	人性的优点	32.80	（美国）戴尔·卡耐基
9787544720250	致加西亚的信	16.00	（美国）埃尔伯特·哈伯德
9787544757102	我们时代的神经症人格	29.80	（美国）卡伦·霍妮
9787544754149	我们内心的冲突	28.80	（美国）卡伦·霍妮
9787544731348	菊与刀	26.00	（美国）露丝·本尼迪克特
9787544732239	中国人的气质	26.80	（美国）明恩溥
9787544757393	月亮与六便士	39.80	（英国）萨默塞特·毛姆
9787544754446	木偶奇遇记	26.80	（意大利）卡洛·科洛迪

书号	书名	定价	作者
9787544771238	面纱	49.80	（英国）萨默塞特·毛姆
9787544765367	刀锋	45.00	（英国）萨默塞特·毛姆
9787544769501	生活的真相 ——毛姆短篇小说选	46.80	（英国）萨默塞特·毛姆
9787544765138	黑暗的心	24.80	（英国）约瑟夫·康拉德
9787544767590	墙上的斑点 ——伍尔夫短篇小说选	36.80	（英国）弗吉尼亚·伍尔夫
9787544763943	弗兰肯斯坦	34.80	（英国）玛丽·雪莱
9787544762700	居里夫人的故事	33.00	（英国）埃列娜·多丽
9787544771511	彼得兔的故事	38.00	（英国）毕翠克丝·波特
9787544762441	物种起源	49.80	（英国）达尔文
9787544764735	列那狐	26.80	（英国）威廉·卡克斯顿
9787544766395	狮子、女巫和魔衣柜	24.80	（英国）C. S. 刘易斯
9787544770996	凯斯宾王子	36.80	（英国）C. S. 刘易斯
9787544771412	坎特维尔的幽灵 ——奥斯卡·王尔德短篇小说选	36.80	（英国）奥斯卡·王尔德
9787544770569	莎士比亚十四行诗集	34.80	（英国）威廉·莎士比亚
9787544767286	摩尔·弗兰德斯	42.80	（英国）丹尼尔·笛福
9787544765350	马丁·伊登	49.00	（美国）杰克·伦敦
9787544770774	热爱生命 ——杰克·伦敦短篇小说选	39.80	（美国）杰克·伦敦
9787544766593	睡谷的传说 ——欧文奇幻短篇小说选	25.80	（美国）华盛顿·欧文
9787544764520	牧师的黑面纱 ——霍桑短篇小说集	33.80	（美国）纳撒尼尔·霍桑
9787544763868	乞力马扎罗的雪 ——海明威短篇小说选	49.80	（美国）欧内斯特·海明威
9787544765497	西尔维娅·普拉斯诗集	32.80	（美国）西尔维娅·普拉斯
9787544769402	波兰吹号手	36.80	（美国）埃里克·凯利
9787544768078	波莉安娜	35.80	（美国）埃莉诺·波特

书号	书名	定价	作者
9787544766685	彩虹鸽	26.80	（美国）达恩·葛帕·默克奇
9787544762755	小勋爵	29.80	（美国）弗朗西丝·伯内特
9787544765015	如何享受人生，享受工作	29.80	（美国）戴尔·卡耐基
9787544756655	股票大作手回忆录	38.00	（美国）埃德温·勒菲弗
9787544772327	伤心咖啡馆之歌	36.80	（美国）卡森·麦卡勒斯
9787544768054	公主的月亮——詹姆斯·瑟伯童话集	29.80	（美国）詹姆斯·瑟伯
9787544762656	吉檀迦利	24.80	（印度）泰戈尔
9787544763103	园丁集	28.00	（印度）泰戈尔
9787544765763	泰戈尔回忆录	32.80	（印度）泰戈尔
9787544767231	格林童话	35.00	（德国）雅各布·格林 威廉·格林
9787544763974	阴谋与爱情	26.80	（德国）弗里德里希·席勒
9787544772662	豪夫童话	59.80	（德国）威廉·豪夫
9787544765695	涡堤孩	22.00	（德国）莫特·福凯
9787544769198	高老头	42.80	（法国）巴尔扎克
9787544763837	昆虫记	35.80	（法国）让－亨利·法布尔
9787544766807	死魂灵	42.80	（俄国）尼古莱·果戈里
9787544770750	老屋子	36.80	（丹麦）卡尔·爱华尔德
9787544763875	小约翰	28.80	（荷兰）F. 望·蔼覃
9787544765701	伊索寓言	29.80	（古希腊）伊索
9787544772075	青鸟	32.80	（比利时）梅特林克

图书在版编目（CIP）数据

没有女人的男人们：海明威短篇小说选：汉英对照 /（美）欧内斯特·海明威（Ernest Hemingway）著；方华文译．—南京：译林出版社，2018.10

（双语译林．壹力文库）

书名原文：Men Without Women: Hemingway's Short Stories

ISBN 978-7-5447-7503-8

I.①没… II.①欧… ②方… III.①英语 – 汉语 – 对照读物 ②短篇小说 – 小说集 – 美国 – 现代 IV. ①H319.4: I

中国版本图书馆 CIP 数据核字（2018）第 200445 号

没有女人的男人们——海明威短篇小说选

〔美国〕欧内斯特·海明威 / 著　方华文 / 译

责任编辑　王振华
特约编辑　李　昕
装帧设计　灵动视线
校　　对　刘文硕
责任印制　贺　伟

出版发行　译林出版社
地　　址　南京市湖南路 1 号 A 楼
邮　　箱　yilin@yilin.com
网　　址　www.yilin.com
市场热线　010-85376701
排　　版　灵动视线
印　　刷　三河市延风印装有限公司
开　　本　640 毫米 ×960 毫米　1/16
印　　张　12
版　　次　2018 年 10 月第 1 版　2018 年 10 月第 1 次印刷
书　　号　ISBN 978-7-5447-7503-8
定　　价　36.80 元

MEN WITHOUT WOMEN
HEMINGWAY'S SHORT STORIES

Ernest Hemingway

A man can be destroyed, but not defeated.

—Hemingway

CONTENTS

The Undefeated

MANUEL GARCIA climbed the stairs to Don Miguel Retana's office. He set down his suitcase and knocked on the door. There was no answer. Manuel, standing in the hallway, felt there was someone in the room. He felt it through the door.

"Retana," he said, listening.

There was no answer.

He's there, all right, Manuel thought.

"Retana," he said and banged the door.

"Who's there?" said someone in the office.

"Me, Manolo," Manuel said.

"What do you want?" asked the voice.

"I want to work," Manuel said.

Something in the door clicked several times and it swung open. Manuel went in, carrying his suitcase.

A little man sat behind a desk at the far side of the room. Over his head was a bull's head, stuffed by a Madrid taxidermist; on the walls were framed photographs and bullfight posters.

The little man sat looking at Manuel.

"I thought they'd killed you," he said.

Manuel knocked with his knuckles on the desk. The little man sat looking at him across the desk.

“How many corridas you had this year?” Retana asked.

“One,” he answered.

“Just that one?” the little man asked.

“That’s all.”

“I read about it in the papers,” Retana said. He leaned back in the chair and looked at Manuel.

Manuel looked up at the stuffed bull. He had seen it often before. He felt a certain family interest in it. It had killed his brother, the promising one, about nine years ago. Manuel remembered the day. There was a brass plate on the oak shield the bull’s head was mounted on. Manuel could not read it, but he imagined it was in memory of his brother. Well, he had been a good kid.

The plate said: “The Bull ‘Mariposa’ of the Duke of Veragua, which accepted 9 varas for 7 caballos, and caused the death of Antonio Garcia, Novillero, April 27, 1909.”

Retana saw him looking at the stuffed bull’s head.

“The lot the Duke sent me for Sunday will make a scandal,” he said. “They’re all bad in the legs. What do they say about them at the Café?”

“I don’t know,” Manuel said. “I just got in.”

“Yes,” Retana said. “You still have your bag.”

He looked at Manuel, leaning back behind the big desk.

“Sit down,” he said. “Take off your cap.”

Manuel sat down; his cap off, his face was changed. He looked pale, and his coleta pinned forward on his head, so that it would not show under the cap, gave him a strange look.

"You don't look well," Retana said.

"I just got out of hospital," Manuel said.

"I heard they'd cut your leg off," Retana said.

"No," said Manuel. "It got all right."

Retana leaned forward across the desk and pushed a wooden box of cigarettes toward Manuel.

"Have a cigarette," he said.

"Thanks."

Manuel lit it.

"Smoke?" he said, offering the match to Retana.

"No," Retana waved his hand. "I never smoke."

Retana watched him smoking.

"Why don't you get a job and go to work?" he said.

"I don't want to work," Manuel said. "I am a bullfighter."

"There aren't any bullfighters any more," Retana said.

"I'm a bullfighter," Manuel said.

"Yes, while you're in there," Retana said.

Manuel laughed.

Retana sat, saying nothing and looking at Manuel.

"I'll put you in a nocturnal if you want," Retana offered.

"When?" Manuel asked.

"Tomorrow night."

"I don't like to substitute for anybody," Manuel said. That was the way they all got killed. That was the way Salvador got killed. He tapped with his knuckles on the table.

"It's all I've got," Retana said.

"Why don't you put me on next week?" Manuel suggested.

"You wouldn't draw," Retana said. "All they want is Litri and Rubito and La Torre. Those kids are good."

"They'd come to see me get it," Manuel said, hopefully.

"No, they wouldn't. They don't know who you are any more."

"I've got a lot of stuff," Manuel said.

"I'm offering to put you on tomorrow night," Retana said. "You can work with young Hernandez and kill two novillos after the Charlots."

"Whose novillos?" Manuel asked.

"I don't know. Whatever stuff they've got in the corrals. What the veterinaries won't pass in the daytime."

"I don't like to substitute," Manuel said.

"You can take it or leave it," Retana said. He leaned forward over the papers. He was no longer interested. The appeal that Manuel had made to him for a moment when he thought of the old days was gone. He would like to get him to substitute for Larita because he could get him cheaply. He could get others cheaply too. He would like to help him though. Still he had given him the chance. It was up to him.

"How much do I get?" Manuel asked. He was still playing with the idea of refusing. But he knew he could not refuse.

"Two hundred and fifty pesetas," Retana said. He had thought of five hundred, but when he opened his mouth it said two hundred and fifty.

"You pay Villalta seven thousand," Manuel said.

"You're not Villalta," Retana said.

"I know it," Manuel said.

"He draws it, Manolo," Retana said in explanation.

“Sure,” said Manuel. He stood up. “Give me three hundred, Retana.”

“All right,” Retana agreed. He reached in the drawer for a paper.

“Can I have fifty now?” Manuel asked.

“Sure,” said Retana. He took a fifty-peseta note out of his pocket-book and laid it, spread out flat, on the table.

Manuel picked it up and put it in his pocket.

“What about a cuadrilla?” he asked.

“There’s the boys that always work for me nights,” Retana said. “They’re all right.”

“How about picadors?” Manuel asked.

“They’re not much,” Retana admitted.

“I’ve got to have one good pic,” Manuel said.

“Get him then,” Retana said. “Go and get him.”

“Not out of this,” Manuel said. “I’m not paying for any cuadrilla out of sixty duros.”

Retana said nothing but looked at Manuel across the big desk.

“You know I’ve got to have one good pic,” Manuel said.

Retana said nothing but looked at Manuel from a long way off.

“It isn’t right,” Manuel said.

Retana was still considering him, leaning back in his chair, considering him from a long way away.

“There’re the regular pics,” he offered.

“I know,” Manuel said. “I know your regular pics.”

Retana did not smile. Manuel knew it was over.

“All I want is an even break,” Manuel said reasoningly. “When I go out there I want to be able to call my shots on the bull. It only takes one good picador."

He was talking to a man who was no longer listening.

"If you want something extra," Retana said, "go and get it. There will be a regular cuadrilla out there. Bring as many of your own pics as you want. The charlotada is over by ten-thirty."

"All right," Manuel said. "If that's the way you feel about it."

"That's the way," Retana said.

"I'll see you tomorrow night," Manuel said.

"I'll be out there," Retana said.

Manuel picked up his suitcase and went out.

"Shut the door," Retana called.

Manuel looked back. Retana was sitting forward looking at some papers. Manuel pulled the door tight until it clicked.

He went down the stairs and out of the door into the hot brightness of the street. It was very hot in the street and the light on the white buildings was sudden and hard on his eyes. He walked down the shady side of the steep street toward the Puerta del Sol. The shade felt solid and cool as running water. The heat came suddenly as he crossed the intersecting streets. Manuel saw no one he knew in all the people he passed.

Just before the Puerta del Sol he turned into a café.

It was quiet in the café. There were a few men sitting at tables against the wall. At one table four men played cards. Most of the men sat against the wall smoking, empty coffee-cups and liqueur-glasses before them on the tables. Manuel went through the long room to a small room in back. A man sat at a table in the corner asleep. Manuel sat down at one of the tables.

A waiter came in and stood beside Manuel's table.

"Have you seen Zurito?" Manuel asked him.

"He was in before lunch," the waiter answered. "He won't be back before five o'clock."

"Bring me some coffee and milk and a shot of the ordinary," Manuel said.

The waiter came back into the room carrying a tray with a big coffee-glass and a liqueur-glass on it. In his left hand he held a bottle of brandy. He swung these down to the table and a boy who had followed him poured coffee and milk into the glass from two shiny, spouted pots with long handles.

Manuel took off his cap and the waiter noticed his pigtail pinned forward on his head. He winked at the coffee-boy as he poured out the brandy into the little glass beside Manuel's coffee. The coffee-boy looked at Manuel's pale face curiously.

"You fighting here?" asked the waiter, corking up the bottle.

"Yes," Manuel said. "Tomorrow."

The waiter stood there, holding the bottle on one hip.

"You in the Charlie Chaplin's?" he asked.

The coffee-boy looked away, embarrassed.

"No. In the ordinary."

"I thought they were going to have Chaves and Hernandez," the waiter said.

"No. Me and another."

"Who? Chaves or Hernandez?"

"Hernandez, I think."

"What's the matter with Chaves?"

"He got hurt."

"Where did you hear that?"

"Retana."

"Hey, Looie," the waiter called to the next room, "Chaves got cogida."

Manuel had taken the wrapper off the lumps of sugar and dropped them into his coffee. He stirred it and drank it down, sweet, hot, and warming in his empty stomach. He drank off the brandy.

"Give me another shot of that," he said to the waiter.

The waiter uncorked the bottle and poured the glass full, slopping another drink into the saucer. Another waiter had come up in front of the table. The coffee-boy was gone.

"Is Chaves hurt bad?" the second waiter asked Manuel.

"I don't know," Manuel said. "Retana didn't say."

"A hell of a lot he cares," the tall waiter said. Manuel had not seen him before. He must have just come up.

"If you stand in with Retana in this town, you're a made man," the tall waiter said. "If you aren't in with him, you might just as well go out and shoot yourself."

"You said it," the other waiter who had come in said. "You said it then."

"You're right I said it," said the tall waiter. "I know what I'm talking about when I talk about that bird."

"Look what he's done for Villalta," the first waiter said.

"And that ain't all," the tall waiter said. "Look what he's done for

Marcial Lalanda. Look what he's done for Nacional."

"You said it, kid," agreed the short waiter.

Manuel looked at them, standing talking in front of his table. He had drunk his second brandy. They had forgotten about him. They were not interested in him.

"Look at that bunch of camels," the tall waiter went on. "Did you ever see this Nacional II?"

"I seen him last Sunday, didn't I?" the original waiter said.

"He's a giraffe," the short waiter said.

"What did I tell you?" the tall waiter said. "Those are Retana's boys."

"Say, give me another shot of that," Manuel said. He had poured the brandy the waiter had slopped over in the saucer into his glass and drank it while they were talking.

The original waiter poured his glass full mechanically, and the three of them went out of the room talking.

In the far corner the man was still asleep, snoring slightly on the intaking breath, his head back against the wall.

Manuel drank his brandy. He felt sleepy himself. It was too hot to go out into the town. Besides there was nothing to do. He wanted to see Zurito. He would go to sleep while he waited. He kicked his suitcase under the table to be sure it was there. Perhaps it would be better to put it back under the seat, against the wall. He leaned down and shoved it under. Then he leaned forward on the table and went to sleep.

When he woke there was someone sitting across the table from him. It was a big man with a heavy brown face like an Indian. He had been sitting there some time. He had waved the waiter away and sat reading the paper and occasionally looking down at Manuel, asleep, his head on the table. He read the paper laboriously, forming the words with his lips as he read. When it tired him he looked at Manuel. He sat heavily in the chair, his black Cordoba hat tipped forward.

Manuel sat up and looked at him.

"Hullo, Zurito," he said.

"Hello, kid," the big man said.

"I've been asleep." Manuel rubbed his forehead with the back of his fist.

"I thought maybe you were."

"How's everything?"

"Good. How is everything with you?"

"Not so good."

They were both silent. Zurito, the picador, looked at Manuel's white face. Manuel looked down at the picador's enormous hands folding the paper to put away in his pocket.

"I got a favor to ask you, Manos," Manuel said.

Manosduros was Zurito's nickname. He never heard it without thinking of his huge hands. He put them forward on the table self-consciously.

"Let's have a drink," he said.

"Sure," said Manuel.

The waiter came and went and came again. He went out of the room looking back at the two men at the table.

"What's the matter, Manolo?" Zurito set down his glass.

"Would you pic two bulls for me tomorrow night?" Manuel asked, looking at Zurito across the table.

"No," said Zurito. "I'm not pic-ing."

Manuel looked down at his glass. He had expected that answer; now he had it. Well, he had it.

"I'm sorry, Manolo, but I'm not pic-ing." Zurito looked at his hands.

"That's all right," Manuel said.

"I'm too old," Zurito said.

"I just asked you," Manuel said.

"Is it the nocturnal tomorrow?"

"That's it. I figured if I had just one good pic, I could get away with it."

"How much are you getting?"

"Three hundred pesetas."

"I get more than that for pic-ing."

"I know," said Manuel. "I didn't have any right to ask you."

"What do you keep on doing it for?" Zurito asked. "Why don't you cut off your coleta, Manolo?"

"I don't know," Manuel said.

"You're pretty near as old as I am," Zurito said.

"I don't know," Manuel said. "I got to do it. If I can fix it so that I get an even break, that's all I want. I got to stick with it, Manos."

"No you don't."

"Yes, I do. I've tried keeping away from it."

"I know how you feel. But it isn't right. You ought to get out and stay out."

"I can't do it. Besides, I've been going good lately."

Zurito looked at his face.

"You've been in the hospital."

"But I was going great when I got hurt."

Zurito said nothing. He tipped the cognac out of his saucer into his glass.

"The papers said they never saw a better faena," Manuel said.

Zurito looked at him.

"You know when I get going I'm good," Manuel said.

"You're too old," the picador said.

"No," said Manuel. "You're ten years older than I am."

"With me it's different."

"I'm not too old," Manuel said.

They sat silent, Manuel watching the picador's face.

"I was going great till I got hurt," Manuel offered.

"You ought to have seen me, Manos," Manuel said, reproachfully.

"I don't want to see you," Zurito said. "It makes me nervous."

"You haven't seen me lately."

"I've seen you plenty."

Zurito looked at Manuel, avoiding his eyes.

"You ought to quit it, Manolo."

"I can't," Manuel said. "I'm going good now, I tell you."

Zurito leaned forward, his hands on the table.

"Listen. I'll pic for you and if you don't go big tomorrow night, you'll quit. See? Will you do that?"

"Sure."

Zurito leaned back, relieved.

"You got to quit," he said. "No monkey business. You got to cut the coleta."

"I won't have to quit," Manuel said. "You watch me. I've got the stuff."

Zurito stood up. He felt tired from arguing.

"You got to quit," he said. "I'll cut your coleta myself."

"No, you won't," Manuel said. "You won't have a chance."

Zurito called the waiter.

"Come on," said Zurito. "Come on up to the house."

Manuel reached under the seat for his suitcase. He was happy. He knew Zurito would pic for him. He was the best picador living. It was all simple now.

"Come on up to the house and we'll eat," Zurito said.

* * *

Manuel stood in the patio de caballos waiting for the Charlie Chaplins to be over. Zurito stood beside him. Where they stood it was dark. The high door that led into the bull-ring was shut. Above them they heard a shout, then another shout of laughter. Then there was silence. Manuel liked the smell of the stables about the patio de caballos. It smelt good in the dark. There was another roar from the arena and then applause, prolonged applause, going on and on.

"You ever seen these fellows?" Zurito asked, big and looming beside Manuel in the dark.

"No," Manuel said.

"They're pretty funny," Zurito said. He smiled to himself in the dark.

The high, double, tight-fitting door into the bull-ring swung open and Manuel saw the ring in the hard light of the arc-lights, the plaza, dark all the way around, rising high; around the edge of the ring were running and bowing two men dressed like tramps, followed by a third in the uniform of a hotel-boy who stooped and picked up the hats and canes thrown down on to the sand and tossed them back up into the darkness.

The electric light went on in the patio.

"I'll climb onto one of those ponies while you collect the kids," Zurito said.

Behind them came the jingle of the mules, coming out to go into the arena and be hitched onto the dead bull.

The members of the cuadrilla, who had been watching the burlesque from the runway between the barrera and the seats, came walking back and stood in a group talking, under the electric light in the patio. A good-looking lad in a silver-and-orange suit came up to Manuel and smiled.

"I'm Hernandez," he said and put out his hand.

Manuel shook it.

"They're regular elephants we've got tonight," the boy said cheerfully.

"They're big ones with horns," Manuel agreed.

"You drew the worst lot," the boy said.

"That's all right," Manuel said. "The bigger they are, the more meat for the poor."

"Where did you get that one?" Hernandez grinned.

"That's an old one," Manuel said. "You line up your cuadrilla, so I can see what I've got."

"You've got some good kids," Hernandez said. He was very cheerful. He had been on twice before in nocturnals and was beginning to get a following in Madrid. He was happy the fight would start in a few minutes.

"Where are the pics?" Manuel asked.

"They're back in the corrals fighting about who gets the beautiful horses," Hernandez grinned.

The mules came through the gate in a rush, the whips snapping, bells jangling, and the young bull plowing a furrow of sand.

They formed up for the paseo as soon as the bull had gone through.

Manuel and Hernandez stood in front. The youths of the cuadrillas were behind, their heavy capes furled over their arms. In black, the four picadors, mounted, holding their steel-tipped push-poles erect in the half-dark of the corral.

"It's a wonder Retana wouldn't give us enough light to see the horses by," one picador said.

"He knows we'll be happier if we don't get too good a look at these skins," another pic answered.

"This thing I'm on barely keeps me off the ground," the first picador said.

"Well, they're horses."

"Sure, they're horses."

They talked, sitting their gaunt horses in the dark.

Zurito said nothing. He had the only steady horse of the lot. He had tried him, wheeling him in the corrals and he responded to the bit and the spurs. He had taken the bandage off his right eye and cut the strings where they had tied his ears tight shut at the base. He was a good, solid horse, solid on his legs. That was all he needed. He intended to ride him all through the corrida. He had already, since he had mounted sitting in the half-dark in the big, quilted saddle, waiting for the paseo, pic-ed through the whole corrida in his mind. The other picadors went on talking on both sides of him. He did not hear them.

The two matadors stood together in front of their three peones, their capes furled over their left arms in the same fashion. Manuel was thinking about the three lads in back of him. They were all three Madrileños, like Hernandez, boys about nineteen. One of them, a gypsy, serious, aloof, and dark faced, he liked the look of. He turned.

"What's your name, kid?" he asked the gypsy.

"Fuentes," the gypsy said.

"That's a good name," Manuel said.

The gypsy smiled, showing his teeth.

"You take the bull and give him a little run when he comes out," Manuel said.

"All right," the gypsy said. His face was serious. He began to think about just what he would do.

"Here she goes," Manuel said to Hernandez.

"All right. We'll go."

Heads up, swinging with the music, their right arms swinging free, they stepped out, crossing the sanded arena under the arc-lights, the cuadrillas opening out behind, the picadors riding after, behind came the bull-ring servants and the jingling mules. The crowd applauded Hernandez as they marched across the arena. Arrogant, swinging, they looked straight ahead as they marched.

They bowed before the president, and the procession broke up into its component parts. The bullfighters went over to the barrera and changed their heavy mantles for the light fighting capes. The mules went out. The picadors galloped jerkily around the ring, and two rode out the gate they had come in by. The servants swept the sand smooth.

Manuel drank a glass of water poured for him by one of Retana's deputies, who was acting as his manager and sword-handler. Hernandez came over from speaking with his own manager.

"You got a good hand, kid," Manuel complimented him.

"They like me," Hernandez said happily.

"How did the paseo go?" Manuel asked Retana's man.

"Like a wedding," said the handler. "Fine. You came out like Joselito and Belmonte."

Zurito rode by, a bulky equestrian statue. He wheeled his horse and faced him toward the toril on the far side of the ring where the bull would come out. It was strange under the arc-light. He pic-ed in the hot afternoon sun for big money. He didn't like this arc-light business. He wished they would get started.

Manuel went up to him.

"Pic him, Manos," he said. "Cut him down to size for me."

"I'll pic him, kid," Zurito spat on the sand. "I'll make him jump out of the ring."

"Lean on him, Manos," Manuel said.

"I'll lean on him," Zurito said. "What's holding it up?"

"He's coming now," Manuel said.

Zurito sat there, his feet in the box-stirrups, his great legs in the buckskin-covered armor gripping the horse, the reins in his left hand, the long pic held in his right hand, his broad hat well down over his eyes to shade them from the lights, watching the distant door of the toril. His horse's ears quivered. Zurito patted him with his left hand.

The red door of the toril swung back and for a moment Zurito looked into the empty passage-way far across the arena. Then the bull came out in a rush, skidding on his four legs as he came out under the lights, then charging in a gallop, moving softly in a fast gallop, silent except as he woofed through wide nostrils as he charged, glad to be free after the dark pen.

In the first row of seats, slightly bored, leaning forward to write on the cement wall in front of his knees, the substitute bullfight critic of *El Heraldo* scribbled: "Campagnero, Negro, 42, came out at 90 miles an hour with plenty of gas—"

Manuel, leaning against the barrera, watching the bull, waved his hand and the gypsy ran out, trailing his cape. The bull, in full gallop, pivoted and charged the cape, his head down, his tail rising. The gypsy moved in a zigzag, and as he passed, the bull caught sight of him and abandoned the cape to charge the man. The gyp sprinted and vaulted the red fence of the barrera as the bull struck it with his horns. He tossed into it twice with his horns, banging into the wood blindly.

The critic of *El Heraldo* lit a cigarette and tossed the match at the bull, then wrote in his notebook, "large and with enough horns to satisfy the cash customers, Campagnero showed a tendency to cut into the terrain of the bullfighters."

Manuel stepped out on the hard sand as the bull banged into the fence. Out of the corner of his eye he saw Zurito sitting the white horse close to the barrera, about a quarter of the way around the ring to the left. Manuel held the cape close in front of him, a fold in each hand, and shouted at the bull. "Huh! Huh!" The bull turned, seemed to brace against the fence as he charged in a scramble, driving into the cape as Manuel side-stepped, pivoted on his heels with the charge of the bull, and swung the cape just ahead of the horns. At the end of the swing he was facing the bull again and held the cape in the same position close in front of his body, and pivoted again as the bull recharged. Each time, as he swung, the crowd shouted.

Four times he swung with the bull, lifting the cape so it billowed full, and each time bringing the bull around to charge again. Then, at the end of the fifth swing, he held the cape against his hip and pivoted, so the cape swung out like a ballet dancer's skirt and wound the bull around himself like a belt, to step clear, leaving the bull facing Zurito on the white horse, come up and planted firm, the horse facing the bull, its ears forward, its lips nervous, Zurito, his hat over his eyes, leaning forward, the long pole sticking out before and behind in a sharp angle under his right arm, held half-way down, the triangular iron point facing the bull.

El Heraldo's second-string critic, drawing on his cigarette, his eyes on the bull, wrote: "the veteran Manolo designed a series of acceptable veronicas, ending in a very Belmontistic recorte that earned applause from the regulars, and we entered the tercio of the cavalry."

Zurito sat his horse, measuring the distance between the bull and the end of the pic. As he looked, the bull gathered himself together and charged, his eyes on the horse's chest. As he lowered his head to hook, Zurito sunk the point of the pic in the swelling hump of muscle above the bull's shoulder, leaned all his weight on the shaft, and with his left hand pulled the white horse into the air, front hoofs pawing, and swung him to the right as he pushed the bull under and through so that the horns passed safely under the horse's belly and the horse came down, quivering, the bull's tail brushing his chest as he charged the cape Hernandez offered him.

Hernandez ran sideways, taking the bull out and away with the cape, toward the other picador. He fixed him with a swing of the cape, squarely facing the horse and rider, and stepped back. As the bull saw the horse he charged. The picador's lance slid along his back, and as the shock of the charge lifted the horse, the picador was already half-way out of the saddle, lifting his right leg clear as he missed with the lance and falling to the left side to keep the horse between him and the bull. The horse, lifted and gored, crashed over with the bull driving into him, the picador gave a shove with his boots against the horse and lay clear, waiting to be lifted and hauled away and put on his feet.

Manuel let the bull drive into the fallen horse; he was in no hurry, the picador was safe; besides, it did a picador like that good to worry. He'd stay on longer next time. Lousy pics! He looked across the sand at Zurito a little way out from the barrera, his horse rigid, waiting.

"Huh!" he called to the bull, "Tomar!" holding the cape in both hands so it would catch his eye. The bull detached himself from the horse and charged the cape, and Manuel, running sideways and holding the cape spread wide, stopped, swung on his heels, and brought the bull sharply around facing Zurito.

"Campagnero accepted a pair of varas for the death of one rosinante, with Hernandez and Manolo at the quites," *El Heraldo*'s critic wrote. "He pressed on the iron and clearly showed he was no horse-lover. The veteran Zurito resurrected some of his old stuff with the pike-pole, notably the suerte—"

"Olé! Olé!" the man sitting beside him shouted. The shout was lost in the roar of the crowd, and he slapped the critic on the back. The critic looked up to see Zurito, directly below him, leaning far out over his horse, the length of the pic rising in a sharp angle under his armpit, holding the pic almost by the point, bearing down with all his weight, holding the bull off, the bull pushing and driving to get at the horse, and Zurito, far out, on top of him, holding him, holding him, and slowly pivoting the horse against the pressure, so that at last he was clear. Zurito felt the moment when the horse was clear and the bull could come past, and relaxed the absolute steel lock of his resistance, and the triangular steel point of the pic ripped in the bull's hump of shoulder muscle as he tore loose to find Hernandez's cape before his muzzle. He charged blindly into the cape and the boy took him out into the open arena.

Zurito sat patting his horse and looking at the bull charging the cape that Hernandez swung for him under the bright light while the crowd shouted.

"You see that one?" he said to Manuel.

"It was a wonder," Manuel said.

"I got him that time," Zurito said. "Look at him now."

At the conclusion of a closely turned pass of the cape the bull slid to his knees. He was up at once, but far out across the sand Manuel and Zurito saw the shine of the pumping flow of blood, smooth against the black of the bull's shoulder.

"I got him that time," Zurito said.

"He's a good bull," Manuel said.

"If they gave me another shot at him, I'd kill him," Zurito said.

"They'll change the thirds on us," Manuel said.

"Look at him now," Zurito said.

"I got to go over there," Manuel said, and started on a run for the other side of the ring, where the monos were leading a horse out by the bridle toward the bull, whacking him on the legs with rods and all, in a procession, trying to get him toward the bull, who stood, dropping his head, pawing, unable to make up his mind to charge.

Zurito, sitting his horse, walking him toward the scene, not missing any detail, scowled.

Finally the bull charged, the horse leaders ran for the barrera, the picador hit too far back, and the bull got under the horse, lifted him, threw him onto his back.

Zurito watched. The monos, in their red shirts, running out to drag the picador clear. The picador, now on his feet, swearing and flopping his arms. Manuel and Hernandez standing ready with their capes. And the bull, the great black bull, with a horse on his back, hooves dangling, the bridle caught in the horns. Black bull with a horse on his back, staggering short-legged, then arching his neck and lifting, thrusting, charging to slide the horse off, horse sliding down. Then the bull into a lunging charge at the cape Manuel spread for him.

The bull was slower now, Manuel felt. He was bleeding badly. There was a sheen of blood all down his flank.

Manuel offered him the cape again. There he came, eyes open, ugly, watching the cape. Manuel stepped to the side and raised his arms, tightening the cape ahead of the bull for the veronica.

Now he was facing the bull. Yes, his head was going down a little. He was carrying it lower. That was Zurito.

Manuel flopped the cape; there he comes; he side-stepped and swung in another veronica. He's shooting awfully accurately, he thought. He's had enough fight, so he's watching now. He's hunting now. Got his eye on me. But I always give him the cape.

He shook the cape at the bull; there he comes; he sidestepped. Awful close that time. I don't want to work that close to him.

The edge of the cape was wet with blood where it had swept along the bull's back as he went by.

All right, here's the last one.

Manuel, facing the bull, having turned with him each charge, offered the cape with his two hands. The bull looked at him. Eyes watching, horns straight forward, the bull looked at him, watching.

"Huh!" Manuel said, "Toro!" and leaning back, swung the cape forward. Here he comes. He side-stepped, swung the cape in back of him, and pivoted, so the bull followed a swirl of cape and then was left with nothing, fixed by the pass, dominated by the cape. Manuel swung the cape under his muzzle with one hand, to show the bull was fixed, and walked away.

There was no applause.

Manuel walked across the sand toward the barrera, while Zurito rode out of the ring. The trumpet had blown to change the act to the planting of the banderillos while Manuel had been working with the bull. He had not consciously noticed it. The monos were spreading canvas over the two dead horses and sprinkling sawdust around them.

Manuel came up to the barrera for a drink of water. Retana's man handed him the heavy porous jug.

Fuentes, the tall gypsy, was standing holding a pair of banderillos, holding them together, slim, red sticks, fishhook points out. He looked at Manuel.

"Go on out there," Manuel said.

The gypsy trotted out. Manuel set down the jug and watched. He wiped his face with his handkerchief.

The critic of *El Heraldo* reached for the bottle of warm champagne that stood between his feet, he took a drink, and finished his paragraph.

"—the aged Manolo rated no applause for a vulgar series of lances with the cape and we entered the third of the palings."

Alone in the centre of the ring the bull stood, still fixed. Fuentes, tall, flat-backed, walking toward him arrogantly, his arms spread out, the two slim, red sticks, one in each hand, held by the fingers, points straight forward. Fuentes walked forward. Back of him and to one side was a peon with a cape. The bull looked at him and was no longer fixed.

His eyes watched Fuentes, now standing still. Now he leaned back, calling to him. Fuentes twitched the two banderillos and the light on the steel points caught the bull's eye.

His tail went up and he charged.

He came straight, his eyes on the man. Fuentes stood still, leaning back, the banderillos pointing forward. As the bull lowered his head to hook, Fuentes leaned backward, his arms came together and rose, his two hands, touching, the banderillos two descending red lines, and leaning forward drove the points into the bull's shoulder, leaning far in over the bull's horns and pivoting on the two upright sticks, his legs tight together, his body, curving to one side to let the bull pass.

"Olé!" from the crowd.

The bull was hooking wildly, jumping like a trout, all four feet off the ground. The red shafts of the banderillos tossed as he jumped.

Manuel, standing at the barrera, noticed that he hooked always to the right.

"Tell him to drop the next pair on the right," he said to the kid who started to run out to Fuentes with the new banderillos.

A heavy hand fell on his shoulder. It was Zurito.

"How do you feel, kid?" he asked.

Manuel was watching the bull.

Zurito leaned forward on the barrera, leaning the weight of his body on his arms. Manuel turned to him.

"You're going good," Zurito said.

Manuel shook his head. He had nothing to do now until the next third. The gypsy was very good with the banderillos. The bull would come to him in the next third in good shape. He was a good bull. It had all been easy up to now. The final stuff with the sword was all he worried over. He did not really worry. He did not even think about it. But standing there he had a heavy sense of apprehension. He looked out at the bull, planning his faena, his work with the red cloth that was to reduce the bull, to make him manageable.

The gypsy was walking out toward the bull again, walking heel-and-toe, insultingly, like a ballroom dancer, the red shafts of the banderillos, twitching with his walk. The bull watched him, not fixed now, hunting him, but waiting to get close enough so he could be sure of getting him, getting the horns into him.

As Fuentes walked forward the bull charged. Fuentes ran across the quarter of a circle as the bull charged and, as he passed running backwards, stopped, swung forward, rose on his toes, arms straight out, and sunk the banderillos straight down into the tight of the big shoulder muscles as the bull missed him.

The crowd were wild about it.

"That kid won't stay in this night stuff long," Retana's man said to Zurito.

"He's good," Zurito said.

"Watch him now."

They watched.

Fuentes was standing with his back against the barrera. Two of the cuadrilla were back of him, with their capes ready to flop over the fence to distract the bull.

The bull, with his tongue out, his barrel heaving, was watching the gypsy. He thought he had him now. Back against the red planks. Only a short charge away. The bull watched him.

The gypsy bent back, drew back his arms, the banderillos pointing at the bull. He called to the bull, stamped one foot. The bull was suspicious.

He wanted the man. No more barbs in the shoulder.

Fuentes walked a little closer to the bull. Bent back. Called again. Somebody in the crowd shouted a warning.

"He's too damn close," Zurito said.

"Watch him," Retana's man said.

Leaning back, inciting the bull with the banderillos, Fuentes jumped, both feet off the ground. As he jumped the bull's tail rose and he charged. Fuentes came down on his toes, arms straight out, whole body arching forward, and drove the shafts straight down as he swung his body clear of the right horn.

The bull crashed into the barrera where the flopping capes had attracted his eye as he lost the man.

The gypsy came running along the barrera toward Manuel, taking the applause of the crowd. His vest was ripped where he had not quite cleared the point of the horn. He was happy about it, showing it to the spectators. He made a tour of the ring. Zurito saw him go by, smiling, pointing to his vest. He smiled.

Somebody else was planting the last pair of banderillos. Nobody was paying any attention.

Retana's man tucked a baton inside the red cloth of a muleta, folded the cloth over it, and handed it over the barrera to Manuel. He reached in the leather sword-case, took out a sword, and holding it by its leather scabbard, reached it over the fence to Manuel. Manuel pulled the blade out by the red hilt and the scabbard fell limp.

He looked at Zurito. The big man saw he was sweating.

"Now you get him, kid," Zurito said.

Manuel nodded.

"He's in good shape," Zurito said.

"Just like you want him," Retana's man assured him.

Manuel nodded.

The trumpeter, up under the roof, blew for the final act, and Manuel walked across the arena toward where, up in the dark boxes, the president must be.

In the front row seats the substitute bullfight critic of *El Heraldo* took a long drink of warm champagne. He had decided it was not worthwhile to write a running story and would write up the corrida back in the office. What the hell was it anyway? Only a nocturnal. If he missed anything he would get it out of the morning papers. He took another drink of the champagne. He had a date at Maxim's at twelve. Who were these bullfighters anyway? Kids and bums. A bunch of bums. He put his pad of paper in his pocket and looked over toward Manuel, standing very much alone in the ring, gesturing with his hat in a salute toward a box he could not see high up in the dark plaza. Out in the ring the bull stood quiet, looking at nothing.

"I dedicate this bull to you, Mr. President, and to the public of Madrid, the most intelligent and generous in the world," was what Manuel was saying. It was a formula. He said it all. It was a little too long for nocturnal use.

He bowed at the dark, straightened, tossed his hat over his shoulder, and carrying the muleta in his left hand and the sword in his right, walked out toward the bull.

Manuel walked toward the bull. The bull looked at him; his eyes were quick. Manuel noticed the way the banderillos hung down on his left shoulder and the steady sheen of blood from Zurito's pic-ing. He noticed the way the bull's feet were. As he walked forward, holding the muleta in his left hand and the sword in his right, he watched the bull's feet. The bull could not charge without gathering his feet together. Now he stood square on them, dully.

Manuel walked toward him, watching his feet. This was all right. He could do this. He must work to get the bull's head down, so he could go in past the horns and kill him. He did not think about the sword, not about killing the bull. He thought about one thing at a time. The coming things oppressed him, though. Walking forward, watching the bull's feet, he saw successively his eyes, his wet muzzle and the wide, forward-pointing spread of his horns. The bull had light circles about his eyes. His eyes watched Manuel. He felt he was going to get this little one with the white face.

Standing still now and spreading the red cloth of the muleta with the sword, pricking the point into the cloth so that the sword, now held in his left hand, spread the red flannel like the jib of a boat, Manuel noticed the points of the bull's horns. One of them was splintered from banging against the barrera. The other was sharp as a porcupine quill. Manuel noticed while spreading the muleta that the white base of the horn was stained red. While he noticed these things he did not lose sight of the bull's feet. The bull watched Manuel steadily.

He's on the defensive now, Manuel thought. He's reserving himself. I've got to bring him out of that and get his head down. Always get his head down. Zurito had his head down once, but he's come back. He'll bleed when I start him going and that will bring it down.

Holding the muleta, with the sword in his left hand widening it in front of him, he called to the bull.

The bull looked at him.

He leaned back insultingly and shook the widespread flannel.

The bull saw the muleta. It was a bright scarlet under the arc-light. The bull's legs tightened.

Here he comes. Whoosh! Manuel turned as the bull came and raised the muleta so that it passed over the bull's horns and swept down his broad back from head to tail. The bull had gone clean up in the air with the charge. Manuel had not moved.

At the end of the pass the bull turned like a cat coming around a corner and faced Manuel.

He was on the offensive again. His heaviness was gone. Manuel noted the fresh blood shining down the black shoulder and dripping down the bull's leg. He drew the sword out of the muleta and held it in his right hand. The muleta held low down in his left hand, leaning toward the left, he called to the bull. The bull's legs tightened, his eyes on the muleta. Here he comes, Manuel thought. Yuh!

He swung with the charge, sweeping the muleta ahead of the bull, his feet firm, the sword following the curve, a point of light under the arcs.

The bull recharged as the pase natural finished and Manuel raised the muleta for a pase de pecho. Firmly planted, the bull came by his chest under the raised muleta. Manuel leaned his head back to avoid the clattering banderillo shafts. The hot, black bull body touched his chest as it passed.

Too damn close, Manuel thought. Zurito, leaning on the barrera, spoke rapidly to the gypsym who trotted out toward Manuel with a cape. Zurito pulled his hat down low and looked out across the arena at Manuel.

Manuel was facing the bull again, the muleta held low and to the left. The bull's head was down as he watched the muleta.

"If it was Belmonte doing that stuff, they'd go crazy," Retana's man said.

Zurito said nothing. He was watching Manuel out in the centre of the arena.

"Where did the boss dig this fellow up?" Retana's man asked.

"Out of the hospital," Zurito said.

"That's where he's going damn quick," Retana's man said. Zurito turned on him.

"Knock on that," he said, pointing to the barrera.

"I was just kidding, man," Retana's man said.

"Knock on that wood."

Retana's man leaned forward and knocked three times on the barrera.

"Watch the faena," Zurito said.

Out in the centre of the ring, under the lights, Manuel was kneeling, facing the bull, and as he raised the muleta in both hands the bull charged, tail up.

Manuel swung his body clear and, as the bull recharged, brought around the muleta in a half-circle that pulled the bull to his knees.

"Why, that one's a great bullfighter," Retana's man said.

"No, he's not," said Zurito.

Manuel stood up and, the muleta in his left hand, the sword in his right, acknowledged the applause from the dark plaza.

The bull had humped himself up from his knees and stood waiting, his head hung low.

Zurito spoke to two of the other lads of the cuadrilla and they ran out to stand back of Manuel with their capes. There were four men back of him now. Hernandez had followed him since he first came out with the muleta. Fuentes stood watching, his cape held against his body, tall, in repose, watching lazy-eyed. Now the two came up. Hernandez motioned them to stand one at each side. Manuel stood alone, facing the bull.

Manuel waved back the men with the capes. Stepping back cautiously, they saw his face was white and sweating.

Didn't they know enough to keep back? Did they want to catch the bull's eye with the capes after he was fixed and ready? He had enough to worry about without that kind of thing.

The bull was standing, his four feet square, looking at the muleta. Manuel furled the muleta in his left hand. The bull's eyes watched it. His body was heavy on his feet. He carried his head low, but not too low.

Manuel lifted the muleta at him. The bull did not move. Only his eyes watched.

He's all lead, Manuel thought. He's all square. He's framed right. He'll take it.

He thought in bullfight terms. Sometimes he had a thought and a particular piece of slang would not come into his mind and he could not realize the thought. His instincts and knowledge worked automatically, and his brain worked slowly and in words. He knew all about bulls. He did not have to think about them. He just did the right thing. His eyes noted things and his body performed the necessary measures without thought. If he thought about it, he would be gone.

Now, facing the bull, he was conscious of many things at the same time. There were the horns, the one splintered, the other smoothly sharp, the need to profile himself toward the left horn, lance himself short and straight, lower the muleta so the bull would follow it, and, going in over the horns, put the sword all the way into a little spot about as big as a five-peseta piece straight in back of the neck, between the sharp pitch of the bull's shoulders. He must do all this and must then come out from between the horns. He was conscious he must do all this, but his only thought was in words: "Corto y derecho."

"Corto y derecho," he thought, furling the muleta. Short and straight. Corto y derecho, he drew the sword out of the muleta, profiled on the splintered left horn, dropped the muleta across his body, so his right hand with the sword on the level with his eye made the sign of the cross, and, rising on his toes, sighted along the dipping blade of the sword at the spot high up between the bull's shoulders.

Corto y derecho he lanced himself on the bull.

There was a shock, and he felt himself go up in the air. He pushed on the sword as he went up and over, and it flew out of his hand. He hit the ground and the bull was on him. Manuel, lying on the ground, kicked at the bull's muzzle with his splippered feet. Kicking, kicking, the bull after him, missing him in his excitement, bumping him with his head, driving the horns into the sand. Kicking like a man keeping a ball in the air, Manuel kept the bull from getting a clean thrust at him.

Manuel felt the wind on his back from the capes flopping at the bull, and then the bull was gone, gone over him in a rush. Dark, as his belly went over. Not even stepped on.

Manuel stood up and picked up the muleta. Fuentes handed him the sword. It was bent where it had struck the shoulder-blade. Manuel straightened it on his knee and ran toward the bull, standing now beside one of the dead horses. As he ran, his jacket flopped where it had been ripped under the armpit.

"Get him out of there," Manuel shouted to the gypsy. The bull had smelled the blood of the dead horse and ripped into the canvas cover with his horns. He charged Fuentes's cape, with the canvas hanging from his splintered horn, and the crowd laughed. Out in the ring, he tossed his head to rid himself of the canvas. Hernandez, running up from behind him, grabbed the end of the canvas and neatly lifted it off the horn.

The bull followed it in a half-charge and stopped still. He was on the defensive again. Manuel was walking toward him with the sword and muleta. Manuel swung the muleta before him. The bull would not charge.

Manuel profiled toward the bull, sighting along the dipping blade of the sword. The bull was motionless, seemingly dead on his feet, incapable of another charge.

Manuel rose to his toes, sighting along the steel, and charged.

Again there was the shock and he felt himself being borne back in a rush, to strike hard on the sand. There was no chance of kicking this time. The bull was on top of him. Manuel lay as though dead, his head on his arms, and the bull bumped him. Bumped his back, bumped his face in the sand. He felt the horn go into the sand between his folded arms. The bull hit him in the small of the back. His face drove into the sand. The horn drove through one of his sleeves and the bull ripped it off. Manuel was tossed clear and the bull followed the capes.

Manuel got up, found the sword and muleta, tried the point of the sword with his thumb, and then ran toward the barrera for a new sword.

Retana's man handed him the sword over the edge of the barrera.

"Wipe off your face," he said.

Manuel, running again toward the bull, wiped his bloody face with his handkerchief. He had not seen Zurito. Where was Zurito?

The cuadrilla had stepped away from the bull and waited with their capes. The bull stood, heavy and dull again after the action.

Manuel walked toward him with the muleta. He stopped and shook it. The bull did not respond. He passed it right and left, left and right before the bull's muzzle. The bull's eyes watched it and turned with the swing, but he would not charge. He was waiting for Manuel.

Manuel was worried. There was nothing to do but go in. Corto y derecho. He profiled close to the bull, crossed the muleta in front of his body and charged. As he pushed in the sword, he jerked his body to the left to clear the horn. The bull passed him and the sword shot up in the air, twinkling under the arc-lights, to fall red-hilted on the sand.

Manuel ran over and picked it up. It was bent and he straightened it over his knee.

As he came running toward the bull, fixed again now, he passed Hernandez standing with his cape.

"He's all bone," the boy said encouragingly.

Manuel nodded, wiping his face. He put the bloody handkerchief in his pocket.

There was the bull. He was close to the barrera now. Damn him. Maybe he was all bone. Maybe there was not any place for the sword to go in. The hell there wasn't! He'd show them.

He tried a pass with the muleta and the bull did not move. Manuel chopped the muleta back and forth in front of the bull. Nothing doing.

He furled the muleta, drew the sword out, profiled and drove in on the bull. He felt the sword buckle as he shoved it in, leaning his weight on it, and then it shot high in the air, end-over-ending into the crowd. Manuel had jerked clear as the sword jumped.

The first cushions thrown down out of the dark missed him. Then one hit him in the face, his bloody face looking toward the crowd. They were coming down fast. Spotting the sand. Somebody threw an empty champagne-bottle from close range. It hit Manuel on the foot. He stood there watching the dark where the things were coming from. Then something whished through the air and struck by him. Manuel leaned over and picked it up. It was his sword. He straightened it over his knee and gestured with it to the crowd.

"Thank you," he said. "Thank you."

Oh, the dirty bastards! Dirty bastards! Oh, the lousy, dirty bastards! He kicked into a cushion as he ran.

There was the bull. The same as ever. All right, you dirty, lousy bastard!

Manuel passed the muleta in front of the bull's black muzzle.

Nothing doing.

You won't. All right. He stepped close and jammed the sharp peak of the muleta into the bull's damp muzzle.

The bull was on him as he jumped back and as he tripped on a cushion he felt the horn go into him, into his side. He grabbed the horn with his two hands and rode backward, holding tight on to the place. The bull tossed him and he was clear. He lay still. It was all right. The bull was gone.

He got up coughing and feeling broken and gone. The dirty bastards!

"Give me the sword," he shouted. "Give me the stuff."

Fuentes came up with the muleta and the sword.

Hernandez put his arm around him.

"Go on to the infirmary, man," he said. "Don't be a damn fool."

"Get away from me," Manuel said. "Get to hell away from me."

He twisted free. Hernandez shrugged his shoulders. Manuel ran toward the bull.

There was the bull standing, heavy, firmly planted.

All right, you bastard! Manuel drew the sword out of the muleta, sighted with the same movement, and flung himself onto the bull. He felt the sword go in all the way. Right up to the guard. Four fingers and his thumb into the bull. The blood was hot on his knuckles, and he was on top of the bull.

The bull lurched with him as he lay on, and seemed to sink; then he was standing clear. He looked at the bull going down slowly over on his side, then suddenly four feet in the air.

Then he gestured at the crowd, his hand warm from the bull blood.

All right, you bastards! He wanted to say something, but he started to cough. It was hot and choking. He looked down for the muleta. He must go over and salute the president. President hell! He was sitting down looking at something. It was the bull. His four feet up. Thick tongue out. Things crawling around on his belly and under his legs. Crawling where the hair was thin. Dead bull. To hell with the bull! To hell with them all! He started to get to his feet and commenced to cough. He sat down again, coughing. Somebody came and pushed him up.

They carried him across the ring to the infirmary, running with him across the sand, standing blocked at the gate as the mules came in, then around under the dark passage-way, men grunting as they took him up the stairway, and then laid him down.

The doctor and two men in white were waiting for him. They laid him out on the table. They were cutting away his shirt. Manuel felt tired. His whole chest felt scalding inside. He started to cough and they held something to his mouth. Everybody was very busy.

There was an electric light in his eyes. He shut his eyes.

He heard someone coming very heavily up the stairs. Then he did not hear it. Then he heard a noise far off. That was the crowd. Well, somebody would have to kill his other bull. They had cut away all his shirt. The doctor smiled at him. There was Retana.

"Hello, Retana!" Manuel said. He could not hear his voice. Retana smiled at him and said something. Manuel could not hear it.

Zurito stood beside the table, bending over where the doctor was working. He was in his picador clothes, without his hat.

Zurito said something to him. Manuel could not hear it.

Zurito was speaking to Retana. One of the men in white smiled and handed Retana a pair of scissors. Retana gave them to Zurito. Zurito said something to Manuel. He could not hear it.

To hell with this operating-table! He'd been on plenty of operating-tables before. He was not going to die. There would be a priest if he was going to die.

Zurito was saying something to him. Holding up the scissors.

That was it. They were going to cut off his coleta. They were going to cut off his pigtail.

Manuel sat up on the operating-table. The doctor stepped back, angry. Someone grabbed him and held him.

"You couldn't do a thing like that, Manos," he said.

He heard suddenly, clearly, Zurito's voice.

"That's all right," Zurito said. "I won't do it. I was joking."

"I was going good," Manuel said. "I didn't have any luck. That was all."

Manuel lay back. They had put something over his face. It was all familiar. He inhaled deeply. He felt very tired. He was very, very tired. They took the thing away from his face.

"I was going good," Manuel said weakly. "I was going great."

Retana looked at Zurito and started for the door.

"I'll stay here with him," Zurito said.

Retana shrugged his shoulders.

Manuel opened his eyes and looked at Zurito.

"Wasn't I going good, Manos?" he asked, for confirmation.

"Sure," said Zurito. "You were going great."

The doctor's assistant put the cone over Manuel's face and he inhaled deeply. Zurito stood awkwardly, watching.

In Another Country

IN the fall the war was always there, but we did not go to it any more. It was cold in the fall in Milan and the dark came very early. Then the electric lights came on, and it was pleasant along the streets looking in the windows. There was much game hanging outside the shops, and the snow powdered in the fur of the foxes and the wind blew their tails. The deer hung stiff and heavy and empty, and small birds blew in the wind and the wind turned their feathers. It was a cold fall and the wind came down from the mountains.

We were all at the hospital every afternoon, and there were different ways of walking across the town through the dusk to the hospital. Two of the ways were alongside canals, but they were long. Always, though, you crossed a bridge across a canal to enter the hospital. There was a choice of three bridges. On one of them a woman sold roasted chestnuts. It was warm, standing in front of her charcoal fire, and the chestnuts were warm afterward in your pocket. The hospital was very old and very beautiful, and you entered through a gate and walked across a courtyard and out of a gate on the other side. There were usually funerals starting from the courtyard. Beyond the old hospital were the new brick pavilions, and there we met every afternoon and were all very polite and interested in what was the matter, and sat in the machines that were to make so much difference.

The doctor came up to the machine where I was sitting and said: "What did you like best to do before the war? Did you practice a sport?"

I said: "Yes, football."

"Good," he said. "You will be able to play football again better than ever."

My knee did not bend and the leg dropped straight from the knee to the ankle without a calf, and the machine was to bend the knee and make it move as in riding a tricycle. But it did not bend yet, and instead the machine lurched when it came to the bending part. The doctor said: "That will all pass. You are a fortunate young man. You will play football again like a champion."

In the next machine was a major who had a little hand like a baby's. He winked at me when the doctor examined his hand, which was between two leather straps that bounced up and down and flapped the stiff fingers, and said: "And will I too play football, captain-doctor?" He had been a very great fencer, and before the war the greatest fencer in Italy.

The doctor went to his office in the back room and brought a photograph which showed a hand that had been withered almost as small as the major's, before it had taken a machine course, and after was a little larger. The major held the photograph with his good hand and looked at it very carefully. "A wound?" he asked.

"An industrial accident," the doctor said.

"Very interesting, very interesting," the major said, and handed it back to the doctor.

"You have confidence?"

"No," said the major.

There were three boys who came each day who were about the same age I was. They were all three from Milan, and one of them was to be a lawyer, and one was to be a painter, and one had intended to be a soldier, and after we were finished with the machines, sometimes we walked back together to the Café Cova, which was next door to the Scala. We walked the short way through the communist quarter because we were four together. The people hated us because we were officers, and from a wine-shop someone would call out, "A basso gli ufficiali!" as we passed. Another boy who walked with us sometimes and made us five wore a black silk handkerchief across his face because he had no nose then and his face was to be rebuilt. He had gone out to the front from the military academy and been wounded within an hour after he had gone into the front line for the first time. They rebuilt his face, but he came from a very old family and they could never get the nose exactly right. He went to South America and worked in a bank. But this was a long time ago, and then we did not any of us know how it was going to be afterwards. We only knew that there was always the war, but that we were not going to it any more.

We all had the same medals, except the boy with the black silk bandage across his face, and he had not been at the front long enough to get any medals. The tall boy with a very pale face who was to be a lawyer had been a lieutenant of Arditi and had three medals of the sort we each had only one of. He had lived a very long time with death and was a little detached. We were all a little detached, and there was nothing that held us together except that we met every afternoon at the hospital. Although, as we walked to the Cova through the tough part of the town, walking in the dark, with light and singing coming out of the wine-shops, and sometimes having to walk into the street when the men and women would crowd together on the sidewalk so that we would have had to jostle them to get by, we felt held together by there being something that had happened that they, the people who disliked us, did not understand.

We ourselves all understood the Cova, where it was rich and warm and not too brightly lighted, and noisy and smoky at certain hours, and there were always girls at the tables and the illustrated papers on a rack on the wall. The girls at the Cova were very patriotic, and I found that the most patriotic people in Italy were the café girls—and I believe they are still patriotic.

The boys at first were very polite about my medals and asked me what I had done to get them. I showed them the papers, which were written in very beautiful language and full of *fratellanza* and *abnegazione*, but which really said, with the adjectives removed, that I had been given the medals because I was an American. After that their manner changed a little toward me, although I was their friend against outsiders. I was a friend, but I was never really one of them after they had read the citations, because it had been different with them and they had done very different things to get their medals. I had been wounded, it was true; but we all knew that being wounded, after all, was really an accident. I was never ashamed of the ribbons, though, and sometimes, after the cocktail hour, I would imagine myself having done all the things they had done to get their medals; but walking home at night through the empty streets with the cold wind and all the shops closed, trying to keep near the street lights,

I knew that I would never have done such things, and I was very much afraid to die, and often lay in bed at night by myself, afraid to die and wondering how I would be when I went back to the front again.

The three with the medals were like hunting-hawks; and I was not a hawk, although I might seem a hawk to those who had never hunted; they, the three, knew better and so we drifted apart. But I stayed good friends with the boy who had been wounded his first day at the front, because he would never know how he would have turned out; so he could never be accepted either, and I liked him because I thought perhaps he would not have turned out to be a hawk either.

The major, who had been the great fencer, did not believe in bravery, and spent much time while we sat in the machines correcting my grammar. He had complimented me on how I spoke Italian, and we talked together very easily. One day I had said that Italian seemed such an easy language to me that I could not take a great interest in it; everything was so easy to say. "Ah, yes," the major said. "Why, then, do you not take up the use of grammar?" So we took up the use of grammar, and soon Italian was such a difficult language that I was afraid to talk to him until I had the grammar straight in my mind.

The major came very regularly to the hospital. I do not think he ever missed a day, although I am sure he did not believe in the machines. There was a time when none of us believed in the machines, and one day the major said it was all nonsense. The machines were new then and it was we who were to prove them. It was an idiotic idea, he said, "a theory, like any another." I had not learned my grammar, and he said I was a stupid impossible disgrace, and he was a fool to have bothered with me. He was a small man and he sat straight up in his chair with his right hand thrust into the machine and looked straight ahead at the wall while the straps thumped up and down with his fingers in them.

"What will you do when the war is over, if it is over?" he asked me. "Speak grammatically!"

"I will go to the States."

"Are you married?"

"No, but I hope to be."

"The more of a fool you are," he said. He seemed very angry. "A man must not marry."

"Why, Signor Maggiore?"

"Don't call me 'Signor Maggiore'."

"Why must not a man marry?"

"He cannot marry. He cannot marry," he said angrily. "If he is to lose everything, he should not place himself in a position to lose that. He should not place himself in a position to lose. He should find things he cannot lose."

He spoke very angrily and bitterly, and looked straight ahead while he talked.

"But why should he necessarily lose it?"

"He'll lose it," the major said. He was looking at the wall. Then he looked down at the machine and jerked his little hand out from between the straps and slapped it hard against his thigh. "He'll lose it," he almost shouted. "Don't argue with me!" Then he called to the attendant who ran the machines. "Come and turn this damned thing off."

He went back into the other room for the light treatment and the massage. Then I heard him ask the doctor if he might use his telephone and he shut the door. When he came back into the room, I was sitting in another machine. He was wearing his cape and had his cap on, and he came directly toward my machine and put his arm on my shoulder.

"I am so sorry," he said, and patted me on the shoulder with his good hand. "I would not be rude. My wife has just died. You must forgive me."

"Oh—" I said, feeling sick for him. "I am *so* sorry."

He stood there biting his lower lip. "It is very difficult," he said. "I cannot resign myself."

He looked straight past me and out through the window. Then he began to cry. "I am utterly unable to resign myself," he said and choked. And then crying, his head up looking at nothing, carrying himself straight and soldierly, with tears on both his cheeks and biting his lips, he walked past the machines and out of the door.

The doctor told me that the major's wife, who was very young and whom he had not married until he was definitely invalided out of the war, had died of pneumonia. She had been sick only a few days. No one expected her to die. The major did not come to the hospital for three days. Then he came at the usual hour, wearing a black band on the sleeve of his uniform. When he came back, there were large framed photographs around the wall, of all sorts of wounds before and after they had been cured by the machines. In front of the machine the major used were three photographs of hands like his that were completely restored. I do not know where the doctor got them. I always understood we were the first to use the machines. The photographs did not make much difference to the major because he only looked out of the window.

Hills Like White Elephants

THE hills across the valley of the Ebro were long and white. On this side there was no shade and no trees and the station was between two lines of rails in the sun. Close against the side of the station there was the warm shadow of the building and a curtain, made of strings of bamboo beads, hung across the open door into the bar, to keep out flies. The American and the girl with him sat at a table in the shade, outside the building. It was very hot and the express from Barcelona would come in forty minutes. It stopped at this junction for two minutes and went on to Madrid.

"What should we drink?" the girl asked. She had taken off her hat and put it on the table.

"It's pretty hot," the man said.

"Let's drink beer."

"Dos cervezas," the man said into the curtain.

"Big ones?" a woman asked from the doorway.

"Yes. Two big ones."

The woman brought two glasses of beer and two felt pads. She put the felt pads and the beer glasses on the table and looked at the man and the girl. The girl was looking off at the line of hills. They were white in the sun and the country was brown and dry.

"They look like white elephants," she said.

"I've never seen one." The man drank his beer.

"No, you wouldn't have."

"I might have," the man said. "Just because you say I wouldn't have doesn't prove anything."

The girl looked at the bead curtain. "They've painted something on it," she said. "What does it say?"

"Anis del Toro. It's a drink."

"Could we try it?"

The man called "Listen" through the curtain. The woman came out from the bar.

"Four reales."

"We want two Anis del Toros."

"With water?"

"Do you want it with water?"

"I don't know," the girl said. "Is it good with water?"

"It's all right."

"You want them with water?" asked the woman.

"Yes, with water."

"It tastes like liquorice," the girl said and put the glass down.

"That's the way with everything."

"Yes," said the girl. "Everything tastes of liquorice. Especially all the things you've waited so long for, like absinthe."

"Oh, cut it out."

"You started it," the girl said. "I was being amused. I was having a fine time."

"Well, let's try and have a fine time."

"All right. I was trying. I said the mountains looked like white elephants. Wasn't that bright?"

"That was bright."

"I wanted to try this new drink. That's all we do, isn't it—look at things and try new drinks?"

"I guess so."

The girl looked across at the hills.

"They're lovely hills," she said. "They don't really look like white elephants. I just meant the coloring of their skin through the trees."

"Should we have another drink?"

"All right."

The warm wind blew the bead curtain against the table.

"The beer's nice and cool," the man said.

"It's lovely," the girl said.

"It's really an awfully simple operation, Jig," the man said. "It's not really an operation at all."

The girl looked at the ground the table legs rested on.

"I know you wouldn't mind it, Jig. It's really not anything. It's just to let the air in."

The girl did not say anything.

"I'll go with you and I'll stay with you all the time. They just let the air in and then it's all perfectly natural."

"Then what will we do afterwards?"

"We'll be fine afterwards. Just like we were before."

"What makes you think so?"

"That's the only thing that bothers us. It's the only thing that's made us unhappy."

The girl looked at the bead curtain, put her hand out and took hold of two of the strings of beads.

"And you think then we'll be all right and be happy."

"I know we will. You don't have to be afraid. I've known lots of people that have done it."

"So have I," said the girl. "And afterward they were all so happy."

"Well," the man said, "if you don't want to you don't have to. I wouldn't have you do it if you didn't want to. But I know it's perfectly simple."

"And you really want to?"

"I think it's the best thing to do. But I don't want you to do it if you don't really want to."

"And if I do it you'll be happy and things will be like they were and you'll love me?"

"I love you now. You know I love you."

"I know. But if I do it, then it will be nice again if I say things are like white elephants, and you'll like it?"

"I'll love it. I love it now but I just can't think about it. You know how I get when I worry."

"If I do it you won't ever worry?"

"I won't worry about that because it's perfectly simple."

"Then I'll do it. Because I don't care about me."

"What do you mean?"

"I don't care about me."

"Well, I care about you."

"Oh, yes. But I don't care about me. And I'll do it and then everything will be fine."

"I don't want you to do it if you feel that way."

The girl stood up and walked to the end of the station. Across, on the other side, were fields of grain and trees along the banks of the Ebro. Far away, beyond the river, were mountains. The shadow of a cloud moved across the field of grain and she saw the river through the trees.

"And we could have all this," she said. "And we could have everything and every day we make it more impossible."

"What did you say?"

"I said we could have everything."

"We can have everything."

"No, we can't."

"We can have the whole world."

"No, we can't."

"We can go everywhere."

"No, we can't. It isn't ours any more."

"It's ours."

"No, it isn't. And once they take it away, you never get it back."

"But they haven't taken it away."

"We'll wait and see."

"Come on back in the shade," he said. "You mustn't feel that way."

"I don't feel any way," the girl said. "I just know things."

"I don't want you to do anything that you don't want to do—"

"Nor that isn't good for me," she said. "I know. Could we have another beer?"

"All right. But you've got to realize—"

"I realize," the girl said. "Can't we maybe stop talking?"

They sat down at the table and the girl looked across at the hills on the dry side of the valley and the man looked at her and at the table.

"You've got to realize," he said, "that I don't want you to do it if you don't want to. I'm perfectly willing to go through with it if it means anything to you."

"Doesn't it mean anything to you? We could get along."

"Of course it does. But I don't want anybody but you. I don't want anyone else. And I know it's perfectly simple."

"Yes, you know it's perfectly simple."

"It's all right for you to say that, but I do know it."

"Would you do something for me now?"

"I'd do anything for you."

"Would you please please please please please please please stop talking?"

He did not say anything but looked at the bags against the wall of the station. There were labels on them from all the hotels where they had spent nights.

"But I don't want you to," he said, "I don't care anything about it."

"I'll scream," the girl said.

The woman came out through the curtains with two glasses of beer and put them down on the damp felt pads. "The train comes in five minutes," she said.

"What did she say?" asked the girl.

"That the train is coming in five minutes."

The girl smiled brightly at the woman, to thank her.

"I'd better take the bags over to the other side of the station," the man said. She smiled at him.

"All right. Then come back and we'll finish the beer."

He picked up the two heavy bags and carried them around the station to the other tracks. Coming back, he walked through the bar-room, where people waiting for the train were drinking. He drank an Anis at the bar and looked at the people. They were all waiting reasonably for the train. He went out through the bead curtain. She was sitting at the table and smiled at him.

"Do you feel better?" he asked.

"I feel fine," she said. "There's nothing wrong with me. I feel fine."

The Killers

THE door of Henry's lunch-room opened and two men came in. They sat down at the counter.

"What's yours?" George asked them.

"I don't know," one of the men said. "What do you want to eat, Al?"

"I don't know," said Al. "I don't know what I want to eat."

Outside it was getting dark. The street-light came on outside the window. The two men at the counter read the menu. From the other end of the counter Nick Adams watched them. He had been talking to George when they came in.

"I'll have a roast pork tenderloin with apple sauce and mashed potatoes," the first man said.

"It isn't ready yet."

"What the hell do you put it on the card for?"

"That's the dinner," George explained. "You can get that at six o'clock."

George looked at the clock on the wall behind the counter.

"It's five o'clock."

"The clock says twenty minutes past five," the second man said.

"It's twenty minutes fast."

"Oh, to hell with the clock," the first man said. "What have you got to eat?"

"I can give you any kind of sandwiches," George said. "You can have ham and eggs, bacon and eggs, liver and bacon, or a steak."

"Give me chicken croquettes with green peas and cream sauce and mashed potatoes."

"That's the dinner."

"Everything we want's the dinner, eh? That's the way you work it."

"I can give you ham and eggs, bacon and eggs, liver—"

"I'll take ham and eggs," the man called Al said. He wore a derby hat and a black overcoat buttoned across the chest. His face was small and white and he had tight lips. He wore a silk muffler and gloves.

"Give me bacon and eggs," said the other man. He was about the same size as Al. Their faces were different, but they were dressed like twins. Both wore overcoats too tight for them. They sat leaning forward, their elbows on the counter.

"Got anything to drink?" Al asked.

"Silver beer, bevo, ginger-ale," George said.

"I mean you got anything to *drink*?"

"Just those I said."

"This is a hot town," said the other. "What do they call it?"

"Summit."

"Ever hear of it?" Al asked his friend.

"No," said the friend.

"What do you do here nights?" Al asked.

"They eat the dinner," his friend said. "They all come here and eat the big dinner."

"That's right," George said.

"So you think that's right?" Al asked George.

"Sure."

"You're a pretty bright boy, aren't you?"

"Sure," said George.

"Well, you're not," said the other little man. "Is he, Al?"

"He's dumb," said Al. He turned to Nick. "What's your name?"

"Adams."

"Another bright boy," Al said. "Ain't he a bright boy, Max?"

"The town's full of bright boys," Max said.

George put the two platters, one of ham and eggs, the other of bacon and eggs, on the counter. He set down two side dishes of fried potatoes and closed the wicket into the kitchen.

"Which is yours?" he asked Al.

"Don't you remember?"

"Ham and eggs."

"Just a bright boy," Max said. He leaned forward and took the ham and eggs. Both men ate with their gloves on. George watched them eat.

"What are *you* looking at?" Max looked at George.

"Nothing."

"The hell you were. You were looking at me."

"Maybe the boy meant it for a joke Max," Al said.

George laughed.

"*You* don't have to laugh," Max said to him. "*You* don't have to laugh at all, see?"

"All right," said George.

“So he thinks it’s all right,” Max turned to Al. “He thinks it’s all right. That’s a good one.”

“Oh, he’s a thinker,” Al said. They went on eating.

“What’s the bright boy’s name down the counter?” Al asked Max.

“Hey, bright boy,” Max said to Nick. “You go around on the other side of the counter with your boy friend.”

“What’s the idea?” Nick asked.

“There isn’t any idea.”

“You better go around, bright boy,” Al said. Nick went around behind the counter.

“What’s the idea?” George asked.

“None of your damn business,” Al said. “Who’s out in the kitchen?”

“The nigger.”

“What do you mean the nigger?”

“The nigger that cooks.”

“Tell him to come in.”

“What’s the idea?”

“Tell him to come in.”

“Where do you think you are?”

“We know damn well where we are,” the man called Max said. “Do we look silly?”

“You talk silly,” Al said to him. “What the hell do you argue with this kid for? Listen,” he said to George, “tell the nigger to come out here.”

“What are you going to do to him?”

“Nothing. Use your head, bright boy. What would we do to a nigger?”

George opened the slit that opened back into the kitchen. “Sam,” he called. “Come in here a minute.”

The door of the kitchen opened and the nigger came in. “What was it?” he asked. The two men at the counter took a look at him.

“All right, nigger. You stand right there,” Al said.

Sam, the nigger, standing in his apron, looked at the two men sitting at the counter. “Yes, sir,” he said. Al got down from his stool.

“I’m going back to the kitchen with the nigger and bright boy,” he said. “Go on back to the kitchen, nigger. You go with him, bright boy.” The little man walked after Nick and Sam, the cook, back into the kitchen. The door shut after them. The man called Max sat at the counter opposite George. He didn’t look at George but looked in the mirror that ran along back of the counter. Henry’s had been made over from a saloon into a lunch-counter.

“Well, bright boy,” Max said, looking into the mirror, “why don’t you say something?”

“What’s it all about?”

“Hey, Al,” Max called, “bright boy wants to know what it’s all about.”

“Why don’t you tell him?” Al’s voice came from the kitchen.

“What do you think it’s all about?”

“I don’t know.”

“What do you think?”

Max looked into the mirror all the time he was talking.

“I wouldn’t say.”

“Hey, Al, bright boy says he wouldn’t say what he thinks it’s all about.”

"I can hear you, all right," Al said from the kitchen. He had propped open the slit that dishes passed through into the kitchen with a catsup bottle. "Listen, bright boy," he said from the kitchen to George. "Stand a little further along the bar. You move a little to the left, Max." He was like a photographer arranging for a group picture.

"Talk to me, bright boy," Max said. "What do you think's going to happen?"

George did not say anything.

"I'll tell you," Max said. "We're going to kill a Swede. Do you know a big Swede named Ole Andreson?"

"Yes."

"He comes here to eat every night, don't he?"

"Sometimes he comes here."

"He comes here at six o'clock, don't he?"

"If he comes."

"We know all that, bright boy," Max said. "Talk about something else. Ever go to the movies?"

"Once in a while."

"You ought to go to the movies more. The movies are fine for a bright boy like you."

"What are you going to kill Ole Andreson for? What did he ever do to you?"

"He never had a chance to do anything to us. He never even seen us."

"And he's only going to see us once," Al said from the kitchen.

"What are you going to kill him for, then?" George asked.

"We're killing him for a friend. Just to oblige a friend, bright boy."

"Shut up," said Al from the kitchen. "You talk too goddam much."

"Well, I got to keep bright boy amused. Don't I, bright boy?"

"You talk too damn much," Al said. "The nigger and my bright boy are amused by themselves. I got them tied up like a couple of girl friends in the convent."

"I suppose you were in a convent."

"You never know."

"You were in a kosher convent. That's where you were."

George looked up at the clock.

"If anybody comes in you tell them the cook is off, and if they keep after it, you tell them you'll go back and cook yourself. Do you get that, bright boy?"

"All right," George said. "What you going to do with us afterwards?"

"That'll depend," Max said. "That's one of those things you never know at the time."

George looked up at the clock. It was a quarter past six. The door from the street opened. A street-car motorman came in.

"Hello, George," he said. "Can I get supper?"

"Sam's gone out," George said. "He'll be back in about half an hour."

"I'd better go up the street," the motorman said. George looked at the clock. It was twenty minutes past six.

"That was nice, bright boy," Max said. "You're a regular little gentleman."

"He knew I'd blow his head off." Al said from the kitchen.

"No," said Max. "It ain't that. Bright boy is nice. He's a nice boy. I like him."

At six fifty-five George said: "He's not coming."

Two other people had been in the lunch-room. Once George had gone out to the kitchen and made a ham-and-egg sandwich "to go" that a man wanted to take with him. Inside the kitchen he saw Al, his derby hat tilted back, sitting on a stool beside the wicket with the muzzle of a sawed-off shotgun resting on the ledge. Nick and the cook were back to back in the corner, a towel tied in each of their mouths. George had cooked the sandwich, wrapped it up in oiled paper, put it in a bag, brought it in, and the man had paid for it and gone out.

"Bright boy can do everything," Max said. "He can cook and everything. You'd make some girl a nice wife, bright boy."

"Yes?" George said. "Your friend, Ole Andreson, isn't going to come."

"We'll give him ten minutes," Max said.

Max watched the mirror and the clock. The hands of the clock marked seven o'clock, and then five minutes past seven.

"Come on, Al," said Max. "We better go. He's not coming."

"Better give him five minutes," Al said from the kitchen.

In the five minutes a man came in, and George explained that the cook was sick.

"Why the hell don't you get another cook?" the man asked. "Aren't you running a lunchcounter?" He went out.

"Come on, Al," Max said.

"What about the two bright boys and the nigger?"

"They're all right."

"You think so?"

"Sure. We're through with it."

"I don't like it," said Al. "It's sloppy. You talk too much."

"Oh, what the hell," said Max. "We got to keep amused, haven't we?"

"You talk too much, all the same," Al said. He came out from the kitchen. The cut-off barrels of the shotgun made a slight bulge under the waist of his too tight-fitting overcoat. He straightened his coat with his gloved hands.

"So long, bright boy," he said to George. "You got a lot of luck."

"That's the truth," Max said. "You ought to play the races, bright boy."

The two of them went out of the door. George watched them, through the window, pass under the arc-light and cross the street. In their tight overcoats and derby hats they looked like a vaudeville team. George went back through the swinging-door into the kitchen and untied Nick and the cook.

"I don't want any more of that," said Sam, the cook. "I don't want any more of that."

Nick stood up. He had never had a towel in his mouth before.

"Say," he said. "What the hell?" He was trying to swagger it off.

"They were going to kill Ole Andreson," George said. "They were going to shoot him when he came in to eat."

"Ole Andreson?"

"Sure."

The cook felt the corners of his mouth with his thumbs.

"They all gone?" he asked.

"Yeah," said George. "They're gone now."

"I don't like it," said the cook. "I don't like any of it at all."

"Listen," George said to Nick. "You better go see Ole Andreson."

"All right."

"You better not have anything to do with it at all," Sam, the cook, said. "You better stay way out of it."

"Don't go if you don't want to," George said.

"Mixing up in this ain't going to get you anywhere," the cook said. "You stay out of it."

"I'll go see him," Nick said to George. "Where does he live?"

The cook turned away.

"Little boys always know what they want to do," he said.

"He lives up at Hirsch's rooming-house," George said to Nick.

"I'll go up there."

Outside the arc-light shone through the bare branches of a tree. Nick walked up the street beside the car-tracks and turned at the next arc-light down a side-street. Three houses up the street was Hirsch's rooming-house. Nick walked up the two steps and pushed the bell. A woman came to the door.

"Is Ole Andreson here?"

"Do you want to see him?"

"Yes, if he's in."

Nick followed the woman up a flight of stairs and back to the end of the corridor. She knocked on the door.

"Who is it?"

"It's somebody to see you, Mr. Andreson," the woman said.

"It's Nick Adams."

"Come in."

Nick opened the door and went into the room. Ole Andreson was lying on the bed with all his clothes on. He had been a heavyweight prize-fighter and he was too long for the bed. He lay with his head on two pillows. He did not look at Nick.

"What was it?" he asked.

"I was up at Henry's," Nick said, "and two fellows came in and tied up me and the cook, and they said they were going to kill you."

It sounded silly when he said it. Ole Andreson said nothing.

"They put us out in the kitchen," Nick went on. "They were going to shoot you when you came in to supper."

Ole Andresen looked at the wall and did not say anything.

"George thought I'd better come and tell you about it."

"There isn't anything I can do about it," Ole Andreson said.

"I'll tell you what they were like."

"I don't want to know what they were like," Ole Andreson said. He looked at the wall. "Thanks for coming to tell me about it."

"That's all right."

Nick looked at the big man lying on the bed.

"Don't you want me to go and see the police?"

"No," Ole Andresen said. "That wouldn't do any good."

"Isn't there something I could do?"

"No. There ain't anything to do."

"Maybe it was just a bluff."

"No. It ain't just a bluff."

Ole Andresen rolled over toward the wall.

"The only thing is," he said, talking toward the wall, "I just can't make up my mind to go out. I been in here all day."

"Couldn't you get out of town?"

"No," Ole Andresen said. "I'm through with all that running around."

He looked at the wall.

"There ain't anything to do now."

"Couldn't you fix it up some way?"

"No. I got in wrong." He talked in the same flat voice. "There ain't anything to do. After a while I'll make up my mind to go out."

"I better go back and see George," Nick said.

"So long," said Ole Andreson. He did not look toward Nick. "Thanks for coming around."

Nick went out. As he shut the door he saw Ole Andreson with all his clothes on, lying on the bed looking at the wall.

"He's been in his room all day," the landlady said downstairs. "I guess he don't feel well. I said to him: 'Mr. Andreson, you ought to go out and take a walk on a nice fall day like this,' but he didn't feel like it."

"He doesn't want to go out."

"I'm sorry he don't feel well," the woman said. "He's an awfully nice man. He was in the ring, you know."

"I know it."

"You'd never know it except for the way his face is," the woman said. They stood talking just inside the street door. "He's just as gentle."

"Well, good night, Mrs. Hirsch," Nick said.

"I'm not Mrs. Hirsch" the woman said. "She owns the place. I just look after it for her, I'm Mrs. Bell."

"Well, good night, Mrs. Bell," Nick said.

"Good night," the woman said.

Nick walked up the dark street to the corner under the arc-light, and then along the car-tracks to Henry's eating-house. George was inside, back of the counter.

"Did you see Ole?"

"Yes," said Nick. "He's in his room and he won't go out."

The cook opened the door from the kitchen when he heard Nick's voice.

"I don't even listen to it," he said and shut the door.

"Did you tell him about it?" George asked.

"Sure. I told him, but he knows what it's all about."

"What's he going to do?"

"Nothing."

"They'll kill him."

"I guess they will."

"He must have got mixed up in something in Chicago."

"I guess so," said Nick.

"It's a hell of a thing."

"It's an awful thing," Nick said.

They did not say anything. George reached down for a towel and wiped the counter.

"I wonder what he did?" Nick said.

"Double-crossed somebody. That's what they kill them for."

"I'm going to get out of this town," Nick said.

"Yes," said George. "That's a good thing to do."

"I can't stand to think about him waiting in the room and knowing he's going to get it. It's too damned awful."

"Well," said George, "you better not think about it."

Che Ti Dice La Patria

THE road of the pass was hard and smooth and not yet dusty in the early morning. Below were the hills with oak and chestnut trees, and far away below was the sea. On the other side were snowy mountains.

We came down from the pass through wooded country. There were bags of charcoal piled beside the road, and through the trees we saw charcoal-burners' huts. It was Sunday and the road, rising and falling, but always dropping away from the altitude of the pass, went through the scrub woods and through villages.

Outside the villages there were fields with vines. The fields were brown and the vines coarse and thick. The houses were white, and in the streets the men, in their Sunday clothes, were playing bowls. Against the walls of some of the houses there were pear trees, their branches candelabraed against the white walls. The pear trees had been sprayed, and the walls of the houses were stained a metallic blue-green by the spray vapor. There were small clearings around the villages where the vines grew, and then the woods.

In a village, twenty kilometers above Spezia, there was a crowd in the square, and a young man carrying a suitcase came up to the car and asked us to take him in to Spezia.

"There are only two places, and they are occupied," I said. We had an old Ford coupé.

"I will ride on the outside."

"You will be uncomfortable."

"That makes nothing, I must go to Spezia."

"Should we take him?" I asked Guy.

"He seems to be going anyway," Guy said. The young man handed in a parcel through the window.

"Look after this," he said. Two men tied his suitcase on the back of the car, above our suitcases. He shook hands with everyone, explained that to a Fascist and a man as used to traveling as himself there was no discomfort, and climbed up on the running-board on the left-hand side of the car, holding on inside, his right arm through the open window.

"You can start," he said. The crowd waved. He waved with his free hand.

"What did he say?" Guy asked me.

"That we could start."

"Isn't he nice?" Guy said.

The road followed a river. Across the river were mountains. The sun was taking the frost out of the grass. It was bright and cold and the air came through the open windshield.

"How do you think he likes it out there?" Guy was looking up the road. His view out of his side of the car was blocked by our guest. The young man projected from the side of the car like the figurehead of a ship. He had turned his coat collar up and pulled his hat down and his nose looked cold in the wind.

"Maybe he'll get enough of it," Guy said. "That's the side our bum tire's on."

"Oh, he'd leave us if we blew out," I said. "He wouldn't get his traveling clothes dirty."

"Well, I don't mind him," Guy said—"except the way he leans out on the turns."

The woods were gone; the road had left the river to climb; the radiator was boiling; the young man looked annoyedly and suspiciously at the steam and rusty water; the engine was grinding, with both Guy's feet on the first-speed pedal, up and up, back and forth and up, and finally, out level. The grinding stopped, and in the new quiet there was a great churning bubbling in the radiator. We were at the top of the last range above Spezia and the sea. The road descended with short, barely rounded turns. Our guest hung out on the turns and nearly pulled the top-heavy car over.

"You can't tell him not to," I said to Guy. "It's his sense of self-preservation."

"The great Italian sense."

"The greatest Italian sense."

We came down around curves, through deep dust, the dust powdering the olive trees. Spezia spread below along the sea. The road flattened outside the town. Our guest put his head in the window.

"I want to stop."

"Stop it," I said to Guy.

We slowed up, at the side of the road. The young man got down, went to the back of the car and untied the suitcase.

"I stop here, so you won't get into trouble carrying passengers," he said. “My package.”

I handed him the package. He reached in his pocket.

“How much do I owe you?”

“Nothing.”

“Why not?”

“I don’t know,” I said.

“Then thanks,” the young man said, not “thank you,” or “thank you very much,” or “thank you a thousand times,” all of which you formerly said in Italy to a man when he handed you a time-table or explained about a direction. The young man uttered the lowest form of the word “thanks” and looked after us suspiciously as Guy started the car. I waved my hand at him. He was too dignified to reply. We went on into Spezia.

“That’s a young man that will go a long way in Italy,” I said to Guy.

“Well,” said Guy, “he went twenty kilometers with us.”

A MEAL IN SPEZIA

We came into Spezia looking for a place to eat. The street was wide and the houses high and yellow. We followed the tram-track into the centre of town. On the walls of the houses were stenciled eye-bugging portraits of Mussolini, with hand-painted “vivas”, the double V in black paint with drippings of paint down the wall. Side-streets went down to the harbor. It was bright and the people were all out for Sunday. The stone paving had been sprinkled and there were damp stretches in the dust. We went close to the curb to avoid a train.

“Let’s eat somewhere simple,” Guy said.

We stopped opposite two restaurant signs. We were standing across the street and I was buying the papers. The two restaurants were side by side. A woman standing in the doorway of one smiled at us and we crossed the street and went in.

It was dark inside and at the back of the room three girls were sitting at a table with an old woman. Across from us, at another table, sat a sailor. He sat there neither eating nor drinking. Further back, a young man in a blue suit was writing at a table. His hair was pomaded and shining and he was very smartly dressed and clean-cut looking.

The light came through the doorway, and through the window where vegetables, fruit, steaks, and chops were arranged in a show-case. A girl came and took our order and another girl stood in the doorway. We noticed that she wore nothing under her house dress. The girl who took our order put her arm around Guy's neck while we were looking at the menu. There were three girls in all, and they all took turns going and standing in the doorway. The old woman at the table in the back of the room spoke to them and they sat down again with her.

There was no doorway leading from the room except into the kitchen. A curtain hung over it. The girl who had taken our order came in from the kitchen with spaghetti. She put it on the table and brought a bottle of red wine and sat down at the table.

"Well," I said to Guy, "you wanted to eat at some place simple."

"This isn't simple, this is complicated."

"What do you say?" asked the girl. "Are you Germans?"

"South Germans," I said. "The South Germans are a gentle, lovable people."

"Don't understand," she said.

"What's the mechanics of this place?" Guy asked. "Do I have to let her put her arm around my neck?"

"Certainly," I said. "Mussolini has abolished brothels. This is a restaurant."

The girl wore a one-piece dress. She leaned forward against the table and put her hands on her breasts and smiled. She smiled better on one side than on the other and turned the good side toward us. The charm of the good side had been enhanced by some event which had smoothed the other side of her nose in, as warm wax can be smoothed. Her nose, however, did not look like warm wax. It was very cold and firmed, only smoothed in. "You like me?" she asked Guy.

"He adores you," I said. "But he doesn't speak Italian."

"Ich spreche Deutsch," she said, and stroked Guy's hair.

"Speak to the lady in your native tongue, Guy."

"Where do you come from?" asked the lady.

"Potsdam."

"And you will stay here now for a little while?"

"In this so dear Spezia?" I asked.

"Tell her we have to go," said Guy. "Tell her we are very ill, and have no money."

"My friend is a misogynist," I said, "an old German misogynist."

"Tell him I love him."

I told him.

"Will you shut your mouth and get us out of here?" Guy said. The lady had placed another arm around his neck. "Tell him he is mine," she said. I told him.

"Will you get us out of here?"

"You are quarreling," the lady said. "You do not love one another."

"We are Germans," I said proudly, "old South Germans."

"Tell him he is a beautiful boy," the lady said. Guy is thirty-eight and takes some pride in the fact that he is taken for a traveling salesman in France. "You are a beautiful boy," I said.

"Who says so?" Guy asked, "you or her?"

"She does. I'm just your interpreter. Isn't that what you got me in on this trip for?"

"I'm glad it's her," said Guy. "I don't want to have to leave you here too."

"I don't know. Spezia's a lovely place."

"Spezia," the lady said. "You are talking about Spezia."

"Lovely place," I said.

"It is my country," she said. "Spezia is my home and Italy is my country."

"She says that Italy is her country."

"Tell her it looks like her country," Guy said.

"What have you for dessert?" I asked.

"Fruit," she said. "We have bananas."

"Bananas are all right," Guy said. "They've got skins on."

"Oh, he takes bananas," the lady said. She embraced Guy.

"What does she say?" he asked, keeping his face out of the way.

"She is pleased because you take bananas."

"Tell her I don't take bananas."

"The signor does not take bananas."

"Ah," said the lady, crestfallen, "he doesn't take bananas."

"Tell her I take a cold bath every morning," Guy said.

"The signor takes a cold bath every morning."

"No understand," the lady said.

Across from us, the property sailor had not moved. No one in the place paid any attention to him.

"We want the bill," I said.

"Oh, no. You must stay."

"Listen," the clean-cut young man said from the table where he was writing, "let them go. These two are worth nothing."

The lady took my hand. "You won't stay? You won't ask him to stay?"

"We have to go," I said. "We have to get to Pisa, or if possible, Firenze, tonight. We can amuse ourselves in those cities at the end of the day. It is now the day. In the day we must cover distance."

"To stay a little while is nice."

"To travel is necessary during the light of day."

"Listen," the clean-cut young man said. "Don't bother to talk with these two. I tell you they are worth nothing and I know."

"Bring us the bill," I said. She brought the bill from the old woman and went back and sat at the table. Another girl came in from the kitchen. She walked the length of the room and stood in the doorway.

"Don't bother with these two," the clean-cut young man said in a wearied voice. "Come and eat. They are worth nothing."

We paid the bill and stood up. All the girls, the old woman, and the clean-cut young man sat down at the table together. The property sailor sat with his head in his hands. No one had spoken to him all the time we were at lunch. The girl brought us our change that the old woman counted out for her and went back to her place at the table. We left a tip on the table and went out. When we were seated in the car ready to start, the girl came out and stood in the door. We started and I waved to her. She did not wave, but stood there looking after us.

AFTER THE RAIN

It was raining hard when we passed through the suburbs of Genoa and, even going very slowly behind the tram-cars and the motor trucks, liquid mud splashed onto the sidewalks, so that people stepped into the doorways as they saw us coming. In San Pier d'Arena, the industrial suburb outside of Genoa, there is a wide street with two car-tracks and we drove down the centre to avoid sending the mud on to the men going home from work. On our left was the Mediterranean. There was a big sea running and waves broke and the wind blew the spray against the car. A riverbed that, when we had passed, going into Italy, had been wide, stony and dry, was running brown and up to the banks. The brown water discolored the sea and as the waves thinned and cleared in breaking, the light came through the yellow water and the crests, detached by the wind, blew across the road.

A big car passed us, going fast, and a sheet of muddy water rose up and over our wind-shield and radiator. The automatic wind-shield cleaner moved back and forth, spreading the film over the glass. We stopped and ate lunch at Sestri. There was no heat in the restaurant and we kept our hats and coats on. We could see the car outside, through the window. It was covered with mud and was stopped beside some boats that had been pulled up beyond the waves. In the restaurant you could see your breath.

The *pasta asciutta* was good; the wine tasted of alum, and we poured water into it. Afterward the waiter brought beefsteak and fried potatoes. A man and a woman sat at the far end of the restaurant. He was middle-aged and she was young and wore black. All during the meal she would blow out her breath in the cold damp air. The man would look at it and shake his head. They ate without talking and the man held her hand under the table. She was good-looking and they seemed very sad. They had a traveling-bag with them.

We had the papers and I read the account of the Shanghai fighting aloud to Guy. After the meal, he left with the waiter in search for a place which did not exist in the restaurant, and I cleaned off the wind-shield, the lights and the license plates with a rag. Guy came back and we backed the car out and started. The waiter had taken him across the road and into an old house. The people in the house were suspicious and the waiter had remained with Guy to see nothing was stolen.

"Although I don't know how, me not being a plumber, they expected me to steal anything," Guy said.

As we came up on a headland beyond the town, the wind struck the car and nearly tipped it over.

"It's good, it blows us away from the sea," Guy said.

"Well," I said, "they drowned Shelley somewhere along here."

"That was down by Viareggio," Guy said. "Do you remember what we came to this country for?"

"Yes," I said, "but we didn't get it."

"We'll be out of it tonight."

"If we can get past Ventimiglia."

"We'll see. I don't like to drive this coast at night." It was early afternoon and the sun was out. Below, the sea was blue with whitecaps running toward Savona. Back, beyond the cape, the brown and blue waters joined. Out ahead of us, a tramp steamer was going up the coast.

"Can you still see Genoa?" Guy asked.

"Oh, yes."

"That next big cape ought to put it out of sight."

"We'll see it a long time yet. I can still see Portofino Cape behind it."

Finally we could not see Genoa. I looked back as we came out and there was only the sea, and below, in the bay, a line of beach with fishing-boats and above, on the side of the hill, a town and then capes far down the coast.

"It's gone now," I said to Guy.

"Oh, it's been gone a long time now."

"But we couldn't be sure till we got way out."

There was a sign with a picture of an S-turn and Svolta Pericolosa. The road curved around the headland and the wind blew through the crack in the wind-shield. Below the cape was a flat stretch beside the sea. The wind had dried the mud and the wheels were beginning to lift dust. On the flat road we passed a Fascist riding a bicycle, a heavy revolver in a holster on his back. He held the middle of the road on his bicycle and we turned out for him. He looked up at us as we passed. Ahead there was a railway crossing, and as we came toward it the gates went down.

As we waited, the Fascist came up on his bicycle. The train went by and Guy started the engine.

"Wait," the bicycle man shouted from behind the car. "Your number's dirty."

I got out with a rag. The number had been cleaned at lunch.

"You can read it," I said.

"You think so?"

"Read it."

"I cannot read it. It is dirty."

I wiped it off with the rag.

"How's that?"

"Twenty-five lire."

"What?" I said. "You could have read it. It's only dirty from the state of the roads."

"You don't like Italian roads?"

"They are dirty."

"Fifty lire." He spat in the road. "Your car is dirty and you are dirty too."

"Good. And give me a receipt with your name."

He took out a receipt book, made in duplicate, and perforated, so one side could be given to the customer, and the other side filled in and kept as a stub. There was no carbon to record what the customer's ticket said.

"Give me fifty lire."

He wrote in indelible pencil, tore out the slip and handed it to me. I read it.

"This is for twenty-five lire."

"A mistake," he said, and changed the twenty-five to fifty.

"And now the other side. Make it fifty in the part you keep."

He smiled a beautiful Italian smile and wrote something on the receipt stub, holding it so I could not see.

"Go on," he said, "before your number gets dirty again."

We drove for two hours after it was dark and slept in Mentone that night. It seemed very cheerful and clean and sane and lovely. We had driven from Ventimiglia to Pisa and Florence, across the Romagna to Rimini, back through Forlì, Imola, Bologna, Parma, Piacenza and Genoa, to Ventimiglia again. The whole trip had only taken ten days. Naturally, in such a short trip, we had no opportunity to see how things were with the country or the people.

Fifty Grand

"How are you going yourself Jack?" I asked him.

"You seen this Walcott ?" he says.

"Just in the gym."

"Well," Jack says, "I'm going to need a lot of luck with that boy."

"He can't hit you, Jack," Soldier said.

"I wish to hell he couldn't."

"He couldn't hit you with a handful of bird-shot."

"Bird-shot'd be all right," Jack says. "I wouldn't mind bird-shot any."

"He looks easy to hit," I said.

"Sure," Jack says, "he ain't going to last long. He ain't going to last like you and me, Jerry. But right now he's got everything."

"You'll left-hand him to death."

"Maybe," Jack says. "Sure. I got a chance to."

"Handle him like you handled Kid Lewis"

"Kid Lewis," Jack said. "That kike!"

The three of us, Jack Brennan, Soldier Bartlett, and I were in Handley's. There were a couple of broads sitting at the next table to us. They had been drinking.

"What do you mean, kike?" one of the broads says. "What do you mean, kike, you big Irish bum?"

"Sure," Jack says. "That's it."

"Kikes," this broad goes on. "They're always talking about kikes, these big Irishmen. What do you mean, kikes?"

"Come on. Let's get out of here."

"Kikes," this broad goes on. "Whoever saw you ever buy a drink? Your wife sews your pockets up every morning. These Irishmen and their kikes? Ted Lewis could lick you too."

"Sure," Jack says. "And you give away a lot of things free too, don't you?"

We went out. That was Jack. He could say what he wanted to when he wanted to say it.

Jack started training out at Danny Hogan's health farm over in Jersey. It was nice out there but Jack didn't like it much. He didn't like being away from his wife and the kids, and he was sore and grouchy most of the time. He liked me and we got along fine together; and he liked Hogan, but after a while Soldier Bartlett commenced to get on his nerves. A kidder gets to be an awful thing around a camp if his stuff goes sort of sour. Soldier was always kidding Jack, just sort of kidding him all the time. It wasn't very funny and it wasn't very good, and it began to get to Jack. It was sort of stuff like this. Jack would finish up with the weights and the bag and pull on the gloves.

"You want to work?" he'd say to Soldier.

"Sure. How you want me to work?" Soldier would ask. "Want me to treat you rough like Walcott? Want me to knock you down a few times?"

"That's it," Jack would say. He didn't like it any, though.

One morning we were all out on the road. We'd been out quite a way and now we were coming back. We'd go along fast for three minutes and then walk a minute, and then go fast for three minutes again. Jack wasn't ever what you would call a sprinter. He'd move around fast enough in the ring if he had to, but he wasn't any too fast on the road. All the time we were walking Soldier was kidding him. We came up the hill to the farmhouse.

"Well," says Jack, "you better go back to town, Soldier."

"What do you mean?"

"You better go back to town and stay there."

"What's the matter?"

"I'm sick of hearing you talk."

"Yes?" says Soldier.

"Yes," says Jack.

"You'll be a damn sight sicker when Walcott gets through with you."

"Sure," says Jack, "maybe I will. But I know I'm sick of you."

So Soldier went off on the train to town that same morning. I went with him to the train. He was good and sore.

"I was just kidding him," he said. We were waiting on the platform. "He can't pull that stuff with me, Jerry."

"He's nervous and crabby," I said. "He's a good fellow, Soldier."

"The hell he is. The hell he's ever been a good fellow."

"Well," I said, "so long, Soldier."

The train had come in. He climbed up with his bag.

"So long, Jerry," he says. "You be in town before the fight?"

"I don't think so."

"See you then."

He went in and the conductor swung up and the train went out. I rode back to the farm in the cart. Jack was on the porch writing a letter to his wife. The mail had come and I got the papers and went over on the other side of the porch and sat down to read. Hogan came out the door and walked over to me.

"Did he have a jam with Soldier?"

"Not a jam," I said. "He just told him to go back to town."

"I could see it coming," Hogan said. "He never liked Soldier much."

"No. He don't like many people."

"He's a pretty cold one," Hogan said.

"Well, he's always been fine to me."

"Me too," Hogan said. "I got no kick on him. He's a cold one, though."

Hogan went in through the screen door and I sat there on the porch and read the papers. It was just starting to get fall weather and it's nice country there in Jersey, up in the hills, and after I read the paper through I sat there and looked out at the country and the road down below against the woods with cars going along it, lifting the dust up. It was fine weather and pretty nice-looking country. Hogan came to the door and I said, "Say, Hogan, haven't you got anything to shoot here?"

"No," Hogan said. "Only sparrows."

"Seen the paper?" I said to Hogan.

"What's in it?"

"Sande booted three of them in yesterday."

"I got that on the telephone last night."

"You follow them pretty close, Hogan?" I asked.

"Oh, I keep in touch with them," Hogan said.

"How about Jack?" I said. "Does he still play them?"

"Him?" said Hogan. "Can you see him doing it?"

Just then Jack came around the corner with the letter in his hand. He's wearing a sweater and an old pair of pants and boxing shoes.

"Got a stamp, Hogan?" he asks.

"Give me that letter," Hogan said. "I'll mail it for you."

"Say, Jack," I said, "didn't you used to play the ponies?"

"Sure."

"I knew you did. I knew I used to see you out at Sheepshead."

"What did you lay off them for?" Hogan asked.

"Lost money."

Jack sat down on the porch by me. He leaned back against a post. He shut his eyes in the sun.

"Want a chair?" Hogan asked.

"No," said Jack. "This is fine."

"It's a nice day," I said. "It's pretty nice out in the country."

"I'd a damn sight rather be in town with the wife."

"Well, you only got another week."

"Yes," Jack says. "That's so."

We sat there on the porch. Hogan was inside at the office.

"What do you think about the shape I'm in?" Jack asked me.

"Well, you can't tell," I said. "You got a week to get around into form."

"Don't stall me."

"Well," I said, "you're not right."

"I'm not sleeping," Jack said.

"You'll be all right in a couple of days."

"No," said Jack, "I got the insomnia."

"What's on your mind?"

"I miss the wife."

"Have her come out."

"No. I'm too old for that."

"We'll take a long walk before you turn in and get you good and tired."

"Tired!" Jack says. "I'm tired all the time."

He was that way all week. He wouldn't sleep at night and he'd get up in the morning feeling that way, you know, when you can't shut your hands.

"He's stale as poorhouse cake," Hogan said. "He's nothing."

"I never seen Walcott," I said.

"He'll kill him," said Hogan. "He'll tear him in two."

"Well," I said, "everybody's got to get it sometime."

"Not like this, though," Hogan said. "They'll think he never trained. It gives the farm a black eye."

"You hear what the reporters said about him?"

"Didn't I! They said he was awful. They said they oughtn't to let him fight."

"Well," I said, "they're always wrong, ain't they?"

"Yes," said Hogan. "But this time they're right."

"What the hell do they know about whether a man's right or not?"

"Well," said Hogan, "they're not such fools."

"All they did was pick Willard at Toledo. This Lardner he's so wise now, ask him about when he picked Willard at Toledo."

"Aw, he wasn't out," Hogan said. "He only writes the big fights."

"I don't care who they are," I said. "What the hell do they know? They can write maybe, but what the hell do they know?"

"You don't think Jack's in any shape, do you?" Hogan asked.

"No. He's through. All he needs is to have Corbett pick him to win for it to be all over."

"Well, Corbett'll pick him," Hogan says.

"Sure. He'll pick him."

That night Jack didn't sleep any either. The next morning was the last day before the fight. After breakfast we were out on the porch again.

"What do you think about, Jack, when you can't sleep?" I said.

"Oh, I worry," Jack says. "I worry about property I got up in the Bronx, I worry about property I got in Florida. I worry about the kids. I worry about the wife. Sometimes I think about fights. I think about that kike Ted Lewis and I get sore. I got some stocks and I worry about them. What the hell don't I think about?"

"Well," I said, "tomorrow night it'll all be over."

"Sure," said Jack. "That always helps a lot, don't it? That just fixes everything all up, I suppose. Sure."

He was sore all day. We didn't do any work. Jack just moved around a little to loosen up. He shadow-boxed a few rounds. He didn't even look good doing that. He skipped the rope a little while. He couldn't sweat.

"He'd be better not to do any work at all," Hogan said. We were standing watching him skip rope. "Don't he ever sweat at all any more?"

"He can't sweat."

"Do you suppose he's got the con? He never had any trouble making weight, did he?"

"No, he hasn't got any con. He just hasn't got anything inside any more."

"He ought to sweat," said Hogan.

Jack came over, skipping the rope. He was skipping up and down in front of us, forward and back, crossing his arms every third time.

"Well," he says. "What are you buzzards talking about?"

"I don't think you ought to work any more," Hogan says. "You'll be stale."

"Wouldn't that be awful?" Jack says and skips away down the floor, slapping the rope hard.

That afternoon John Collins showed up out at the farm. Jack was up in his room. John came out in a car from town. He had a couple of friends with him. The car stopped and they all got out.

"Where's Jack?" John asked me.

"Up in his room, lying down."

"Lying down?"

"Yes," I said.

"How is he?"

I looked at the two fellows that were with John.

"They're friends of his," John said.

"He's pretty bad," I said.

"What's the matter with him?"

"He don't sleep."

"Hell," said John. "That Irishman could never sleep."

"He isn't right," I said.

"Hell," John said. "He's never right. I've had him for ten years and he's never been right yet."

The fellows who were with him laughed.

"I want you to shake hands with Mr. Morgan and Mr. Steinfelt," John said. "This is Mr. Doyle. He's been training Jack."

"Glad to meet you," I said.

"Let's go up and see the boy," the fellow called Morgan said.

"Let's have a look at him," Steinfelt said.

We all went upstairs.

"Where's Hogan?" John asked.

"He's out in the barn with a couple of his customers," I said.

"He got many people out here now?" John asked.

"Just two."

"Pretty quiet, ain't it?" Morgan said.

"Yes," I said. "It's pretty quiet."

We were outside Jack's room. John knocked on the door. There wasn't an answer.

"Maybe he's asleep," I said.

"What the hell's he sleeping in the daytime for?"

John turned the handle and we all went in. Jack was lying asleep on the bed. He was face down and his face was in the pillow. Both his arms were around the pillow.

"Hey, Jack!" John said to him.

Jack's head moved a little on the pillow. "Jack!" John says, leaning over him. Jack just dug a little deeper in the pillow. John touched him on the shoulder. Jack sat up and looked at us. He hadn't shaved and he was wearing an old sweater.

"Christ! Why can't you let me sleep?" he says to John.

"Don't be sore," John says. "I didn't mean to wake you up."

"Oh no," Jack says. "Of course not."

"You know Morgan and Steinfelt," John said.

"Glad to see you," Jack says.

"How do you feel, Jack?" Morgan asks him.

"Fine," Jack says. "How the hell would I feel?"

"You look fine," Steinfelt says.

"Yes, don't I," says Jack. "Say," he says to John. "You're my manager. You get a big enough cut. Why the hell don't you come out here when the reporters was out! You want Jerry and me to talk to them?"

"I had Lew fighting in Philadelphia," John said.

"What the hell's that to me?" Jack says. "You're my manager. You get a big enough cut, don't you? You aren't making me any money in Philadelphia, are you? Why the hell aren't you out here when I ought to have you?"

"Hogan was here."

"Hogan," Jack says. "Hogan's as dumb as I am."

"Soldier Bartlett was out here working with you for a while, wasn't he?" Steinfelt said to change the subject.

"Yes, he was out here," Jack says. "He was out here all right."

"Say, Jerry," John said to me. "Would you go and find Hogan and tell him we want to see him in about half an hour?"

"Sure," I said.

"Why the hell can't he stick around?" Jack says. "Stick around, Jerry."

Morgan and Steinfelt looked at each other.

"Quiet down, Jack," John said to him.

"I better go find Hogan," I said.

"All right, if you want to go," Jack says. "None of these guys are going to send you away, though."

"I'll go find Hogan," I said.

Hogan was out in the gym in the barn. He had a couple of his health-farm patients with the gloves on. They neither one wanted to hit the other, for fear the other would come back and hit him.

"That'll do," Hogan said when he saw me come in. "You can stop the slaughter. You gentlemen take a shower and Bruce will rub you down."

They climbed out through the ropes and Hogan came over to me.

"John Collins is out with a couple of friends to see Jack," I said.

"I saw them come up in the car."

"Who are the two fellows with John?"

"They're what you call wise boys," Hogan said. "Don't you know them two?"

"No," I said.

That's Happy Steinfelt and Lew Morgan. They got a pool-room."

"I been away a long time," I said.

"Sure," said Hogan. "That Happy Steinfelt's a big operator."

"I've heard his name," I said.

"He's a pretty smooth boy," Hogan said. "They're a couple of sharpshooters."

"Well," I said. "They want to see us in half an hour."

"You mean they don't want to see us until half an hour?"

"That's it."

"Come on in the office," Hogan said. "To hell with those sharpshooters."

After about thirty minutes or so Hogan and I went upstairs. We knocked on Jack's door. They were talking inside the room.

"Wait a minute," somebody said.

"To hell with that stuff," Hogan said. "When you want me I'm down in the office."

We heard the door unlock. Steinfelt opened it.

"Come on in, Hogan," he says. "We're all going to have a drink."

"Well," says Hogan. "That's something."

We went in. Jack was sitting on the bed. John and Morgan were sitting on a couple of chairs. Steinfelt was standing up.

"You're a pretty mysterious lot of boys," Hogan said.

"Hello, Danny," John says.

"Hello, Danny," Morgan says and shakes hands.

Jack doesn't say anything. He just sits there on the bed. He ain't with the others. He's all by himself. He was wearing an old blue jersey and pants and had on boxing shoes. He needed a shave. Steinfelt and Morgan were dressers. John was quite a dresser too. Jack sat there looking Irish and tough.

Steinfelt brought out a bottle and Hogan brought in some glasses and everybody had a drink. Jack and I took one and the rest of them went on and had two or three each.

"Better save some for your ride back," Hogan said.

"Don't you worry. We got plenty," Morgan said.

Jack hadn't drunk anything since the one drink. He was standing up and looking at them. Morgan was sitting on the bed where Jack had sat.

"Have a drink, Jack," John said and handed him the glass and the bottle.

"No," Jack said, "I never liked to go to these wakes."

They all laughed. Jack didn't laugh.

They were all feeling pretty good when they left. Jack stood on the porch when they got into the car. They waved to him.

"So long," Jack said.

We had supper. Jack didn't say anything all during the meal except, "Will you pass me this?" or "Will you pass me that?" The two health-farm patients ate at the same table with us. They were pretty nice fellows. After we finished eating we went out on the porch. It was dark early.

"Like to take a walk, Jerry?" Jack said.

"Sure," I said.

We put on our coats and started out. It was quite a way down to the main road and then we walked along the main road about a mile and a half. Cars kept going by and we would pull out to one side until they were past. Jack didn't say anything. After we had stepped out into the bushes to let a big car go by Jack said, "To hell with this walking. Come on back to Hogan's". We went along a side road that cut up over the hill and cut across the fields back to Hogan's. We could see the lights of the house up on the hill. We came around to the front of the house and there standing in the doorway was Hogan.

"Have a good walk?" Hogan asked.

"Oh, fine," Jack said. "Listen, Hogan. Have you got any liquor?"

"Sure," says Hogan. "What's the idea?"

"Send it up to the room," Jack says. "I'm going to sleep tonight."

"You're the doctor," Hogan says.

"Come on up to the room, Jerry," Jack says.

Upstairs Jack sat on the bed with his head in his hands.

"Ain't it a life?" Jack says.

Hogan brought in a quart of liquor and two glasses.

"Want some ginger ale?"

"What do you think I want to do, get sick?"

"I just asked you," said Hogan.

"Have a drink?" said Jack.

"No, thanks," said Hogan. He went out.

"How about it, Jerry?"

"I'll have one with you," I said.

Jack poured out a couple of drinks. "Now," he said, "I want to take it slow and easy."

"Put some water in it," I said.

"Yes," Jack said. "I guess that's better."

We had a couple of drinks without saying anything. Jack started to pour me another.

"No," I said, "that's all I want."

"All right," Jack said. He poured himself out another big shot and put water in it. He was lighting up a little.

"That was a fine bunch out here this afternoon," he said. "They don't take any chances, those two."

Then a little later, "Well," he says, "they're right. What the hell's the good in taking chances?"

"Don't you want another, Jerry?" he said. "Come on, drink along with me."

"I don't need it, Jack," I said. "I feel all right."

"Just have one more," Jack said. It was softening him up.

"All right," I said.

Jack poured one for me and another big one for himself.

"You know," he said, "I like liquor pretty well. If I hadn't been boxing I would have drunk quite a lot."

"Sure," I said.

"You know," he said, "I missed a lot, boxing."

"You made plenty of money."

"Sure, that's what I'm after. You know I miss a lot, Jerry."

"How do you mean?"

"Well," he says, "like about the wife. And being away from home so much. It don't do my girls any good. 'Whose your old man?' some of those society kids'll say to them. 'My old man's Jack Brennan.' That don't do them any good."

"Hell," I said, "all that makes a difference is if they got dough."

"Well," says Jack, "I got the dough for them all right."

He poured out another drink. The bottle was about empty.

"Put some water in it," I said. Jack poured in some water.

"You know," he says, "you ain't got any idea how I miss the wife."

"Sure."

"You ain't got any idea. You can't have an idea what it's like."

"It ought to be better out in the country than in town."

"With me now," Jack said, "it don't make any difference where I am. You can't have an idea what it's like."

"Have another drink."

"Am I getting soused? Do I talk funny?"

"You're coming on all right."

"You can't have an idea what it's like. They ain't anybody can have an idea what it's like."

"Except the wife," I said.

"She knows," Jack said. "She knows all right. She knows. You bet she knows."

"Put some water in that," I said.

"Jerry," says Jack, "you can't have an idea what it gets to be like."

He was good and drunk. He was looking at me steady. His eyes were sort of too steady.

"You'll sleep all right," I said.

"Listen, Jerry," Jack says. "You want to make some money? Get some money down on Walcott."

"Yes?"

"Listen, Jerry." Jack put down the glass. "I'm not drunk now, see? You know what I'm betting on him? Fifty grand."

"That's a lot of dough."

"Fifty grand," Jack says, "at two to one. I'll get twenty-five thousand bucks. Get some money on him, Jerry."

"It sounds good," I said.

"How can I beat him?" Jack says. "It ain't crooked. How can I beat him? Why not make money on it?"

"Put some water in that," I said.

"I'm through after this fight," Jack says. "I'm through with it. I got to take a beating. Why shouldn't I make money on it?"

"Sure."

"I ain't slept for a week," Jack says. "All night I lay awake and worry my can off. I can't sleep, Jerry. You ain't got an idea what it's like when you can't sleep."

"Sure."

"I can't sleep. That's all. I just can't sleep. What's the use of taking care of yourself all these years when you can't sleep?"

"It's bad."

"You ain't got an idea what it's like, Jerry, when you can't sleep."

"Put some water in that," I said.

Well, about eleven o'clock Jack passes out and I put him to bed. Finally he's so he can't keep from sleeping. I helped him get his clothes off and got him into bed.

"You'll sleep all right, Jack," I said.

"Sure," Jack says. "I'll sleep now."

"Good night, Jack," I said.

"Good night, Jerry," Jack says. "You're the only friend I got."

"Oh, hell," I said.

"You're the only friend I got," Jack says, "the only friend I got."

"Go to sleep," I said.

"I'll sleep," Jack says.

Downstairs Hogan was sitting at the desk in the office reading the papers. He looked up. "Well, you get your boy friend to sleep?" he asks.

"He's off."

"It's better for him than not sleeping," Hogan said.

"Sure."

"You'd have a hell of a time explaining that to these sports writers though," Hogan said.

"Well, I'm going to bed myself," I said.

"Good night," said Hogan.

In the morning I came downstairs about eight o'clock and got some breakfast. Hogan had his customers out in the barn doing exercises. I went out and watched them.

"One! Two! Three! Four!" Hogan was counting for them. "Hello, Jerry," he said. "Is Jack up yet?"

"No. He's still sleeping."

I went back to my room and packed up to go to town. About nine-thirty I heard Jack getting up in the next room. When I heard him go downstairs I went down after him. Jack was sitting at the breakfast table. Hogan had come in and was standing beside the table.

"How do you feel, Jack?" I asked him.

"Not so bad."

"Sleep well?" Hogan asked.

"I slept all right," Jack said. "I got a thick tongue but I ain't got a head."

"Good," said Hogan. "That was good liquor."

"Put it on the bill," Jack says.

"What time you want to go into town?" Hogan asked.

"Before lunch," Jack says. "The eleven o'clock train."

"Sit down, Jerry," Jack says. Hogan went out.

I sat down at the table. Jack was eating a grapefruit. When he'd find a seed he'd spit it out in the spoon and dump it on the plate.

"I guess I was pretty stewed last night," he started.

"You drank some liquor."

"I guess I said a lot of fool things."

"You weren't bad."

"Where's Hogan?" he asked. He was through with the grapefruit.

"He's out in front in the office."

"What did I say about betting on the fight?" Jack asked. He was holding the spoon and sort of poking at the grapefruit with it.

The girl came in with some ham and eggs and took away the grapefruit.

"Bring me another glass of milk," Jack said to her. She went out.

"You said you had fifty grand on Walcott," I said.

"That's right," Jack said.

"That's a lot of money."

"I don't feel too good about it," Jack said.

"Something might happen."

"No," Jack said. "He wants the title bad. They'll be shooting with him all right."

"You can't ever tell."

"No. He wants the title. It's worth a lot of money to him."

"Fifty grand is a lot of money," I said.

"It's business," said Jack. "I can't win. You know I can't win anyway."

"As long as you're in there you got a chance."

"No," Jack says. "I'm all through. It's just business."

"How do you feel?"

"Pretty good," Jack said. "The sleep was what I needed."

"You might go good."

"I'll give them a good show," Jack said.

After breakfast Jack called up his wife on the long-distance. He was inside the booth telephoning.

"That's the first time he's called her up since he's out here," Hogan said.

"He writes her every day."

"Sure," Hogan says, "a letter only costs two cents."

Hogan said good-bye to us and Bruce, the nigger rubber, drove us down to the train in the cart.

"Good-bye, Mr. Brennan," Bruce said at the train, "I sure hope you knock his can off."

"So long," Jack said. He gave Bruce two dollars. Bruce had worked on him a lot. He looked kind of disappointed. Jack saw me looking at Bruce holding the two dollars.

"It's all in the bill," he said. "Hogan charged me for the rubbing."

On the train going to town Jack didn't talk. He sat in the corner of the seat with his ticket in his hat-band and looked out of the window. Once he turned and spoke to me.

"I told the wife I'd take a room at the Shelby tonight," he said. "It's just around the corner from the Garden. I can go up to the house tomorrow morning."

"That's a good idea," I said. "Your wife ever see you fight, Jack?"

"No," Jack says. "She never seen me fight."

I thought he must be figuring on taking an awful beating if he doesn't want to go home afterwards. In town we took a taxi up to the Shelby. A boy came out and took our bags and we went to the desk.

"How much are the rooms?" Jack asked.

"We only have double rooms," the clerk says. "I can give you a nice double room for ten dollars."

"That's too steep."

"I can give you a double room for seven dollars."

"With a bath?"

"Certainly."

"You might as well bunk with me, Jerry," Jack says.

"Oh," I said. "I'll sleep down at my brother-in-law's."

"I don't mean for you to pay it," Jack says. "I just want to get my money's worth."

"Will you register, please?" the clerk says. He looked at the names. "Number 238, Mister Brennan."

We went up in the elevator. It was a nice big room with two beds and a door opening into a bathroom.

"This is pretty good," Jack says.

The boy who brought us up pulled up the curtains and brought in our bags. Jack didn't make any move, so I gave the boy a quarter. We washed up and Jack said we better go out and get something to eat.

We ate a lunch at Jimmy Handley's place. Quite a lot of the boys were there. When we were about half through eating, John came in and sat down with us. Jack didn't talk much.

"How are you on the weight, Jack?" John asked him. Jack was putting away a pretty good lunch.

"I could make it with my clothes on," Jack said. He never had to worry about taking off weight. He was a natural welter weight and he'd never gotten fat. He'd lost weight out at Hogan's.

"Well, that's one thing you never had to worry about." John said.

"That's one thing," Jack says.

We went around to the Garden to weigh in after lunch. The match was made at a hundred forty-seven pounds at three o'clock. Jack stepped on the scales with a towel around him. The bar didn't move. Walcott had just weighed and was standing with a lot of people around him.

"Let's see what you weigh, Jack," Freedman, Walcott's manager, said.

"All right, weigh *him* then," Jack jerked his head toward Walcott.

"Drop the towel," Freedman said.

"What do you make it?" Jack asked the fellows who were weighing.

"One hundred and forty-three pounds," the fat man who was weighing said.

"You're down fine, Jack," Freedman says.

"Weigh *him*," Jack says.

Walcott came over. He was blond with wide shoulders and arms like a heavyweight. He didn't have much legs. Jack stood about half a head taller than he did.

"Hello, Jack," he said. His face was plenty marked up.

"Hello," said Jack. "How do you feel?"

"Good," Walcott says. He dropped the towel from around his waist and stood on the scales. He had the widest shoulders and back you ever saw.

"One hundred and forty-six pounds and twelve ounces."

Walcott stepped off and grinned at Jack.

"Well," John says to him, "Jack's spotting you about four pounds."

"More than that when I come in, kid," Walcott says. "I'm going to go and eat now."

We went back and Jack got dressed. "He's a pretty tough-looking boy," Jack says to me.

"He looks as though he'd been hit plenty of times."

"Oh, yes," Jack says. "He ain't hard to hit."

"Where are you going?" John asked when Jack was dressed.

"Back to the hotel," Jack says. "You looked after everything?"

"Yes," John says. "It's all looked after."

"I'm going to lie down for a while," Jack says.

"I'll come around for you about a quarter to seven and we'll go and eat."

"All right."

Up at the hotel Jack took off his shoes and his coat and lay down for a while. I wrote a letter. I looked over a couple of times and Jack wasn't sleeping. He was lying perfectly still but every once in a while his eyes would open. Finally he sits up.

"Want to play some cribbage, Jerry?" he says.

"Sure," I said.

He went over to his suitcase and got out the cards and the cribbage board. We played cribbage and he won three dollars off me. John knocked at the door and came in.

"You want to play some cribbage, John?" Jack asked him.

John put his hat down on the table. It was all wet. His coat was wet too.

"Is it raining?" Jack asks.

"It's pouring," John says. "The taxi I had got tied up in the traffic and I got out and walked."

"Come on, play some cribbage," Jack says.

"You ought to go and eat."

"No," says Jack. "I don't want to eat yet."

So they played cribbage for about half an hour and Jack won a dollar and a half off him.

"Well, I suppose we got to go eat," Jack says. He went to the window and looked out.

"Is it still raining?"

"Yes."

"Let's eat in the hotel," John says.

"All right," Jack says, "I'll play you once more to see who pays for the meal."

After a little while Jack gets up and says, "You buy the meal, John," and we went downstairs and ate in the big dining-room.

After we ate we went upstairs and Jack played cribbage with John again and won two dollars and a half off him. Jack was feeling pretty good. John had a bag with him with all his stuff in it. Jack took off his shirt and collar and put on a jersey and a sweater, so he wouldn't catch cold when he came out, and put his ring clothes and bathrobe in a bag.

"You all ready?" John asks him. "I'll call up and have them get a taxi."

Pretty soon the telephone rang and they said the taxi was waiting.

We rode down in the elevator and went out through the lobby, and got in a taxi and rode around to the Garden. It was raining hard but there was a lot of people outside on the streets. The Garden was sold out. As we came in on our way to the dressing-room I saw how full it was. It looked like half a mile down to the ring. It was all dark. Just the lights over the ring.

"It's a good thing, with this rain, they didn't try and pull this fight in the ball park," John said.

"They got a good crowd," Jack says.

"This is a fight that would draw a lot more than the Garden could hold."

"You can't tell about the weather," Jack says.

John came to the door of the dressing-room and poked his head in. Jack was sitting there with his bathrobe on, he had his arms folded and was looking at the floor. John had a couple of handlers with him. They looked over his shoulder. Jack looked up.

"Is he in?" he asked.

"He's just gone down," John said.

We started down. Walcott was just getting into the ring. The crowd gave him a big hand. He climbed through between the ropes and put his two fists together and smiled, and shook them at the crowd, first at one side of the ring, then at the other, and then sat down. Jack got a good hand coming down through the crowd. Jack is Irish and the Irish always get a pretty good hand. An Irishman don't draw in New York like a Jew or an Italian but they always get a good hand. Jack climbed up and bent down to go through the ropes and Walcott came over from his corner and pushed the rope down for Jack to go through. The crowd thought that was wonderful. Walcott put his hand on Jack's shoulder and they stood there just for a second.

"So you're going to be one of these popular champions," Jack says to him. "Take your goddam hand off my shoulder."

"Be yourself," Walcott says.

This is all great for the crowd. How gentlemanly the boys are before the fight! How they wish each other luck!

Solly Freedman came over to our corner while Jack is bandaging his hands and John is over in Walcott's corner. Jack put his thumb through the slit in the bandage and then wrapped his hand nice and smooth. I taped it around the wrist and twice across the knuckles.

"Hey," Freedman says. "Where do you get all that tape?"

"Feel of it," Jack says. "It's soft, ain't it? Don't be a hick."

Freedman stands there all the time while Jack bandages the other hand and one of the boys that's going to handle him brings the gloves and I pull them on and work them around.

"Say, Freedman," Jack asks, "what nationality is this Walcott?"

"I don't know," Solly says. "He's some sort of a Dane."

"He's a Bohemian," the lad who brought the gloves said.

The referee called them out to the centre of the ring and Jack walks out. Walcott comes out smiling. They met and the referee put his arm on each of their shoulders.

"Hello, popularity," Jack says to Walcott.

"Be yourself."

"What do you call yourself 'Walcott' for?" Jack says. "Didn't you know he was a nigger?"

"Listen—" says the referee, and he gives them the same old line. Once Walcott interrupts him. He grabs Jack's arm, and says, "Can I hit when he's got me like this?"

"Keep your hands off me," Jack says. "There ain't no moving-pictures of this."

They went back to their corners. I lifted the bathrobe off Jack and he leaned on the ropes and flexed his knees a couple of times and scuffed his shoes in the rosin. The gong rang and Jack turned quick and went out. Walcott came toward him and they touched gloves and as soon as Walcott dropped his hands Jack jumped his left into his face twice. There wasn't anybody ever boxed better than Jack. Walcott was after him, going forward all the time with his chin on his chest. He's a hooker and he carries his hands pretty low. All he knows is to get in there and sock. But every time he gets in there close, Jack has the left hand in his face. It's just as though it's automatic. Jack just raises the left hand up and it's in Walcott's face. Three or four times Jack brings the right over but Walcott gets it on the shoulder or high up on the head. He's just like all these hookers. The only thing he's afraid of is another one of the same kind. He's covered everywhere you can hurt him. He don't care about a left hand in his face.

After about four rounds Jack has him bleeding bad and his face all cut up, but every time Walcott's got in close he's socked so hard he's got two big red patches on both sides just below Jack's ribs. Every time he gets in close, Jack ties him up, then gets one hand loose and uppercuts him, but when Walcott gets his hands loose he socks Jack in the body so they can hear it outside in the street. He's a socker.

It goes along like that for three rounds more. They don't talk any. They're working all the time. We worked over Jack plenty too, in between the rounds. He don't look good at all but he never does much work in the ring. He don't move around much and the left hand is just automatic. It's just like it was connected with Walcott's face and Jack just had to wish it in every time. Jack is always calm in close and he doesn't waste any juice. He knows everything about working in close too and he's getting away with a lot of stuff. While they were in our corner I watched him tie Walcott up, get his right hand loose, turn it and come up with an uppercut that got Walcott's nose with the heel of the glove. Walcott was bleeding bad and leaned his nose on Jack's shoulder so as to give Jack some of it too, and Jack sort of lifted his shoulder sharp and caught him against the nose, and then brought down the right hand and did the same thing again.

Walcott was sore as hell. By the time they'd gone five rounds he hated Jack's guts. Jack wasn't sore; that is, he wasn't any sorer than he always was. He certainly did used to make the fellows he fought hate boxing. That was why he hated Kid Lewis so. He never got Kid's goat.

Kid Lewis always had about three new dirty things Jack couldn't do. Jack was as safe as a church all the time he was in there, as long as he was strong. He certainly was treating Walcott rough. The funny thing was it looked as though Jack was an open classic boxer. That was because he had all that stuff too.

After the seventh round Jack says, "My left's getting heavy."

From then he started to take a beating. It didn't show at first. But instead of him running the fight it was Walcott was running it, instead of being safe all the time now he was in trouble. He couldn't keep him out with the left hand now. It looked as though it was the same as ever, only now instead of Walcott's punches just missing him they were just hitting him. He took an awful beating in the body.

"What's the round?" Jack asked.

"The eleventh."

"I can't stay," Jack says. "My legs are going bad."

Walcott had been hitting him for a long time. It was like a baseball catcher pulls the ball and takes some of the shock off. From now on Walcott commenced to land solid. He certainly was a socking-machine. Jack was just trying to block everything now. It didn't show what an awful beating he was taking. In between the rounds I worked on his legs. The muscles would flutter under my hands all the time I was rubbing them. He was sick as hell.

"How's it go?" he asked John, turning around, his face all swollen.

"It's his fight."

"I think I can last," Jack says. "I don't want this bohunk to stop me."

It was going just the way he thought it would. He knew he couldn't beat Walcott. He wasn't strong any more. He was all right though. His money was all right and now he wanted to finish it off right to please himself. He didn't want to be knocked out.

The gong rang and we pushed him out. He went out slow. Walcott came right out after him. Jack put the left in his face and Walcott took it, came in under it and started working on Jack's body. Jack tried to tie him up and it was just like trying to hold on to a buzz-saw. Jack broke away from it and missed with the right. Walcott clipped him with a left hook and Jack went down. He went down on his hands and knees and looked at us. The referee started counting. Jack was watching us and shaking his head. At eight John motioned to him. You couldn't hear on account of the crowd. Jack got up. The referee had been holding Walcott back with one arm while he counted.

When Jack was on his feet Walcott started toward him.

"Watch yourself, Jimmy," I heard Solly Freedman yell to him.

Walcott came up to Jack looking at him. Jack stuck the left hand at him. Walcott just shook his head. He backed Jack up against the ropes, measured him and then hooked the left very light to the side of Jack's head and socked the right into the body as hard as he could sock, just as low as he could get it. He must have hit him five inches below the belt. I thought the eyes would come out of Jack's head. They stuck way out. His mouth came open.

The referee grabbed Walcott. Jack stepped forward. If he went down there went fifty thousand bucks. He walked as though all his insides were going to fall out.

"It wasn't low," he said. "It was an accident."

The crowd were yelling so you couldn't hear anything.

"I'm all right," Jack says. They were right in front of us. The referee looks at John and then he shakes his head.

"Come on, you polak son-of-a-bitch," Jack says to Walcott.

John was hanging on to the ropes. He had the towel ready to chuck in. Jack was standing just a little way out from the ropes. He took a step forward. I saw the sweat come out on his face like somebody had squeezed it and a big drop went down his nose.

"Come on and fight," Jack says to Walcott.

The referee looked at John and waved Walcott on.

"Go in there, you slob," he says.

Walcott went in. He didn't know what to do either. He never thought Jack could have stood it. Jack put the left in his face. There was such a hell of a lot of yelling going on. They were right in front of us. Walcott hit him twice. Jack's face was the worst thing I ever saw—the look on it! He was holding himself and all his body together and it all showed on his face. All the time he was thinking and holding his body in where it was busted.

Then he started to sock. His face looked awful all the time. He started to sock with his hands low down by his side, swinging at Walcott. Walcott covered up and Jack was swinging wild at Walcott's head. Then he swung the left and it hit Walcott in the groin and the right hit Walcott right bang where he'd hit Jack. Way low below the belt. Walcott went down and grabbed himself there and rolled and twisted around.

The referee grabbed Jack and pushed him toward his corner. John jumps into the ring. There was all this yelling going on. The referee was talking with the judges and then the announcer got into the ring with the megaphone and says, “Walcott on a foul.”

The referee is talking to John and he says, “What could I do? Jack wouldn’t take the foul. Then when he’s groggy he fouls him.”

“He’d lost it anyway,” John says.

Jack’s sitting on the chair. I’ve got his gloves off and he’s holding himself in down there with both hands. When he’s got something supporting it his face doesn’t look so bad.

“Go over and say you’re sorry,” John says into his ear. “It’ll look good.”

Jack stands up and the sweat comes out all over his face. I put the bathrobe around him and he holds himself with one hand under the bathrobe and goes across the ring. They’ve picked Walcott up and they’re working on him. There’re a lot of people in Walcott’s corner. Nobody speaks to Jack. He leans over Walcott.

“I’m sorry,” Jack says. “I didn’t mean to foul you.”

Walcott doesn’t say anything. He looks too damned sick.

“Well, you’re the champion now,” Jack says to him. “I hope you get a hell of a lot of fun out of it.”

“Leave the kid alone,” Solly Freedman says.

“Hello, Solly,” Jack says. “I’m sorry I fouled your boy.”

Freedman just looks at him.

Jack went to his corner walking that funny jerky way and we got him down through the ropes and through the reporters’ tables and out down the aisle. A lot of people want to slap Jack on the back. He goes out through all that mob in his bathrobe to the dressing-room. It’s a popular win for

Walcott. That's the way the money was bet in the Garden.

Once we got inside the dressing-room, Jack lay down and shut his eyes.

"We want to get to the hotel and get a doctor," John says.

"I'm all busted inside," Jack says.

"I'm sorry as hell, Jack," John says.

"It's all right," Jack says.

He lies there with his eyes shut.

"They certainly tried a nice double-cross," John said.

"Your friends Morgan and Steinfelt," Jack said. "You got nice friends."

He lies there, his eyes are open now. His face has still got that awful drawn look.

"It's funny how fast you can think when it means that much money," Jack says.

"You're some boy, Jack," John says.

"No," Jack says. "It was nothing."

A Simple Enquiry

OUTSIDE, the snow was higher than the window. The sunlight came in through the window and shone on a map on the pineboard wall of the hut. The sun was high and the light came in over the top of the snow. A trench had been cut along the open side of the hut, and each clear day the sun, shining on the wall, reflected heat against the snow and widened the trench. It was late March. The major sat at a table against the wall. His adjutant sat at another table.

Around the major's eyes were two white circles where his snow-glasses had protected his face from the sun on the snow. The rest of his face had been burned and then tanned and then burned through the tan. His nose was swollen and there were edges of loose skin where blisters had been. While he worked at the papers he put the fingers of his left hand into a saucer of oil and then spread the oil over his face, touching it very gently with the tips of his fingers. He was very careful to drain his fingers on the edge of the saucer so there was only a film of oil on them, and after he had stroked his forehead and his cheeks, he stroked his nose very delicately between his fingers. When he had finished he stood up, took the saucer of oil and went into a small room of the hut where he slept. "I'm going to take a little sleep," he said to the adjutant. In that army an adjutant is not a commissioned officer. "You'll finish up."

"Yes, Signor Maggiore," the adjutant answered. He leaned back in his chair and yawned. He took a paper-covered book out of the pocket of his coat and opened it; then laid it down on the table and lit his pipe. He leaned forward on the table to read and puffed at his pipe. Then he closed the book and put it back in his pocket. He had too much paper-work to get through. He could not enjoy reading until it was done. Outside, the sun went behind a mountain and there was no more light on the wall of the hut. A soldier came in and put some pine branches, chopped into irregular lengths, into the stove. "Be soft, Pinin," the adjutant said to him. "The major is sleeping."

Pinin was the major's orderly. He was a dark-faced boy, and he fixed the stove, putting the pine wood in carefully, shut the door, and went into the back of the hut again. The adjutant went on with his papers.

"Tonani," the major called.

"Signor Maggiore?"

"Send Pinin in to me."

"Pinin!" the adjutant called. Pinin came into the room. "The major wants you," the adjutant said.

Pinin walked across the main room of the hut toward the major's door. He knocked on the half-opened door. "Signor Maggiore?"

"Come in," the adjutant heard the major say, "and shut the door."

Inside the room the major lay on his bunk. Pinin stood beside the bunk. The major lay with his head on the rucksack that he had stuffed with spare clothing to make a pillow. His long, burned, oiled face looked at Pinin. His hands lay on the blankets.

"You are nineteen?" he asked.

"Yes, Signor Maggiore."

"You have ever been in love?"

"How do you mean, Signor Maggiore?"

"In love—with a girl?"

"I have been with girls."

"I did not ask that. I asked if you had been in love—with a girl."

"Yes, Signor Maggiore."

"You are in love with this girl now? You don't write her. I read all your letters."

"I am in love with her," Pinin said, "but I do not write her."

"You are sure of this?"

"I am sure."

"Tonani," the major said in the same tone of voice, "can you hear me talking?"

There was no answer from the next room.

"He cannot hear," the major said. "And you are quite sure that you love a girl?"

"I am sure."

"And," the major looked at him quickly, "that you are not corrupt?"

"I don't know what you mean, corrupt."

"All right," the major said. "You needn't be superior."

Pinin looked at the floor. The major looked at his brown face, down and up him, and at his hands. Then he went on, not smiling. "And you really don't want—" the major paused. Pinin looked at the floor. "That your great desire isn't really—" Pinin looked at the floor. The major leaned his head back on the rucksack and smiled. He was really relieved:

life in the army was too complicated. "You're a good boy," he said. "You're a good boy, Pinin. But don't be superior and be careful someone else doesn't come along and take you."

Pinin stood still beside the bunk.

"Don't be afraid," the major said. His hands were folded on the blankets. "I won't touch you. You can go back to your platoon if you like. But you had better stay on as my servant. You've less chance of being killed."

"Do you want anything of me, Signor Maggiore?"

"No," the major said. "Go on and get on with whatever you were doing. Leave the door open when you go out."

Pinin went out, leaving the door open. The adjutant looked up at him as he walked awkwardly across the room and out of the door. Pinin was flushed and moved differently than he had moved when he brought in the wood for the fire. The adjutant looked after him and smiled. Pinin came in with more wood for the stove. The major, lying on his bunk, looking at his cloth-covered helmet and his snow-glasses that hung from a nail on the wall, heard him walk across the floor. The little devil, he thought, I wonder if he lied to me.

Ten Indians

AFTER one Fourth of July, Nick, driving home late from town in the big wagon with Joe Garner and his family, passed nine drunken Indians along the road. He remembered there were nine because Joe Garner, driving along in the dusk, pulled up the horses, jumped down into the road and dragged an Indian out of the wheel rut. The Indian had been asleep face down in the sand. Joe dragged him into the bushes and got back up on the wagon-box.

"That makes nine of them," Joe said, "just between here and the edge of town."

"Them Indians," said Mrs. Garner.

Nick was on the back seat with the two Garner boys. He was looking out from the back seat to see the Indian where Joe had dragged him alongside of the road.

"Was it Billy Tableshaw?" Carl asked.

"No."

"His pants looked mighty like Billy."

"All Indians wear the same kind of pants."

"I didn't see him at all," Frank said. "Pa was down into the road and back up again before I seen a thing. I thought he was killing a snake."

"Plenty of Indians'll kill snakes tonight, I guess," Joe Garner said.

"Them Indians," said Mrs. Garner.

They drove along. The road turned off from the main highway and went up into the hills. It was hard pulling for the horses and the boys got down and walked. The road was sandy. Nick looked back from the top of the hill by the school house. He saw the lights of Petoskey and, off across Little Traverse Bay, the lights of Harbor Springs. They climbed back into the wagon again.

"They ought to put some gravel on that stretch," Joe Garner said. The wagon went along the road through the woods. Joe and Mrs. Garner sat close together on the front seat. Nick sat between the two boys. The road came out into a clearing.

"Right here was where Pa ran over the skunk."

"It was further on."

"It don't make no difference where it was," Joe said without turning his head. "One place is just as good as another to run over a skunk."

"I saw two skunks last night," Nick said.

"Where?"

"Down by the lake. They were looking for dead fish along the beach."

"They were coons probably," Carl said.

"They were skunks. I guess I know skunks."

"You ought to," Carl said. "You got an Indian girl."

"Stop talking that way, Carl," said Mrs. Garner.

"Well, they smell about the same."

Joe Garner laughed.

"You stop laughing, Joe," Mrs. Garner said. "I won't have Carl talk that way.”

“Have you got an Indian girl, Nickie?” Joe asked.

“No.”

“He has too, Pa,” Frank said. “Prudence Mitchell’s his girl.”

“She’s not.”

“He goes to see her every day.”

“I don’t.” Nick, sitting between the two boys in the dark felt hollow and happy inside himself to be teased about Prudence Mitchell. “She ain’t my girl,” he said.

“Listen to him,” said Carl. “I see them together every day.”

“Carl can’t get a girl,” his mother said, “not even a squaw.”

Carl was quiet.

“Carl ain’t no good with girls,” Frank said.

“You shut up.”

“You’re all right, Carl,” Joe Garner said. “Girls never got a man anywhere. Look at your pa.”

“Yes, that’s what you would say.” Mrs. Garner moved close to Joe as the wagon jolted. “Well, you had plenty of girls in your time.”

“I’ll bet pa wouldn’t ever have had a squaw for a girl.”

“Don’t you think it,” Joe said. “You better watch out to keep Prudie, Nick.”

His wife whispered to him and Joe laughed.

“What you laughing at?” asked Frank.

“Don’t you say it, Garner,” his wife warned. Joe laughed again.

“Nickie can have Prudence,” Joe Garner said. “I got a good girl.”

“That’s the way to talk,” Mrs. Garner said.

The horses were pulling heavily in the sand. Joe reached out in the dark with the whip.

"Come on, pull into it. You'll have to pull harder than this tomorrow."

They trotted down the long hill, the wagon jolting. At the farmhouse everybody got down. Mrs. Garner unlocked the door, went inside, and came out with a lamp in her hand. Carl and Nick unloaded the things from the back of the wagon. Frank sat on the front seat to drive to the barn and put up the horses. Nick went up the steps and opened the kitchen door. Mrs. Garner was building a fire in the stove. She turned from pouring kerosene on the wood.

"Good-bye, Mrs. Garner," Nick said. "Thanks for taking me."

"Oh shucks, Nickie."

"I had a wonderful time."

"We like to have you. Won't you stay and eat some supper?"

"I better go. I think Dad probably waited for me."

"Well, get along then. Send Carl up to the house, will you?"

"All right."

"Good night, Nickie!"

"Good night, Mrs. Garner."

Nick went out the farmyard and down to the barn. Joe and Frank were milking.

"Good night," Nick said. "I had a swell time."

"Good night, Nick," Joe Garner called. "Aren't you going to stay and eat?"

"No, I can't. Will you tell Carl his mother wants him?"

"All right. Good night, Nickie."

Nick walked barefooted along the path through the meadow below the barn. The path was smooth and the dew was cool on his bare feet. He climbed a fence at the end of the meadow, went down through a ravine, his feet wet in the swamp mud, and climbed up through the dry beech woods until he saw the lights of the cottage. He climbed over the fence and walked around to the front porch. Through the window he saw his father sitting by the table, reading in the light from the big lamp. Nick opened the door and went in.

"Well, Nickie," his father said, "was it a good day?"

"I had a swell time, Dad. It was a swell Fourth of July."

"Are you hungry?"

"You bet."

"What did you do with your shoes?"

"I left them in the wagon at Garner's."

"Come on out to the kitchen."

Nick's father went ahead with the lamp. He stopped and lifted the lid of the ice-box. Nick went on into the kitchen. His father brought out a piece of cold chicken on a plate and a pitcher of milk and put them on the table before Nick. He put down the lamp.

"There's some pie too," he said. "Will that hold you?"

"It's grand."

His father sat down in a chair beside the oilcloth-covered table. He made a big shadow on the kitchen wall.

"Who won the ball game?"

"Petoskey. Five to three."

His father sat watching him eat and filled his glass from the milk-pitcher. Nick drank and wiped his mouth on his napkin. His father reached over to the shelf for the pie. He cut Nick a big piece. It was huckleberry pie.

"What did you do, Dad?"

"I went out fishing in the morning."

"What did you get?"

"Only perch."

His father sat watching Nick eat the pie.

"What did you do this afternoon?" Nick asked.

"I went for a walk up by the Indian camp."

"Did you see anybody?"

"The Indians were all in town getting drunk."

"Didn't you see anybody at all?"

"I saw your friend, Prudie."

"Where was she?"

"She was in the woods with Frank Washburn. I ran onto them. They were having quite a time."

His father was not looking at him.

"What were they doing?"

"I didn't stay to find out."

"Tell me what they were doing."

"I don't know," his father said. "I just heard them threshing around."

"How did you know it was them?"

"I saw them."

"I thought you said you didn't see them."

"Oh, yes, I saw them."

"Who was it with her?" Nick asked.

"Frank Washburn."

"Were they—were they—"

"Were they what?"

"Were they happy?"

"I guess so."

His father got up from the table and went out of the kitchen screen door. When he came back Nick was looking at his plate. He had been crying.

"Have some more?" His father picked up the knife to cut the pie.

"No," said Nick.

"You better have another piece."

"No, I don't want any."

His father cleared off the table.

"Where were they in the woods?" asked Nick.

"Up back of the camp." Nick looked at his plate. His father said, "You better go to bed, Nick."

"All right."

Nick went into his room, undressed, and got into bed. He heard his father moving around in the living room. Nick lay in the bed with his face in the pillow.

"My heart's broken," he thought. "If I feel this way my heart must be broken."

After a while he heard his father blow out the lamp and go into his own room. He heard a wind come up in the trees outside and felt it come in cool through the screen. He lay for a long time with his face in the pillow, and after a while he forgot to think about Prudence and finally he went to sleep. When he awoke in the night he heard the wind in the hemlock trees outside the cottage and the waves of the lake coming in on the shore, and he went back to sleep. In the morning there was a big wind blowing and the waves were running high up on the beach and he was awake a long time before he remembered that his heart was broken.

A Canary for One

THE train passed very quickly a long, red stone house with a garden and four thick palm trees with tables under them in the shade. On the other side was the sea. Then there was a cutting through a red stone and clay, and the sea was only occasionally and far below against the rocks.

"I bought him in Palermo," the American lady said. "We only had an hour ashore and it was Sunday morning. The man wanted to be paid in dollars and I gave him a dollar and a half. He really sings very beautifully."

It was very hot in the train and it was very hot in the *lit salon* compartment. There was no breeze came through the open window. The American lady pulled the window-blind down and there was no more sea, even occasionally. On the other side there was glass, then the corridor, then an open window, and outside the window were dusty trees and an oiled road and flat fields of grapes, with gray-stone hills behind them.

There was smoke from many tall chimneys-coming into Marseilles, and the train slowed down and followed one track through many others into the station. The train stayed twenty-five minutes in the station at Marseilles and the American lady bought a copy of the *Daily Mail* and a half-bottle of Evian water. She walked a little way along the station platform, but she stayed near the steps of the car because at Cannes, where it stopped for twelve minutes, the train had left with no signal of departure and she had only gotten on just in time. The American lady was a little deaf and she was afraid that perhaps signals of departure were given and that she did not hear them.

The train left the station in Marseilles and there was not only the switch-yards and the factory smoke but, looking back, the town of Marseilles and the harbor with stone hills behind it and the last of the sun on the water. As it was getting dark the train passed a farmhouse burning in a field. Motor-cars were stopped along the road and bedding and things from inside the farmhouse were spread in the field. Many people were watching the house burn. After it was dark the train was in Avignon. People got on and off. At the news-stand Frenchmen, returning to Paris, bought that day's French papers. On the station platforms were Negro soldiers. They wore brown uniforms and were tall and their faces shone, close under the electric light. Their faces were very black and they were too tall to stare. The train left Avignon station with the Negroes standing there. A short white sergeant was with them.

Inside the *lit salon* compartment the porter had pulled down the three beds from inside the wall and prepared them for sleeping. In the night the American lady lay without sleeping because the train was a *rapide* and went very fast and she was afraid of the speed in the night. The American lady's bed was the one next to the window. The canary from Palermo, a cloth spread over his cage, was out of the draft in the corridor that went into the compartment wash-room. There was a blue light outside the compartment, and all night the train went very fast and the American lady lay awake and waited for a wreck.

In the morning the train was near Paris, and after the American lady had come out of the wash-room, looking very wholesome and middle-aged and American in spite of not having slept, and had taken the cloth off the birdcage and hung the cage in the sun, she went back to the restaurant-car for breakfast. When she came back to the *lit salon* compartment again, the beds had been pushed back into the wall and made into seats, the canary was shaking his feathers in the sunlight that came through the open window, and the train was much nearer Paris.

"He loves the sun," the American lady said. "He'll sing now in a little while."

The canary shook his feathers and pecked into them. "I've always loved birds," the American lady said. "I'm taking him home to my little girl. There—he's singing now."

The canary chirped and the feathers on his throat stood out, and he dropped his bill and pecked into his feathers again. The train crossed a river and passed through a very carefully tended forest. The train passed through many outside of Paris towns. There were train-cars in the towns and big advertisements for the Belle Jardinière and Dubonnet and Pernod on the walls toward the train. All that the train passed through looked as though it were before breakfast. For several minutes I had not listened to the American lady, who was talking to my wife.

"Is your husband American too?" asked the lady.

"Yes," said my wife. "We're both Americans."

"I thought you were English."

"Oh, no."

"Perhaps that was because I wore braces," I said. I had started to say suspenders and changed it to braces in the mouth, to keep my English character. The American lady did not hear. She was really quite deaf; she read lips, and I had not looked toward her. I had looked out of the window. She went on talking to my wife.

"I'm so glad you're Americans. American men make the best husbands," the American lady was saying. "That was why we left the Continent, you know. My daughter fell in love with a man in Vevey." She stopped. "They were simply madly in love." She stopped again. "I took her away, of course."

"Did she get over it?" asked my wife.

"I don't think so," said the American lady. "She wouldn't eat anything and she wouldn't sleep at all. I've tried so very hard, but she doesn't seem to take an interest in anything. She doesn't care about things. I couldn't have her marrying a foreigner." She paused. "Someone, a very good friend, told me once, 'No foreigner can make an American girl a good husband.' "

"No," said my wife, "I suppose not."

The American lady admired my wife's traveling coat, and it turned out that the American lady had bought her own clothes for twenty years now from the same *maison de couture* in the Rue Saint Honoré. They had her measurements, and a vendeuse who knew her and her tastes picked the dresses out for her and they were sent to America. They came to the post office near where she lived up-town in New York, and the duty was never exorbitant because they opened the dresses there in the post office to appraise them and they were always very simple-looking and with no gold lace or ornaments that would make the dresses look expensive.

Before the present vendeuse, named Thérèse, there had been another vendeuse, named Amélie. Altogether there had only been these two in the twenty years. It had always been the same couturier. Prices, however, had gone up. The exchange, though, equalized that. They had her daughter's measurements now too. She was grown up and there was not much chance of their changing now.

The train was now coming into Paris. The fortifications were leveled but grass had not grown. There were many cars standing on tracks—brown wooden restaurant-cars and brown wooden sleeping-cars that would go to Italy at five o'clock that night, if that train still left at five; the cars were marked Paris-Rome, and cars, with seats on the roofs, that went back and forth to the suburbs with, at certain hours, people in all the seats and on the roofs, if that were the way it were still done, and passing were the white walls and many windows of houses. Nothing had eaten any breakfast.

"Americans make the best husbands," the American lady said to my wife. I was getting down the bags. "American men are the only men in the world to marry."

"How long ago did you leave Vevey?" asked my wife.

"Two years ago this fall. It's her, you know, that I'm taking the canary to."

"Was the man your daughter was in love with a Swiss?"

"Yes," said the American lady. "He was from a very good family in Vevey. He was going to be an engineer. They met there in Vevey. They used to go on long walks together."

"I know Vevey," said my wife. "We were there on our honeymoon."

"Were you really? That must have been lovely. I had no idea, of course, that she'd fall in love with him."

"It was a very lovely place," said my wife.

"Yes," said the American lady. "Isn't it lovely? Where did you stop there?"

"We stayed at the Trois Couronnes," said my wife.

"It's such a fine old hotel," said the American lady.

"Yes," said my wife. "We had a very fine room and in the fall the country was lovely."

"Were you there in the fall?"

"Yes," said my wife.

We were passing three cars that had been in a wreck. They were splintered open and the roofs sagged in.

"Look," I said. "There's been a wreck."

The American lady looked and saw the last car. "I was afraid of that all night," she said. "I have terrific presentiments about things sometimes. I'll never travel on a *rapide* again at night. There must be other comfortable trains that don't go so fast."

Then the train was in the dark of the Gare de Lyons, and then stopped and porters came up to the windows. I handed bags through the windows, and we were out on the dim longness of the platform, and the American lady put herself in charge of one of three men from Cook's who said: "Just a moment, madame, and I'll look for your name."

The porter brought a truck and piled on the baggage, and my wife said good-bye and I said good-bye to the American lady, whose name had been found by the man from Cook's on a typewritten page in a sheaf of typewritten pages which he replaced in his pocket.

We followed the porter with the truck down the long cement platform beside the train. At the end was a gate and a man took the tickets.

We were returning to Paris to set up separate residences.

An Alpine Idyll

IT was hot coming down into the valley even in the early morning. The sun melted the snow from the skis we were carrying and dried the wood. It was spring in the valley but the sun was very hot. We came along the road into Galtur carrying our skis and rucksacks. As we passed the churchyard a burial was just over. I said, "Grüss Gott," to the priest as he walked past us coming out of the churchyard. The priest bowed.

"It's funny a priest never speaks to you," John said.

"You'd think they'd like to say 'Grüss Gott.' "

"They never answer," John said.

We stopped in the road and watched the sexton shoveling in the new earth. A peasant with a black beard and high leather boots stood beside the grave. The sexton stopped shoveling and straightened his back. The peasant in the high boots took the spade from the sexton and went on filling the grave—spreading the earth evenly as a man spreading manure in a garden. In the bright May morning the grave-filling looked unreal. I could not imagine anyone being dead.

"Imagine being buried on a day like this," I said to John.

"I wouldn't like it."

"Well," I said, "we don't have to do it."

We went on up the road past the houses of the town to the inn. We had been skiing in the Silvretta for a month, and it was good to be down in the valley. In the Silvretta the skiing had been all right, but it was spring skiing, the snow was only good in the early morning and again in the evening. The rest of the time it was spoiled by the sun. We were both tired of the sun. You could not get away from the sun. The only shadows were made by rocks or by the hut that was built under the protection of a rock beside a glacier, and in the shade the sweat froze in your underclothing. You could not sit outside the hut without dark glasses. It was pleasant to be burned black but the sun had been very tiring. You could not rest in it. I was glad to be down away from snow. It was too late in the spring to be up in the Silvretta. I was a little tired of skiing. We had stayed too long. I could taste the snow water we had been drinking melted off the tin roof of the hut. The taste was a part of the way I felt about skiing. I was glad there were other things beside skiing, and I was glad to be down, away from the unnatural high mountain spring, into this May morning in the valley.

The innkeeper sat on the porch of the inn, his chair tipped back against the wall. Beside him sat the cook.

"Ski-heil!" said the innkeeper.

"Heil!" we said and leaned the skis against the wall and took off our packs.

"How was it up above?" asked the innkeeper.

"Schön. A little too much sun."

"Yes. There's too much sun this time of year."

The cook sat on in his chair. The innkeeper went in with us and unlocked his office and brought out our mail. There was a bundle of letters and some papers.

"Let's get some beer," John said.

"Good. We'll drink it inside."

The proprietor brought two bottles and we drank them while we read the letters.

"We better have some more beer," John said. A girl brought it this time. She smiled as she opened the bottles.

"Many letters," she said.

"Yes. Many."

"Prosit," she said and went out, taking the empty bottles.

"I'd forgotten what beer tasted like."

"I hadn't," John said. "Up in the hut I used to think about it a lot."

"Well," I said, "we've got it now."

"You oughtn't to ever do anything too long."

"No. We were up there too long."

"Too damn long," John said. "It's no good doing a thing too long."

The sun came through the open window and shone through the beer bottles on the table. The bottles were half full. There was a little froth on the beer in the bottles, not much, because it was very cold. It collared up when you poured it into the tall glasses. I looked out of the open window at the white road. The trees beside the road were dusty. Beyond was a green field and a stream. There were trees along the stream and a mill with a water wheel. Through the open side of the mill I saw a long log and a saw in it rising and falling. No one seemed to be tending it. There were four crows walking in the green field. One crow sat in a tree watching. Outside on the porch the cook got off his chair and passed into the hall that led back into the kitchen. Inside, the sunlight shone through the empty glasses on the table. John was leaning forward with his head on his arms.

Through the window I saw two men come up the front steps. They came into the drinking room. One was the bearded peasant in the high boots. The other was the sexton. They sat down at the table under the window. The girl came in and stood by their table. The peasant did not seem to see her. He sat with his hands on the table. He wore his old army clothes. There were patches on the elbows.

"What will it be?" asked the sexton. The peasant did not pay any attention.

"What will you drink?"

"Schnapps," the peasant said.

"And a quarter liter of red wine," the sexton told the girl.

The girl brought the drinks and the peasant drank the schnapps. He looked out of the window. The sexton watched him. John had his head forward on the table. He was asleep.

The innkeeper came in and went over to the table. He spoke in dialect and the sexton answered him. The peasant looked out of the window. The innkeeper went out of the room. The peasant stood up. He took a folded ten-thousand kronen note out of a leather pocket-book and unfolded it. The girl came up.

"Alles?" she asked.

"Alles," he said.

"Let me buy the wine," the sexton said.

"Alles," the peasant repeated to the girl. She put her hand in the pocket of her apron, brought it out full of coins and counted out the change. The peasant went out of the door. As soon as he was gone the innkeeper came into the room again and spoke to the sexton. He sat down at the table. They talked in dialect. The sexton was amused. The innkeeper was disgusted. The sexton stood up from the table. He was a little man with a moustache. He leaned out of the window and looked up the road.

"There he goes in," he said.

"In the Löwen?"

"Ja."

They talked again and then the innkeeper came over to our table. The innkeeper was a tall man and old. He looked at John asleep.

"He's pretty tired."

"Yes, we were up early."

"Will you want to eat soon?"

"Any time," I said. "What is there to eat?"

"Anything you want. The girl will bring the eating-card."

The girl brought the menu. John woke up. The menu was written in ink on a card and the card slipped into a wooden paddle.

"There's the Speisekarte," I said to John. He looked at it. He was still sleepy.

"Won't you have a drink with us?" I asked the innkeeper.

He sat down. "Those peasants are beasts," said the innkeeper.

"We saw that one at a funeral coming in to town."

"That was his wife."

"Oh."

"He's a beast. All these peasants are beasts."

"How do you mean?"

"You wouldn't believe it. You wouldn't believe what just happened to that one."

"Tell me."

"You wouldn't believe it." The innkeeper spoke to the sexton. "Franz, come over here." The sexton came, bringing his little bottle of wine and his glass.

"The gentlemen are just come down from the Wiesbade-nerhütte," the innkeeper said. We shook hands.

"What will you drink?" I asked.

"Nothing," Franz shook his finger.

"Another quarter liter?"

"All right."

"Do you understand dialect?" the innkeeper asked.

"No."

"What's it all about?" John asked.

"He's going to tell us about the peasant we saw filling the grave, coming into town."

"I can't understand it, anyway," John said. "It goes too fast for me."

"That peasant," the innkeeper said, "today he brought his wife in to be buried. She died last November."

"December," said the sexton.

"That makes nothing. She died last December then, and he notified the commune."

"December eighteenth," said the sexton.

"Anyway, he couldn't bring her over to be buried until the snow was gone."

"He lives on the other side of the Paznaun," said the sexton. "But he belongs to this parish."

"He couldn't bring her out at all?" I asked.

"No. He can only come, from where he lives, on skis until the snow melts. So today he brought her in to be buried and the priest, when he looked at her face, didn't want to bury her. You go on and tell it," he said to the sexton. "Speak German, not dialect."

"It was very funny with the priest," said the sexton. "In the report to the commune she died of heart trouble. We knew she had heart trouble here. She used to faint in church sometimes. She did not come for a long time. She wasn't strong to climb. When the priest uncovered her face he asked Olz, 'Did your wife suffer much?' 'No,' said Olz. 'When I came in the house she was dead across the bed.' "

"The priest looked at her again. He didn't like it."

" 'How did her face get that way?'"

" 'I don't know,' Olz said."

" 'You'd better find out,' the priest said, and put the blanket back. Olz didn't say anything. The priest looked at him. Olz looked back at the priest. 'You want to know?'"

" 'I must know,' the priest said."

"This is where it's good," the innkeeper said. "Listen to this. Go on Franz."

" 'Well,' said Olz, 'when she died I made the report to the commune and I put her in the shed across the top of the big wood. When I started to use the big wood she was stiff and I put her up against the wall. Her mouth was open and when I came to the shed at night to cut up the big wood, I hung the lantern from it.'"

“ ‘Why did you do that?’ asked the priest.”

“ ‘I don’t know,’ said Olz.”

“ ‘Did you do that many times?’”

“ ‘Every time I went to work in the shed at night.’”

“ ‘It was very wrong,’ said the priest. ‘Did you love your wife?’”

“ ‘Ja, I loved her,’ Olz said. ‘I loved her fine.’ ”

“Did you understand it all?” asked the innkeeper. “You understand it all about his wife?”

“I heard it.”

“How about eating?” John asked.

“You order,” I said. “Do you think it’s true?” I asked the innkeeper.

“Sure it’s true,” he said. “These peasants are beasts.”

“Where did he go now?”

“He’s gone to drink at my colleague’s, the Löwen!”

“He didn’t want to drink with me,” said the sexton.

“He didn’t want to drink with me, after *he* knew about his wife,” said the innkeeper.

“Say,” said John. “How about eating?”

“All right,” I said.

A Pursuit Race

WILLIAM CAMPBELL had been in a pursuit race with a burlesque show ever since Pittsburgh. In a pursuit race, in bicycle racing, riders start at equal intervals to ride after one another. They ride very fast because the race is usually limited to a short distance and if they slow their riding another rider who maintains his pace will make up the space that separates them equally at the start. As soon as a rider is caught and passed he is out of the race and must get down from his bicycle and leave the track. If none of the riders are caught the winner of the race is the one who has gained the most distance. In most pursuit races, if there are only two riders, one of the riders is caught inside of six miles. The burlesque show caught William Campbell at Kansas City.

William Campbell had hoped to hold a slight lead over the burlesque show until they reached the Pacific coast. As long as he preceded the burlesque show as advance man he was being paid. When the burlesque show caught up with him he was in bed. He was in bed when the manager of the burlesque troupe came into his room and after the manager had gone out he decided that he might as well stay in bed. It was very cold in Kansas City and he was in no hurry to go out. He did not like Kansas City. He reached under the bed for a bottle and drank. It made his stomach feel better. Mr. Turner, the manager of the burlesque show, had refused a drink.

William Campbell's interview with Mr. Turner had been a little strange. Mr. Turner had knocked on the door. Campbell had said: "Come in!" When Mr. Turner came into the room he saw clothing on a chair, an open suitcase, the bottle on a chair beside the bed, and someone lying in the bed completely covered by bedclothes.

"Mister Campbell," Mr. Turner said.

"You can't fire me," William Campbell said from underneath the covers. It was warm and white and close under the covers. "You can't fire me because I've got down off my bicycle."

"You're drunk," Mr. Turner said.

"Oh, yes," William Campbell said, speaking directly against the sheet and feeling the texture with his lips.

"You're a fool," Mr. Turner said. He turned off the electric light. The electric light had been burning all night. It was now ten o'clock in the morning. "You're a drunken fool. When did you get into this town?"

"I got into this town last night," William Campbell said, speaking against the sheet. He found he liked to talk through a sheet. "Did you ever talk through a sheet?"

"Don't try to be funny. You aren't funny."

"I'm not being funny. I'm just talking through a sheet."

"You're talking through a sheet all right."

"You can go now, Mr. Turner," Campbell said. "I don't work for you any more."

"You know that anyway."

"I know a lot," William Campbell said. He pulled down the sheet and looked at Mr. Turner. "I know enough so I don't mind looking at you at all. Do you want to hear what I know?"

"No."

"Good," said William Campbell. "Because really I don't know anything at all. I was just talking." He pulled the sheet up over his face again. "I love it under a sheet," he said. Mr. Turner stood beside the bed. He was a middle-aged man with a large stomach and a bald head and he had many things to do. "You ought to stop off here, Billy, and take a cure," he said. "I'll fix it up if you want to do it."

"I don't want to take a cure," William Campbell said. "I don't want to take a cure at all. I am perfectly happy. All my life I have been perfectly happy."

"How long have you been this way?"

"What a question!" William Campbell breathed in and out through the sheet.

"How long have you been stewed, Billy?"

"Haven't I done my work?"

"Sure. I just asked you how long you've been stewed, Billy."

"I don't know. But I've got my wolf back." He touched the sheet with his tongue. "I've had him for a week."

"The hell you have."

"Oh, yes. My dear wolf. Every time I take a drink he goes outside the room. He can't stand alcohol. The poor little fellow." He moved his tongue round and round on the sheet. "He's a lovely wolf. He's just like he always was." William Campbell shut his eyes and took a deep breath.

"You got to take a cure, Billy," Mr. Turner said. "You won't mind the

Keeley. It isn't bad."

"The Keeley," William Campbell said. "It isn't far from London." He shut his eyes and opened them, moving the eyelashes against the sheet. "I just love sheets," he said. He looked at Mr. Turner.

"Listen, you think I'm drunk."

"You *are* drunk."

"No, I'm not."

"You're drunk and you've had DT's."

"No." William Campbell held the sheet around his head. "Dear sheet," he said. He breathed against it gently. "Pretty sheet. You love me, don't you, sheet? It's all in the price of the room. Just like in Japan. No," he said. "Listen Billy, dear Sliding Billy, I have a surprise for you. I'm not drunk. I'm hopped to the eyes."

"No," said Mr. Turner.

"Take a look." William Campbell pulled up the right sleeve of his pajama jacket under the sheet, then shoved the right forearm out. "Look at that." On the forearm, from just above the wrist to the elbow, were small blue circles around tiny dark blue punctures. The circles almost touched one another. "That's the new development," William Campbell said. "I drink a little now once in a while, just to drive the wolf out of the room."

"They got a cure for that," "Sliding Billy" Turner said.

"No," William Campbell said. "They haven't got a cure for anything."

"You just can't quit like that, Billy," Turner said. He sat on the bed.

"Be careful of my sheet," William Campbell said.

"You can't quit at your age and take to pumping yourself full of that stuff because you got in a jam."

"There's a law against it. If that's what you mean."

"No, I mean you got to fight it out."

Billy Campbell caressed the sheet with his lips and his tongue. "Dear sheet," he said. "I can kiss this sheet and see right through it at the same time."

"Cut it out about the sheet. You can't just take to that stuff, Billy."

William Campbell shut his eyes. He was beginning to feel a slight nausea. He knew that this nausea would increase steadily, without there ever being the relief of sickness, until something was done against it. It was at this point that he suggested that Mr. Turner have a drink. Mr. Turner declined. William Campbell took a drink from the bottle. It was a temporary measure. Mr. Turner watched him. Mr. Turner had been in this room much longer than he should have been, he had many things to do; although living in daily association with people who used drugs, he had a horror of drugs, and he was very fond of William Campbell; he did not wish to leave him. He was very sorry for him and he felt a cure might help. He knew there were good cures in Kansas City. But he had to go. He stood up.

"Listen, Billy," William Campbell said, "I want to tell you something. You're called 'Sliding Billy'. That's because you can slide. I'm called just Billy. That's because I never could slide at all. I can't slide, Billy. I can't slide. It just catches. Every time I try it, it catches." He shut his eyes. "I can't slide, Billy. It's awful when you can't slide."

"Yes," said "Sliding Billy" Turner.

"Yes, what?" William Campbell looked at him.

"You were saying."

"No," said William Campbell. "I wasn't saying. It must have been a mistake."

"You were saying about sliding."

"No. It couldn't have been about sliding. But listen, Billy, and I'll tell you a secret. Stick to sheets, Billy. Keep away from women and horses and, and—" he stopped "—eagles, Billy. If you love horses you'll get horse-shit, and if you love eagles you'll get eagle-shit." He stopped and put his head under the sheet.

"I got to go," said "Sliding Billy" Turner.

"If you love women you'll get a dose," William Campbell said. "If you love horses—"

"Yes, you said that."

"Said what?"

"About horses and eagles."

"Oh, yes. And if you love sheets." He breathed on the sheet and stroked his nose against it. "I don't know about sheets," he said. "I just started to love this sheet."

"I have to go," Mr. Turner said. "I got a lot to do."

"That's all right," William Campbell said. "Everybody's got to go."

"I better go."

"All right, you go."

"Are you all right, Billy?"

"I was never so happy in my life."

"And you're all right?"

"I'm fine. You go along. I'll just lie here for a little while. Around noon I'll get up."

But when Mr. Turner came up to William Campbell's room at noon William Campbell was sleeping and as Mr. Turner was a man who knew what things in life were very valuable he did not wake him.

Today is Friday

Three Roman soldiers are in a drinking-place at eleven o'clock at night. There are barrels around the wall. Behind the wooden counter is a Hebrew wine-seller. The three Roman soldiers are a little cock-eyed.

1st Roman Soldier—You tried the red?

2nd Soldier—No, I ain't tried it.

1st Soldier—You better try it.

2nd Soldier—All right, George, we'll have a round of the red.

Hebrew Wine-seller—Here you are, gentlemen. You'll like that. [*He sets down an earthenware pitcher that he has filled from one of the casks*.] That's a nice little wine.

1st Soldier—Have a drink of it yourself. [*He turns to the third Roman soldier who is leaning on a barrel*.] What's the matter with you?

3rd Soldier—I got a gut-ache.

2nd Soldier—You've been drinking water.

1st Soldier—Try some of the red.

3rd Soldier—I can't drink the damn stuff. It makes my gut sour.

1st Soldier—You been out here too long.

3rd Soldier—Hell, don't I know it?"

1st Soldier—Say, George, can't you give this gentleman something to fix his stomach?

Hebrew Wine-seller—I got it right here.

[*The third Roman soldier tastes the cup that the wine-seller has mixed for him*.]

3rd Soldier—Hey, what you put in that, camel chips?

Wine-seller—You drink that right down, Lootenant. That'll fix you up right.

3rd Soldier—Well, I couldn't feel any worse.

1st Soldier—Take a chance on it. George fixed me up fine the other day.

Hebrew Wine-seller—You were in bad shape, Lootenant. I know what fixes up a bad stomach.

[*The third Roman soldier drinks the cup down*.]

3rd Soldier—Jesus Christ. [*He makes a face*.]

2nd Soldier—That false alarm!

1st Soldier—Oh, I don't know. He was pretty good in there today.

2nd Soldier—Why didn't he come down off the cross?

1st Soldier—He didn't want to come down off the cross. That's not his play.

2nd Soldier—Show me a guy that doesn't want to come down off the cross.

1st Soldier—Aw, hell, you don't know anything about it. Ask George there. Did he want to come down off the cross, George?

Wine-seller—I'll tell you, gentlemen, I wasn't out there. It's a thing I haven't taken any interest in.

2nd Soldier—Listen, I seen a lot of them—here and plenty of other places. Any time you show me one that doesn't want to get down off the cross when the time comes—when the time comes, I mean—I'll climb right up with him.

1st Soldier—I thought he was pretty good in there today.

3rd Soldier—He was all right.

2nd Soldier—You guys don't know what I'm talking about. I'm not saying whether he was good or not. What I mean is, when the time comes. When they first start nailing him, there isn't none of them wouldn't stop it if they could.

1st Soldier—Didn't you follow it, George?

Wine-seller—No, I didn't take any interest in it, Lootenant.

1st Soldier—I was surprised how he acted.

3rd Soldier—The part I don't like is the nailing them on. You know, that must get you pretty bad.

2nd Soldier—It isn't that that's so bad, as when they first lift 'em up [*He makes a lifting gesture with his two palms together.*] When the weight starts to pull on 'em. That's when it gets 'em.

3rd Soldier—It takes some of them pretty bad.

1st Soldier—Ain't I seen 'em? I seen plenty of them. I tell you, he was pretty good in there today.

[*The second Roman soldier smiles at the Hebrew wine-seller.*]

2nd Soldier—You're a regular Christer, big boy.

1st Soldier—Sure, go on and kid him. But listen while I tell you something. He was pretty good in there today.

2nd Soldier—What about some more wine?

[*The wine-seller looks up expectantly. The third soldier is sitting with his head down. He does not look well.*]

3rd Soldier—I don't want any more.

2nd Soldier—Just for two, George.

[*The wine-seller puts out a pitcher of wine, a size smaller than the last one. He leans forward on the wooden counter.*]

1st Soldier—You see his girl?

2nd Soldier—Wasn't I standing right by her?

1st Soldier—She's a nice looker.

2nd Soldier—I knew her before he did. [*He winks at the wine-seller.*]

1st Soldier—I used to see her around the town.

2nd Soldier—She used to have a lot of stuff. He never brought her no good luck.

1st Soldier—Oh, he ain't lucky. But he looked pretty good to me in there today.

2nd Soldier—What became of his gang?

1st Soldier—Oh, they faded out. Just the women stuck by him.

2nd Soldier—They were a pretty yellow crowd. When they seen him go up there they didn't want any of it.

1st Soldier—The women stuck all right.

2nd Soldier—Sure, they stuck all right.

1st Soldier—You see me slip the old spear into him?

2nd Soldier—You'll get into trouble doing that some day.

1st Soldier—It was the least I could do for him. I'll tell you he looked pretty good to me in there today.

Hebrew wine-seller—Gentlemen, you know I got to close.

1st Soldier—We'll have one more round.

2nd Soldier—What's the use? This stuff don't get you anywhere. Come on, let's go.

1st Soldier—Just another round.

3rd Soldier—[*Getting up from the barrel*] No, come on. Let's go. I feel like hell tonight.

1st Soldier—Just one more.

2nd Soldier—No, come on. We're going to go. Good night, George. Put it on the bill.

Hebrew Wine-seller—Good night gentlemen. [*He looks a little worried.*] You couldn't let me have a little something on account, Lootenant?

2nd Soldier—What the hell, George! Wednesday's payday.

Wine-seller—It's all right, Lootenant. Good night, gentlemen.

[*The three Roman soldiers go out the door into the street.*]

[*Outside in the street.*]

2nd Soldier—George is a kike just like all the rest of them.

1st Soldier—Oh, George is a nice fella.

2nd Soldier—Everybody's a nice fella to you tonight.

3rd Soldier—Come on, let's go up to the barracks. I feel like hell tonight.

2nd Soldier—You been out here too long.

3rd Soldier—No, it ain't that. I feel like hell.

2nd Soldier—You been out here too long. That's all.

CURTAIN

Banal Story

SO he ate an orange, slowly spitting out the seeds. Outside, the snow was turning to rain. Inside, the electric stove seemed to give no heat and rising from his writing-table, he sat down upon the stove. How good it felt! Here, at last, was life.

He reached for another orange. Far away in Paris, Mascart had knocked Danny Frush cuckoo in the second round. Far off in Mesopotamia, twenty-one feet of snow had fallen. Across the world in distant Australia, the English cricketers were sharpening up their wickets. *There* was Romance.

Patrons of the arts and letters have discovered *The Forum*, he read. It is the guide, philosopher, and friend of the thinking minority. Prize short-stories—will their authors write our best-sellers of tomorrow?

You will enjoy these warm, homespun, American tales, bits of real life on the open ranch, in crowded tenement or comfortable home, and all with a healthy undercurrent of humor.

I must read them, he thought.

He read on. Our children's children—what of them? Who of them? New means must be discovered to find room for us under the sun. Shall this be done by war or can it be done by peaceful methods?

Or will we all have to move to Canada?

Our deepest convictions—will Science upset them? Our civilization—

is it inferior to older orders of things?

And meanwhile, in the far-off dripping jungles of Yucatán, sounded the chopping of the axes of the gum-choppers.

Do we want big men—or do we want them cultured? Take Joyce. Take President Coolidge. What star must our college students aim at? There is Jack Britton. There is Dr. Henry Van Dyke. Can we reconcile the two? Take the case of Young Stribling.

And what of our daughters who must take their own Soundings? Nancy Hawthorne is obliged to make her own Soundings in the sea of life. Bravely and sensibly she faces the problems which come to every girl of eighteen.

It was a splendid booklet.

Are you a girl of eighteen? Take the case of a Joan of Arc. Take the case of Bernard Shaw. Take the case of Betsy Ross.

Think of these things in 1925—Was there a risqué page in Puritan history? Were there two sides to Pocahontas? Did she have a fourth dimension?

Are modern paintings—and poetry—Art? Yes and No. Take Picasso.

Have tramps codes of conduct? Send your mind adventuring.

There is Romance everywhere. *Forum* writers talk to the point, are possessed of humor and wit. But they do not try to be smart and are never long-winded.

Live the full life of the mind, exhilarated by new ideas, intoxicated by the Romance of the unusual. He laid down the booklet.

And meanwhile, stretched flat on a bed in a darkened room in the house in Triana, Manuel Garcia Maera lay with a tube in each lung, drowning with the pneumonia. All the papers in Andalucia devoted special supplements to his death, which had been expected for some days. Men and boys bought full-length colored pictures of him to remember him by, and lost the picture they had of him in their memories by looking at the lithographs. Bullfighters were very relieved he was dead, because he did always in the bull-ring the things they could only do sometimes. They all marched in the rain behind his coffin and there were one hundred and forty-seven bullfighters followed him out to the cemetery, where they buried him in the tomb next to Joselito. After the funeral every one sat in the cafés out of the rain, and many colored pictures of Maera were sold to men who rolled them up and put them away in their pockets.

Now I Lay Me

THAT night we lay on the floor in the room and I listened to the silkworms eating. The silkworms fed in racks of mulberry leaves and all night you could hear them eating and a dropping sound in the leaves. I myself did not want to sleep because I had been living for a long time with the knowledge that if I ever shut my eyes in the dark and let myself go, my soul would go out of my body. I had been that way for a long time, ever since I had been blown up at night and felt it go out of me and go off and then come back. I tried never to think about it, but it had started to go since, in the nights, just at the moment of going off to sleep, and I could only stop it by a very great effort. So while now I am fairly sure that it will not really have gone out, yet then, that summer, I was unwilling to make the experiment.

I had different ways of occupying myself while I lay awake. I would think of a trout stream I had fished along when I was a boy and fish its whole length very carefully in my mind; fishing very carefully under all the logs, all the turns of the bank, the deep holes and the clear shallow stretches, sometimes catching trout and sometimes losing them. I would stop fishing at noon to eat my lunch; sometimes on a log over the stream; sometimes on a high bank under a tree, and I always ate my lunch very slowly and watched the stream below me while I ate. Often I ran out of bait because I would take only ten worms with me in a tobacco tin when I started. When I had used them all I had to find more worms, and sometimes it was very difficult digging in the bank of the stream where the cedar trees kept out the sun and there was no grass but only the bare moist earth and often I could find no worms. Always though I found some kind of bait, but one time in the swamp I could find no bait at all and had to cut up one of the trout I had caught and use him for bait.

Sometimes I found insects in the swamp meadows, in the grass or under ferns, and used them. There were beetles and insects with legs like grass stems, and grubs in old rotten logs; white grubs with brown pinching heads that would not stay on the hook and emptied into nothing in the cold water, and wood ticks under logs where sometimes I found angle-worms that slipped into the ground as soon as the log was raised. Once I used a salamander from under an old log. The salamander was very small and neat and agile and a lovely color. He had tiny feet that tried to hold on to the hook, and after that one time I never used a salamander, although I found them very often. Nor did I use crickets, because of the way they acted about the hook.

Sometimes the stream ran through an open meadow, and in the dry grass I would catch grasshoppers and use them for bait and sometimes I would catch grasshoppers and toss them into the stream and watch them float along swimming on the stream and circling on the surface as the current took them and then disappear as a trout rose. Sometimes I would fish four or five different streams in the night; starting as near as I could get to their source and fishing them down stream. When I had finished too quickly and the time did not go, I would fish the stream over again, starting where it emptied into the lake and fishing back up stream, trying for all the trout I had missed coming down. Some nights too I made up streams, and some of them were very exciting, and it was like being awake and dreaming. Some of those streams I still remember and think that I was fishing in them, and they are confused with streams I really know. I gave them all names and went to them on the train and sometimes walked for miles to get to them.

But some nights I could not fish, and on those nights I was cold-awake and said my prayers over and over and tried to pray for all the people I had ever known. That took up a great amount of time, for if you try to remember all the people you have ever known, going back to the earliest thing you remember—which was, with me, the attic of the house where I was born and my mother and father's wedding-cake in a tin box hanging from one of the rafters, and, in the attic, jars of snakes and other specimens that my father had collected as a boy and preserved in alcohol, the alcohol sunken in the jars so the backs of some of the snakes and specimens were exposed and had turned white—if you thought back that far, you remembered a great many people. If you prayed for all of them, saying a Hail Mary and Our Father for each one, it took a long time and finally it would be light, and then you could go to sleep, if you were in a place where you could sleep in the daylight.

On those nights I tried to remember everything that had ever happened to me, starting with just before I went to the war and remembering back from one thing to another. I found I could only remember back to that attic in my grandfather's house. Then I would start there and remember this way again, until I reached the war.

I remembered, after my grandfather died we moved away from the house and to a new house designed and built by my mother. Many things that were not to be moved were burned in the backyard and I remember those jars from the attic being thrown in the fire, and how they popped in the heat and the fire flamed up from the alcohol. I remember the snakes burning in the fire in the backyard. But there were no people in that, only things. I could not remember who burned the things even, and I would go on until I came to people and then stop and pray for them.

About the new house I remember how my mother was always cleaning things out and making a good clearance. One time when my father was away on a hunting trip she made a good thorough cleaning out in the basement and burned everything that should not have been there. When my father came home and got down from his buggy and hitched the horse, the fire was still burning in the road beside the house. I went out to meet him. He handed me his shotgun and looked at the fire. "What's this?" he asked.

"I've been cleaning out the basement, dear," my mother said from the porch. She was standing there smiling, to meet him. My father looked at the fire and kicked at something. Then he leaned over and picked something out of the ashes. "Get a rake, Nick," he said to me. I went to the basement and brought a rake and my father raked very carefully in the ashes. He raked out stone axes and stone skinning knives and tools for making arrow-heads and pieces of pottery and many arrow-heads. They had all been blackened and chipped by the fire. My father raked them all out very carefully and spread them on the grass by the road. His shotgun in its leather case and his game-bags were on the grass where he had left them when he stepped down from the buggy.

"Take the gun and the bags in the house, Nick, and bring me a paper," he said. My mother had gone inside the house. I took the shotgun, which was heavy to carry and banged against my legs, and the two game-bags and started toward the house. "Take them one at a time," my father said. "Don't try and carry too much at once." I put down the game-bags and took in the shotgun and brought out a newspaper from the pile in my father's office. My father spread all the blackened, chipped stone implements on the paper and then wrapped them up. "The best arrow-heads went all to pieces," he said. He walked into the house with the paper package and I stayed outside on the grass with the two game-bags. After a while, I took them in. In remembering that, there were only two people, so I would pray for them both.

Some nights, though, I could not remember my prayers even. I could only get as far as "On earth as it is in heaven" and then have to start all over and be absolutely unable to get past that. Then I would have to recognize that I could not remember and give up saying my prayers that night and try something else. So on some nights I would try to remember all the animals in the world by name and then the birds and then fishes and then countries and cities and then kinds of food and the names of all the streets I could remember in Chicago, and when I could not remember anything at all any more I would just listen. And I do not remember a night on which you could not hear things. If I could have a light I was not afraid to sleep, because I knew my soul would only go out of me if it were dark. So, of course, many nights I was where I could have a light and then I slept because I was nearly always tired and often very sleepy. And I am sure many times too that I slept without knowing it—but I never slept knowing it, and on this night I listened to the silkworms. You can hear silkworms eating very clearly in the night and I lay with my eyes open and listened to them.

There was only one other person in the room and he was awake too. I listened to him being awake, for a long time. He could not lie as quietly as I could because, perhaps, he had not had as much practice being awake. We were lying on blankets spread over straw and when he moved the straw was noisy, but the silkworms were not frightened by any noise we made and ate on steadily. There were the noises of night seven kilometers behind the lines outside but they were different from the small noises inside the room in the dark. The other man in the room tried lying quietly. Then he moved again. I moved too, so he would know I was awake. He had lived ten years in Chicago. They had taken him for a soldier in nineteen fourteen when he had come back to visit his family, and they had given him to me for an orderly because he spoke English. I heard him listening, so I moved again in the blankets.

"Can't you sleep, Signor Tenente?" he asked.

"No."

"I can't sleep, either."

"What's the matter?"

"I don't know. I can't sleep."

"You feel all right?"

"Sure. I feel good. I just can't sleep."

"You want to talk a while?" I asked.

"Sure. What can you talk about in this damn place?"

"This place is pretty good," I said.

"Sure," he said. "It's all right."

"Tell me about out in Chicago," I said.

"Oh," he said, "I told you all that once."

"Tell me about how you got married."

"I told you that."

"Was the letter you got Monday—from her?"

"Sure. She writes me all the time. She's making good money with the place."

"You'll have a nice place when you go back."

"Sure. She runs it fine. She's making a lot of money."

"Don't you think we'll wake them up, talking?" I asked.

"No. They can't hear. Anyway, they sleep like pigs. I'm different," he said. "I'm nervous."

"Talk quiet," I said. "Want a smoke?"

We smoked skillfully in the dark.

"You don't smoke much, Signor Tenente."

"No. I've just about cut it out."

"Well," he said, "it don't do you any good and I suppose you get so you don't miss it. Did you ever hear a blind man won't smoke because he can't see the smoke come out?"

"I don't believe it."

"I think it's all bull, myself," he said. "I just heard it somewhere. You know how you hear things."

We were both quiet and I listened to the silkworms.

"You hear those damn silkworms?" he asked. "You can hear them chew."

"It's funny," I said.

"Say, Signor Tenente, is there something really the matter that you can't sleep? I never see you sleep. You haven't slept nights ever since I been with you."

"I don't know, John," I said. "I got in pretty bad shape along early last spring and at night it bothers me."

"Just like I am," he said. "I shouldn't have ever got in this war. I'm too nervous."

"Maybe it will get better."

"Say, Signor Tenente, what did you get in this war for, anyway?"

"I don't know, John. I wanted to, then."

"Wanted to," he said. "That's a hell of a reason."

"We oughtn't to talk so loud," I said.

"They sleep like pigs," he said. "They can't understand the English language, anyway. They don't know a damn thing. What are you going to do when it's over and we go back to the States?"

"I'll get a job on a paper."

"In Chicago?"

"Maybe."

"Do you ever read what this fellow Brisbane writes? My wife cuts it out for me and sends it to me."

"Sure."

"Did you ever meet him?"

"No, but I've seen him."

"I'd like to meet that fellow. He's a fine writer. My wife don't read

English but she takes the paper just like when I was home and she cuts out the editorials and the sport page and sends them to me."

"How are your kids?"

"They're fine. One of the girls is in the fourth grade now. You know, Signor Tenente, if I didn't have the kids I wouldn't be your orderly now. They'd have made me stay in the line all the time."

"I'm glad you've got them."

"So am I. They're fine kids but I want a boy. Three girls and no boy. That's a hell of a note."

"Why don't you try and go to sleep?"

"No, I can't sleep now, I'm wide awake now, Signor Tenente. Say, I'm worried about you not sleeping, though."

"It'll be all right, John."

"Imagine a young fellow like you not to sleep."

"I'll get all right. It just takes a while."

"You got to get all right. A man can't get along that don't sleep. Do you worry about anything? You got anything on your mind?"

"No, John, I don't think so."

"You ought to get married, Signor Tenente. Then you wouldn't worry."

"I don't know."

"You ought to get married. Why don't you pick out some nice Italian girl with plenty of money? You could get any one you want. You're young and you got good decorations and you look nice. You been wounded a couple of times."

"I can't talk the language well enough."

"You talk it fine. To hell with talking the language. You don't have to talk to them. Marry them."

"I'll think about it."

"You know some girls, don't you?"

"Sure."

"Well, you marry the one with the most money. Over here, the way they're brought up, they'll all make you a good wife."

"I'll think about it."

"Don't think about it, Signor Tenente. Do it."

"All right."

"A man ought to be married. You'll never regret it. Every man ought to be married."

"All right," I said. "Let's try and sleep a while."

"All right, Signor Tenente. I'll try it again. But you remember what I said."

"I'll remember it," I said. "Now let's sleep a while, John."

"All right," he said. "I hope you sleep, Signor Tenente."

I heard him roll in his blankets on the straw and then he was very quiet and I listened to him breathing regularly. Then he started to snore. I listened to him snore for a long time and then I stopped listening to him snore and listened to the silkworms eating. They ate steadily, making a dropping in the leaves. I had a new thing to think about and I lay in the dark with my eyes open and thought of all the girls I had ever known and what kind of wives they would make. It was a very interesting thing to think about and for a while it killed off trout-fishing and interfered with my prayers. Finally, though, I went back to trout-fishing, because I found that I could remember all the streams and there was always something new about them, while the girls, after I had thought about them a few times, blurred and I could not call them into my mind and finally they all blurred and all became rather the same and I gave up thinking about them almost altogether. But I kept on with my prayers and I prayed very often for John in the nights and his class was removed from active service before the October offensive. I was glad he was not there, because he would have been a great worry to me. He came to the hospital in Milan to see me several months after and he was very disappointed that I had not yet married, and I know he would feel very badly if he knew that, so far, I have never married. He was going back to America and he was very certain about marriage and knew it would fix up everything.